열녀춘향수절가

천년의 우리소설 15
열녀춘향수절가

정길수 옮김

2025년 6월 23일 초판 1쇄 발행

펴낸이 한철희 | 펴낸곳 돌베개 | 등록 1979년 8월 25일 제406-2003-000018호
주소 (10881) 경기도 파주시 회동길 77-20 (문발동)
전화 (031) 955-5020 | 팩스 (031) 955-5050
홈페이지 www.dolbegae.co.kr | 전자우편 book@dolbegae.co.kr
블로그 blog.naver.com/imdol79 | 인스타그램 @Dolbegae79 | 페이스북 /dolbegae

편집 이경아
표지디자인 김민해 | 본문디자인 이은정·이연경
마케팅 고운성·김영수·정지연 | 제작·관리 윤국중·이수민·한누리
인쇄 한영문화사 | 제본 경일제책사

ISBN 979-11-94442-24-0 (04810)
       978-89-7199-282-1 (세트)

책값은 뒤표지에 있습니다.

천년의 우리소설
15

열녀춘향수절가

정길수 옮김

돌베개

간행사

 이 총서는 위로는 신라 말기인 9세기경의 소설을, 아래로는 조선 말기인 19세기 말의 소설을 수록하고 있다. 즉 이 총서가 포괄하는 시간은 무려 천 년에 이른다. 이 총서의 제목을 '千년의 우리 소설'이라 한 이유가 여기에 있다.
 근대 이전에 창작된 우리나라 소설은 한글로 쓰인 것이 있는가 하면 한문으로 쓰인 것도 있다. 중요한 것은 한글로 쓰였는가 한문으로 쓰였는가 하는 점이 아니다. 오늘날의 관점에서 그런 것은 그다지 중요하지 않다. 정말 중요한 것은 문예적으로 얼마나 탁월한가, 사상적으로 얼마나 깊이가 있는가, 그리하여 오늘날의 독자가 시대를 뛰어넘어 얼마나 진한 감동을 받을 수 있는가 하는 점일 터이다. 이 총서는 이런 점에 특히 유의해 기획되었다.
 외국의 빼어난 소설이나 한국의 흥미로운 근현대소설을 이미 접한 오늘날의 독자가 한국 고전소설에서 감동을 받기란 쉬운 일이 아니다. 우리 것이니 무조건 읽어야 한다는 애국주의적 논리는 더 이상 통하지 않는다. 과연 오늘날의 독자가 『유충렬전』이나 『조웅전』 같은 작품을 읽고 무슨 감동을 받을 것인가. 어린 학생이든 성인이든 이런 작품을 읽은 뒤 자기대로 생각에 잠기든가, 비통함을 느끼든가, 깊은 슬픔을 맛보든가, 심미적 감흥에 이르든가, 어떤 문제의식을 환기받든가, 역사나 인간에 대한 이해를 증진하든가, 꿈과 이상을 품든가, 대체 그럴 수 있겠는가? 아마 그렇지 못할 것이다. 그럼에도 이런 종류의 작품은 대부분의 한국 고전소설 선집 속에 포함되어 있으며, 중고등학교에서도 '고전'으로 가르치고 있다. 그러니 한국 고전소설은 별 재미도 없고 별 감동도 없다는 말을 들어도 그닥 이상할 게 없다. 실로 학계든, 국어 교육이나 문학 교육의 현장이든 지금껏 관습적으로 통용되어 온 고전소설에 대한 인식을 전면적으로 재검토해야 할 시점에 이르렀다. 이 총서는 이런 문제의식에서 출발한다.

이 총서가 지금까지 일반인에게 그리 알려지지 않은 작품을 많이 수록하고 있음도 이 점과 무관치 않다. 즉 이는 21세기의 한국인들에게 어필할 수 있는 새로운 한국 고전소설의 레퍼토리를 재구축하려는 시도인 것이다. 이 점에서 이 총서는 그렇고 그런 기존의 어떤 한국 고전소설 선집과도 다르며, 아주 새롭다. 하지만 맹목적으로 새로움을 위한 새로움을 추구하지는 않았으며, 비평적 견지에서 문예적 의의나 사상적·역사적 의의가 있는 작품을 엄별해 수록했다. 그리하여 우리는 이 총서를 통해 흔히 한국 고전소설의 병폐로 거론되어 온, 천편일률적이라든가, 상투적 구성을 보인다든가, 권선징악적 결말로 끝난다든가, 선인과 악인의 판에 박힌 이분법적 대립으로 일관한다든가, 역사적·현실적 감각이 부족하다든가, 시공간적 배경이 중국으로 설정된 탓에 현실감이 확 떨어진다든가 하는 지적으로부터 퍽 자유로운 작품을 가능한 한 많이 독자들에게 소개하고자 한다.

그러나 수록된 작품들의 면모가 새롭고 다양하다고 해서 그것으로 충분한 것은 아닐 터이다. 한국 고전소설, 특히 한문으로 쓰인 한국 고전소설은 원문을 얼마나 정확하면서도 쉽고 유려한 현대 한국어로 옮길 수 있는가의 여부에 따라 작품의 가독성은 물론이려니와 감동과 흥미가 배가될 수도 있고 반감될 수도 있다. 이 총서는 이런 점에 십분 유의해 최대한 쉽게 번역하기 위해 고심을 거듭했다. 하지만 쉽게 번역해야 한다는 요청이, 결코 원문을 왜곡하거나 원문의 정확성을 다소간 손상시켜도 좋음을 의미하지는 않는다. 이런 견지에서 이 총서는 쉬운 말로 번역해야 한다는 대전제와 정확히 번역해야 한다는 또 다른 대전제—이 두 전제는 종종 상충할 수도 있지만—를 통일하기 위해 많은 노력을 기울였다.

한국 고전소설에는 이본異本이 많으며, 같은 작품이라 할지라도 이본에 따라 작품의 뉘앙스와 풍부함이 달라지는 경우가 비일비재하다. 그뿐 아니라 개개의 이본은 자체에 다소의 오류를 포함하고 있다. 따라서 하나하나의 작품마다 주요한 이본들을 찾아 꼼꼼히 서로 대비해 가며 시시비비를 가려 하나의 올바른 텍스트, 즉 정본定本을 만들어 내는 일이 긴요하다. 이 작업은 매우 힘들고, 많은 공력功力을 요구하며, 시간도 엄청나게 소요된다. 이런 이유 때문이겠지만, 지금까지 고전소설을 번역하거나 현대 한국어로 바꾸는 일은 거의 대부분 이 정본을 만드는 작업을 생략한 채 이루어져 왔다. 하지만 정본 없이 이루어진 결과물들은 신뢰하기 어렵다. 정본이 있어야 제대로 된 한글 번역이 가능하고, 제대로 된 한글 번역이 있고서야 오디오북, 만화, 애니메이션, 드라마, 영화 등 다른 문화 장르에서의 제대로 된 활용도 가능해진다. 뿐만 아니라 정본에 의거한 현대 한국어 역譯이 나와야 비로소 영어나 기타 외국어로의 제대로 된 번역이 가능해진다. 이런 점에서 본다면 작금의 한국 고전소설 번역이나 현대화는 대강 특정 이본 하나를 현대어로 옮겨 놓은 수준에 머무는 것이라는 한계를 대부분 갖고 있는바, 이제 이 한계를 넘어서야 할 시점에 이르렀다. 이 총서에 실린 대부분의 작품은 내가 펴낸 책인 『한국한문소설 교합구해校合句解』에서 이루어진 정본화定本化 작업을 토대로 하고 있는바, 이 점에서 기존의 한국 고전소설 번역서들과는 전적으로 성격을 달리한다.

나는 『한국한문소설 교합구해』의 서문에서, "가능하다면 차후 후학들과 힘을 합해 이 책을 토대로 새로운 버전의 한문소설 국역을 시도했으면 한다. 만일 이 국역이 이루어진다면 이를 저본으로 삼아 외국어로의 번역 또한 생각해 볼 수 있을 것이다"라고 말한 바 있다. 바야흐로 한국 고전소설을 전공한 정길수 교수와의 공동 작업으로 이 총서를 간행함으로써 이런 생각을 실현할 수 있게 되어 대단히 기쁘게 생각한다.

이 총서의 작업 방식에 대해 간단히 언급해 두고자 한다. 이 총서의 초벌 번역은 정 교수가 맡았으며, 나는 그것을 수정하는 작업을 했다. 정 교수의 노고야 말할 나위도 없지만, 수정을 맡은 나도 공동 작업의 취지에 어긋나지 않게 최선을 다했음을 밝혀 둔다. 한편 각권의 말미에 간단한 작품 해설을 첨부했다. 원래는 작품마다 끝에다 해제를 붙이려고 했는데, 너무 교과서적으로 비칠 염려가 있는 데다 혹 독자의 상상력을 제약할지도 모르겠다는 생각이 들어 이런 방식으로 바꾸었다.

이 총서는 총 16권을 계획하고 있다. 단편이나 중편 분량의 한문소설이 다수지만, 총서의 뒷부분에는 한국 고전소설을 대표하는 몇 종류의 장편소설과 한글소설도 수록할 생각이다.

이 총서는, 비록 총서라고는 하나 한국 고전소설을 망라하는 데 목적이 있지 않다. 그야말로 '千년의 우리소설' 가운데 21세기 한국인 독자의 흥미를 끌 만한, 그리하여 우리의 삶과 역사와 문화를 주체적으로 돌아보고 성찰하는 데 도움이 될 만한, 그럼으로써 독자들의 심미적審美的 이성理性을 충족시키고 계발하는 데 보탬이 될 만한 작품들을 가려 뽑아 한국 고전소설에 대한 인식을 바꾸고 확충하고자 하는 것이 목적이다. 만일 이 총서가 이런 목적을 어느 정도 달성했다는 평가를 받게 된다면 영어 등 외국어로 번역해 비단 한국인만이 아니라 세계 각지의 사람들에게 읽혀도 좋지 않을까 생각한다.

2007년 9월
박희병

차례

간행사　5
일러두기　14

열녀춘향수절가 | 15
완판完板 84장본

상권

숙종대왕 즉위 초 17 | 지리산에 빌어 낳은 춘향 18 | 봄나들이 나서는 이도령 21 | 광한루를 찾은 이도령 24 | 그네 타는 춘향 28 | 이도령과 춘향의 상봉 35 | 춘향을 그리워하는 이도령 40 | 사또의 착각 47 | 춘향 집에서의 만남 50 | 언약 57 | 사랑가 64 | 사랑놀음 73 | 이별 81 | 약속 92

하권

상사相思 97 | 신관 사또 행차 100 | 기생 점고 103 | 춘향 소환 108 | 춘향의 항거 114 | 십장가十杖歌: 매 맞으며 부르는 열 개의 노래 121 | 춘향이 옥중에서 부르는 노래 130 | 꿈에 간 황릉묘 134 | 해몽 138 | 장원급제 145 | 남원 가는 길 147 | 농부들 150 | 춘향의 편지 155 | 다시 찾은 춘향 집 159 | 옥중 상봉 166 | 변사또 생일잔치 171 | 어사출또 176

춘향전 | 181
경판京板 30장본

제일강산 광한루 183 | 그네 타는 춘향 185 | 첫 만남 불망기 190 | 춘향을 그리워하는 이도령 195 | 춘향 집 구경 199 | 권주가 203 | 사랑 놀음 205 | 이별 209 | 신관 사또 214 | 매 맞는 춘향 219 | 꿈 225 | 장원급제 230 | 변사또의 쇠코뚜레 공사 233 | 다시 찾은 춘향 집 239 | 옥중 상봉 242 | 변사또의 생일잔치 246 | 어사 출또 253 | 대단원 256

미주   261
작품 해설—전주의「춘향전」과 서울의「춘향전」 305

일러두기

1. 「열녀춘향수절가」(「춘향전」 완판完板 84장본)는 서계서포西溪書舖 간행본을 저본으로 삼고 다가서포多佳書舖 간행본을 참고했다.
2. 「춘향전」(경판京板 30장본)은 프랑스 국립동양언어문화대학(INALCO) 소장본을 저본으로 삼고 누락 구절을 도쿄외국어대학 소장본으로 보충했다.
3. 본문의 현대 한국어 풀이는 명조체로, 간단한 주석은 고딕체로 구분하여 행간에 아래첨자 형태로 병기했다.
4. 자세한 설명이 필요한 경우 해당 어구에 주석 번호를 표시하고 '미주'로 처리했다.

열녀춘향수절가

완판完板 84장본

미상

상권

숙종대왕 즉위 초

숙종대왕肅宗大王 즉위 초에 성덕聖德이 넓으시어 성자성
　　　재위 1674~1720년　　　　　　임금의 덕이　　　　　　성군의 자
손聖子聖孫은 계계승승繼繼承承하사 금구옥촉金甌玉燭은 요순
손은　　　　　대를 이어 가시어　　　　굳건한 강토와 태평한 시대는
시절이요, 의관문물衣冠文物은 우탕禹湯의 버금이라. 좌우 보
　　　　　문화와 문물은　　　　하夏나라 우왕禹王과 상商나라 탕왕湯王
필보필弼은 주석지신柱石之臣이요, 용양호위龍驤虎衛[1]는 간성지
　　　　나라의 기둥 역할을 하는 중신이요 임금의 호위병은　　　　나라의 방
장干城之將이라. 조정에 흐르는 덕화德化가 향곡鄕曲에 펴였
패 역할을 하는 장수라　　　　　　　　　　　시골에 퍼져 있으니
으니, 사해四海의 굳은 기운이 원근遠近에 어려 있다. 충신은
만조滿朝하고, 효자와 열녀가 가가재家家在라 미재미재美哉美
조정에 가득하고　　　　　　　집집마다 있는지라　　　아름답고 아름답도다
재哉라! 우순풍조雨順風調하니 함포고복含哺鼓腹 백성들은 처처
　　　때맞추어 알맞게 비가 내리고 바람이 부니　부른 배를 두드리는　　　　곳곳에
處處에 「격양가」擊壤歌[2]라.

지리산에 빌어 낳은 춘향

이때 전라도 남원부南原府에 월매라 하는 기생이 있으되 삼남三南의 명기名妓로서 일찍 퇴기退妓하여 성가成哥라 하는 양반을 데리고 세월을 보내되 연장사순年將四旬에 당하여 일점혈육이 없어 일로 한이 되어 장탄수심長歎愁心에 병이 되었구나.

일일은 크게 깨쳐 옛사람을 생각하고 가군家君을 청입請入하여 여쭈오되 공순히 하는 말이

"들으시오. 전생에 무삼 은혜 끼쳤던지 이생에 부부 되어 창기娼妓 행실 다 버리고, 예모禮貌도 숭상하고 여공女工도 힘썼건만, 무삼 죄가 진중하여 일점혈육 없으니, 육친무족肉親無族 우리 신세 선영향화先塋香火 뉘라 하며, 사후감장死後勘葬 어이하리? 명산대찰名山大刹에 신공申供이나 하여 남녀간 낳거드면 평생 한을 풀 것이니, 가군의 뜻이 어떠하오?"

성참판成參判[4] 하는 말이

"일생 신세 생각하면 자네 말이 당연하나 빌어서 자식을 낳을진대 무자無子한 사람이 있으리오?"

하니 월매 대답하되

"천하대성天下大聖 공부자孔夫子도 이구산尼丘山에 빌으시
　　　천하의 큰 성인 공자孔子도 그 어머니가 곡부曲阜의 이구산 신령에게 빈 뒤에 태어났고
고, 정鄭나라 정자산鄭子産5은 우성산에 빌어 났고, 아동방我
　　　　　　　　　　　　　　　　　　　　　　　우리 동방
東方 강산을 이를진댄 명산대천이 없을쏜가? 경상도 웅천熊
川 주천의는 늦도록 자녀 없어 최고봉에 빌었더니 대명천자
大明天子 나 계시사6 대명천지大明天地 밝았으니, 우리도 정성
이나 드려 보사이다."

　　공든 탑이 무너지며 심은 나무 꺾일쏜가? 이날부터 목욕
재계 정히 하고 명산승지名山勝地 찾아갈 제 오작교烏鵲橋7 썩
　　　　　　　　　　　　　　　　　　　　　　깨끗이
나서서 좌우 산천 둘러보니 서북의 교룡산蛟龍山은 술해방戌
　　　　　　　　　　　　　　　　　　　　　　서북쪽
亥方을 막아 있고, 동으로는 장림長林8 수풀 깊은 곳에 선원
사禪院寺9는 은은히 보이고, 남으로는 지리산이 웅장한데, 그
가운데 요천수蓼川水10는 일대 장강長江 벽파碧波 되어 동남으
　　　　　　　　　　　　　긴 강의 푸른 물결
로 둘렀으니, 별유건곤別有乾坤 여기로다.
　　　　　　　신선들이 사는 별세계가
　　청림靑林을 더위잡고 산수를 밟아 들어가니 지리산이 여
　　푸른 숲을　　손으로 움켜잡고
기로다. 반야봉般若鋒 올라서서 사면을 둘러보니 명산대천
　　　　지리산의 제2봉
완연하다. 상봉上峰에 단壇을 무어 제물祭物을 진설陳設하고
　　　　　　　　　　　　　　　　　　　쌓아
단하壇下에 복지伏地하여 천신만고 빌었더니, 산신님의 덕
　　　　　땅에 엎드려
이신지 이때는 5월 5일 갑자甲子라 한 꿈을 얻으니, 서기瑞氣
　　　　　　　　　　　　　　　　　　　　　　　상서로운 기
반공盤空하고 오채五彩 영롱하더니 일위一位 선녀가 청학靑鶴
운이 하늘에 서리고　오색　　　　　　한 사람
을 타고 오는데 머리에 화관花冠이요 몸에는 채의彩衣로다.

월패月佩 소리 쟁쟁하고 손에는 계화桂花 일지一枝를 들고 당
　　달 모양의 패옥佩玉　　　　　　　　　계수나무 꽃 한 가지를

堂에 오르며 거수장읍擧手長揖하고 공순히 여쭈되
　　　　　　두 손을 들어 읍하고

　　"낙포洛浦의 딸11이더니 반도蟠桃 진상進上 옥경玉京 갔다
　　　　저는 낙수洛水의 여신이었는데　　신선 세계의 복숭아를 바치러 옥황상제에게 갔다가

광한전廣寒殿에서 적송자赤松子 만나12 미진정회未盡情懷하올
달나라의 궁전에서 신선 적송자를 만나　　　　　정회를 다 풀지 못하던 차에

차에 시만時晩함이 죄가 되어 상제上帝 대로하사 진토塵土에
　　　늦게 온 게　　　　　　　　옥황상제가 크게 노하시어　　인간 세계에

내치시매 갈 바를 모르더니, 두류산頭流山 신령께서 부인 댁
　　　　　　　　　　　　　　지리산

으로 지시하기로 왔사오니 어여삐 여기소서."

하며 품으로 달려들새 학지고성鶴之高聲은 장경고長頸故라 학
　　　　　　　　　　　학의 높은 울음소리는 목이 길기 때문이라

의 소리에 놀라 깨니 남가일몽南柯一夢이라. 황홀한 정신을
　　　　　　　　　　　　일장춘몽이라

진정하여 가군과 몽사夢事를 설화說話하고 천행天幸으로 남자
　　　　　　　　꿈에 나타난 일을 이야기하고

를 낳을까 기다리더니, 과연 그달부터 태기 있어 십삭十朔이
　　　　　　　　　　　　　　　　　　　　　열 달이

당하매 일일은 향기 만실滿室하고 채운彩雲이 영롱하더니 혼
　　　하루는　　　　　방에 가득하고　오색구름이

미 중에 생산하니 일개 옥녀玉女를 낳았나니, 월매의 일구월
　　　　아이를 낳으니　　　　　　　　　　　　　　　　오랜 세월

심日久月深 기루던 마음 남자는 못 낳았으되 저근덧 풀리는
　　　　　　　그리던　　　　　　　　　　　　　잠깐 사이에

구나. 그 사랑함은 어찌 다 형언하리?

　　　　　　이름을 춘향이라 부르면서 장중보옥掌中寶玉같이 길러내
　　　　　　　　　　　　　　　　　손안의 보배로운 구슬처럼

니 효행孝行이 무쌍이요, 인자함이 기린麒麟13이라. 칠팔 세
　　　　　　　　　　　　　　　견줄 만한 짝이 없고

되매 서책書冊에 착미著味하여 예모禮貌 정절貞節을 일삼으니,
　　　　　　　　　취미를 붙여　　　　　　예의

효행을 일읍一邑이 칭송 아니할 이 없더라.
　　　　　　온 고을이

봄나들이 나서는 이도령

이때 삼청동三淸洞14 이한림李翰林15이라 하는 양반이 있으되 세대명가世代名家요 충신의 후예라. 일일은 전하殿下께옵서 충효록忠孝錄16을 올려 보시고 충효자를 택출擇出하사 자목지관字牧之官 임용하실새 이한림으로 과천果川 현감縣監에 금산錦山 군수 이배移拜하여 남원 부사府使 제수除授하시니, 이한림이 사은숙배謝恩肅拜 하직하고 치행治行 차려 남원부에 도임到任하여 선치민정善治民情하니 사방에 일이 없고 방곡坊曲의 백성들은 더디 옴을 칭송한다. 강구연월문동요康衢烟月聞童謠17라 시화연풍時和年豊하고 백성이 효도하니 요순시절이라.

이때는 어느 때뇨? 놀기 좋은 삼춘三春이라. 호연비조胡燕翡鳥 뭇 새들은 농춘화답弄春和答 짝을 지어 쌍거쌍래雙去雙來 날아들어 온갖 춘정春情 다투는데, 남산화발북산홍南山花發北山紅과 천사만사수양지千絲萬絲垂楊枝에 황금조黃金鳥는 벗 부른다. 나무 나무 성림成林하고 두견 접동 낮에 나니 일년지가절一年之佳節이라.

이때 사또 자제 이도령이 연광年光은 이팔이요 풍채는 두

목지杜牧之[18]라. 도량은 창해滄海 같고 지혜 활달하고 문장은
　　　　　　　　　　바다처럼 넓고
이백李白이요 필법筆法은 왕희지王羲之[19]라. 일일은 방자房子[20]
불러 말씀하되

　　"이 골 경처景處 어디메냐? 시흥詩興 춘흥春興 도도하니
　　　　　고을 경치가 뛰어난 곳이
절승경처絶勝景處 말하여라."
경치가 빼어나게 좋은 곳

　　방자놈 여쭈오되

　　"글공부하시는 도련님이 경처 찾아 부질없소."

　　이도령 이르는 말이

　　"너 무식한 말이로다! 자고自古로 문장재사文章才士도 절
　　　　　　　　　　　　예로부터
승강산 구경키는 풍월작문風月作文 근본이라. 신선도 두루
　　　　　　　　시문을 짓는 데
돌아 박람博覽하니 어이하여 부당하랴? 사마장경司馬長卿이
　　　　　　　　　　　　　　　　　　　　사마천司馬遷이
남으로 강회江淮에 떴다 대강大江을 거스를 제[21] 광랑성파狂
　　　　양자강揚子江과 회수淮水에 배를 띄웠다가 황하黃河를 거슬러 올라갈 때 미친 듯이
浪盛波에 음풍陰風이 노호怒號하여, 예로부터 가르치니 천지
날뛰는 거센 파도에 음산한 바람이 성난 듯 부르짖어　　　　사마천의 글을 가르치니
간 만물지변萬物之變이 놀랍고 즐겁고도 고운 것이 글 아닌
　　만물의 변화가
게 없느니라. 시중천자詩中天子 이태백은 채석강采石江에 놀
　　　　　　시인 중의 황제
아 있고,[22] 적벽강赤壁江 추야월秋夜月에 소동파蘇東坡 놀아 있
　　　　　　　　　　　　　　　　　　송나라의 문인 소식蘇軾
고,[23] 심양강潯陽江 명월야明月夜에 백낙천白樂天 놀아 있고,[24]
　　　　　　　　　　　　　　당나라의 시인 백거이白居易
보은報恩 속리俗離 문장대文藏臺에 세조대왕世祖大王 노셨으
　　　　　속리산
니,[25] 아니 놀든 못하리라."

　　이때 방자가 도련님 뜻을 받아 사방 경개景槪 말씀하되
　　　　　　　　　　　　　　　　　　　　경치

"서울로 이를진대 자문紫門[26] 밖 내달아 칠성암七星庵 청련암靑蓮庵[27] 세검정洗劍亭과 평양 연광정練光亭 대동루大同樓 모란봉牡丹峰, 양양 낙산사洛山寺, 보은 속리 운장대雲藏臺, 안의安義 수승대搜勝臺, 진주 촉석루矗石樓, 밀양 영남루嶺南樓가 어떠한지 몰라와도 전라도로 이를진대 태인泰仁 피향정披香亭, 무주 한풍루寒風樓, 전주 한벽루寒碧樓 좋사오나 남원 경처 듣조시오.

동문 밖 나가오면 장림 숲 선원사 좋삽고, 서문 밖 나가오면 관왕묘關王廟는 천고영웅千古英雄 엄한 위풍威風 어제 오늘 같삽고, 남문 밖 나가오면 광한루 오작교 영주각瀛洲閣[28] 좋삽고, 북문 밖 나가오면 청천삭출금부용靑天削出金芙蓉[29] 기벽기峨辟奇하여 우뚝 섰으니 기암기엄奇巖奇巖 둥실 교룡산성蛟龍山城 좋사오니, 처분대로 가사이다."

도련님 이른 말씀

"이애, 말로 듣더래도 광한루 오작교가 경개로다. 구경 가자!"

광한루를 찾은 이도령

도련님 거동 보소. 사또 전 들어가서 공순히 여쭈오되
_{앞에}

"금일今日 일기日氣 화난和暖하오니 잠깐 나가 풍월음영
_{날씨가 화창하고 따뜻하니}   _{시 읊기}

風月吟詠 시 운목韻目³⁰도 생각하고자 싶으오니, 순성巡城이나
           _{압운押韻}   _{성을 한 바퀴 돌며}

하여이다."
_{구경이나}

사또 대희大喜하여 허락하시고 말씀하시되
       _{매우 기뻐}

"남주南州 풍물을 구경하고 돌아오되 시제詩題를 생각하라."
 _{남쪽 고을}

도령 대답

"부교父敎대로 하오리다."
 _{아버지의 분부대로}

물러나와

"방자야, 나귀 안장 지워라."

방자 분부 듣고 나귀 안장 지운다. 나귀 안장 지울 제 홍
                                                    _{붉은}

영자공산호편紅纓紫鞚珊瑚鞭 옥안금천황금륵玉鞍錦韉黃金勒,³¹
_{가슴걸이, 자주색 재갈, 산호 채찍}   _{옥 장식 안장, 비단 언치, 황금 굴레}

청홍사靑紅絲 고운 굴레, 주락상모珠絡象毛³² 더뻑 달아 층층
_{청실홍실}   _{말 갈기를 땋아 꾸민 장식}

다래³³ 은엽등자銀葉鐙子³⁴ 호피虎皮돋움에 전후걸이³⁵ 줄방울
_{말다래}   _{은 장식 말등자}   _{자리를 받쳐 높이는 호랑이 가죽}   _{선후걸이}

을 염불법사念佛法師 염주 매듯.
   _{염불하는 승려가}

"나귀 등대等待하였소!"
      _{대령하였소}

도련님 거동 보소. 옥안선풍玉顔仙風 고운 얼굴 전반³⁶ 같
                _{옥처럼 고운 얼굴과 신선의 풍모}   _{반듯하고 가지}

은 채머리 곱게 빗어 밀기름[37]에 잠재워 궁초宮綃 댕기 석
_{린한 머리채}   _{둥근 무늬가 든 비단 댕기에}
황석황黃石黃[38] 물려 맵시 있게 잡아 땋고, 성천成川 수주水紬 접동
_{석웅황石雄黃 돌을 장식하여}   _{평안도 성천의 고급 비단으로 지은 저고리}
배,[39] 세백저細白苧 상침上針 바지,[40] 극상세목極上細木[41] 겹버
_{올이 가는 모시 바지}   _{최고급 무명}
선에 남갑사藍甲紗[42] 대님 치고, 육사단六絲緞 겹배자[43] 밀화
_{남빛 고급 비단}   _{중국 비단으로 지은 조끼}   _{호박琥珀}
蜜花 단추 달아 입고, 통행전筒行纏[44]을 무릎 아래 넌짓 매고,
                    _{통이 넓은 각반脚絆}   _{넌지시}
영초단英綃緞 허리띠, 모초단毛綃緞 도리낭[45]을 당팔사唐八絲[46]
_{중국산 비단}   _{중국산 비단 주머니}   _{중국산 끈}
갖은 매듭 고를 내어 넌짓 매고, 쌍문초雙文綃 진동청津銅靑
                            _{중국산 비단}   _{구릿빛 긴 겉옷에}
중치막[47]에 도포 받쳐 흑사黑絲 띠를 흉중에 눌러 매고 육분

당혜唐鞋[48] 끄으면서
        _{끌면서}
    "나귀를 붙들어라."

        등자鐙子 딛고 선뜻 올라 뒤를 싸고 나오실 제 통인通引[49]
하나 뒤를 따라 삼문三門[50] 밖 나올 적에 쇄금灑金부채 호당
                _{관청 앞에 세운 세 문}   _{바탕에 금박을 입힌 부채와}
선호선唐扇으로 일광日光을 가리우고 관도성남官道城南[51] 너른 길
_{중국산 부채로}   _{성 남쪽 큰길}
에 생기 있게 나갈 제 취과양주醉過揚州하던 두목지杜牧之[52]의
                    _{술에 취해 양주 거리를 지나가던}
풍채런가? 시시오불時時誤拂하던 주랑周郎의 고음顧音[53]이라.
            _{때때로 연주가 틀리면 연주자를 돌아보던 주유周瑜와 같다}
        향가자맥춘성내香街紫陌春城內요 만성견자수불애滿城見者誰
        _{봄날 장안 도성의 거리 풍경이요}   _{성 가득 보는 사람 누군들 사랑하지 않}
不愛라[54] 광한루 섭적 올라 사면을 살펴보니 경개가 장히 좋
_{으리}   _{힘들이지 않고 가볍게 올라}
다. 적성赤城 아침 날에 늦은 안개 떠어 있고, 녹수綠樹에 저
문 봄은 화류동풍花柳東風 둘러 있다.[55] 자각단루분조요紫閣丹
        _{꽃과 버들과 봄바람}   _{자줏빛 붉은빛 누각은 어지러이}
樓紛照耀요 벽방금전상영롱璧房錦殿相玲瓏[56]은 임고대臨高臺[57]를
_{빛나고}   _{옥과 비단으로 장식한 궁전이 어리비치네}   _{왕발王勃의 시 제목}

일러 있고, 요헌기구하최외瑤軒綺構何崔嵬[58]는 광한루를 이름
옥구슬 비단 집은 어찌 그리 드높은가!
이라.

　　악양루岳陽樓 고소대姑蘇臺[59]와 오초동남수吳楚東南水[60]는
　　　　　　　　　　　　　　　　　오 땅과 초 땅을 동남으로 가르는 물은
동정호洞庭湖로 흘러지고, 연자燕子[61] 서북에 팽성彭城[62]이
　　　　　　　　　　　　연자루燕子樓
완연한데, 또 한 곳 바라보니 백백홍홍白白紅紅 난만爛漫 중
　　　　　　　　　　　　　　흰꽃과 붉은 꽃이 화려하게 핀 곳에
에 앵무 공작 날아들고, 산천 경개 둘러보니 에굽은 반송盤
松 솔 떡갈잎은 아주 춘풍春風 못 이기어 흔늘흔늘, 폭포 유
수流水 시냇가에 계변화溪邊花는 뻥긋뻥긋, 낙락장송落落長松
　　　　　　　　시냇가의 꽃은
울울하고 녹음방초승화시綠陰芳草勝花時[63]라. 계수桂樹 자단紫
　　　　푸르른 나무와 향기로운 풀이 꽃보다 아름다운 때라
壇[64] 모란 벽도碧桃에 취한 산색山色 장강長江 요천蓼川에 풍등
　　　　　　　　　　　　　　산빛은　　　　　　　　　　　　　　풍덩실
슬 잠겨 있고, 또 한 곳 바라보니 어떠한 일 미인이 봄새 울
음 한가지로 온갖 춘정春情 못 이기어 두견화 질끈 꺾어 머
리에도 꽂아 보며, 함박꽃도 질끈 꺾어 입에 함쑥 물어 보
고, 옥수나삼玉繡羅衫 반만 걷고 청산유수 맑은 물에 손도 씻
　　　수놓은 비단 적삼을
고 발도 씻고 물 머금어 양수養漱하며, 조약돌 덥석 쥐어 버
　　　　　　　　　　　　　양치하며
들가지 꾀꼬리를 희롱하니 타기황앵打起黃鶯[65]이 아니냐? 버
　　　　　　　　　　　　　꾀꼬리를 쫓아낸다는 말
들잎도 주루룩 훑어 물에 훨훨 띄워 보고, 백설 같은 흰나비
웅봉자접雄蜂雌蝶은 화수花鬚 물고 너울너울 춤을 춘다. 황금
수벌과 암나비는　　　　꽃술
같은 꾀꼬리는 숲숲이 날아든다.

　　광한 진경珍景 좋거니와 오작교가 더욱 좋다. 방가위지方
　　광한루의 진귀한 경치　　　　　　　　　　　　　　바야흐로 호남

可謂之 호남의 제일성第一城이로다. 오작교 분명하면 견우 직
_{제일의 성이라고 이를 만하다}
녀 어디 있나? 이런 승지勝地에 풍월이 없을쏘냐? 도련님이
_{시가}
글 두 귀를 지었으되

   고명오작선高明烏鵲船이요
   _{높고 환해라 까막까치로 이룬 배요}
    광한옥계루廣寒玉階樓라.
    _{광한전廣寒殿 옥으로 만든 섬돌 누각이라}
   차문천상수직녀借問天上誰織女요
   _{묻노니 하늘의 직녀 누구인가}
    지흥금일아견우至興今日我牽牛라.
    _{흥겨워라 오늘 내가 견우라네}

이때 내아內衙에서 잡술상이 나오거늘 일배주一杯酒 먹은
_{관아의 안채}   _{한 잔 술}
후에 통인 방자 물려주고, 취흥이 도도하여 담배 피워 입에
다 물고 이리저리 거닐 제 경처景處의 흥에 겨워 충청도 고
                 _{공주}
마 수영水營 보련암66을 일렀은들 이곳 경처 당할쏘냐? '붉
_{보령의 수군水軍 병영}
을 단丹', '푸를 청靑', '흰 백白', '붉을 홍紅' 고몰고몰리67 단
               _{곳곳이} _{울긋}
청丹靑, 유막황앵환우성柳幕黃鶯喚友聲68은 나의 춘흥春興 도와
_{불긋}   _{수양버들 가지에서 꾀꼬리가 벗을 부르는 소리는}
낸다. 황봉백접黃蜂白蝶 왕나비는 향기 찾는 거동이라 비거
  _{노란 벌과 흰나비}
비래춘성내飛去飛來春城內요 영주瀛洲·방장方丈·봉래산蓬萊山
_{봄 성 안에 날아가고 날아오며}   _{신선이 산다는 삼신산三神山}
이 안하眼下에 가까우니 물은 보니 은하수요, 경개는 잠깐 옥
경玉京이라. 옥경이 분명하면 월궁月宮 항아姮娥69 없을쏘냐?
          _{달나라 궁전에 사는 선녀}

그네 타는 춘향

　　이때는 삼월이라 일렀으되 오월 단오일이렷다. 천중지가
절天中之佳節이라. 이때 월매 딸 춘향이도 또한 시서음률詩書
　　　　좋은 명절 단오
音律이 능통하니 천중절天中節을 모를쏘냐? 추천鞦韆을 하랴
　　　　　　　　　　　단오　　　　　　　　　　　그네뛰기
하고 상단이 앞세우고 내려올 제 난초같이 고운 머리 두 귀
　　　향단이
를 눌러 곱게 땋아 금봉차金鳳釵를 정제하고 나군羅裙을 두
　　　　　　　　봉황의 형상을 새긴 금비녀　　　　　비단치마를
른 허리 미앙未央의 가는 버들[70] 힘이 없이 되운 듯, 아름답
　　　　한나라의 궁전 미앙궁未央宮　　　　　　　드리운
고 고운 태도 아장거려 흔늘거려 가만가만 나올 적에 장림
長林 속으로 들어가니, 녹음방초 우거져 금잔디 좌르륵 깔린
곳에 황금 같은 꾀꼬리는 쌍거쌍래雙去雙來 날아들 제 무성
한 버들 백척장고百尺長高 높이 매고 추천을 하려 할 제 수화
　　　　일백 자 높은 곳에　　　　　　　　　　　　　　무늬 있
유문水禾有紋 초록 장옷, 남방사藍紡紗 홑단치마 훨훨 벗어 걸
는 수화주水禾紬 비단　　　　　　남색 비단
어 두고, 자주 영초 수당혜繡唐鞋를 썩썩 벗어 던져 두고, 백
　　　　　영초단　수놓은 당혜를　　　　　　　　　　　　흰색
방사白紡絲 진솔속것 턱 밑에 훨씬 추고, 연숙마軟熟麻 추천
비단　　　　새 속곳　　　　　　　　　　추켜올리고 삼 껍질을 삶아 보드랍게 만
줄을 섬섬옥수 넌짓 들어 양수兩手에 갈라 잡고 백릉白綾 버
든 그넷줄을　　　　　　　　　양손에　　　　　　　희고 얇은 비단 버선
선 두 발길로 섭적 올라 발 구를 제 세류細柳 같은 고운 몸을
　　　　　　　　　　　　　　　　　가녀린 버들가지
단정히 놀리는데, 뒤 단장 옥비녀 은죽절銀竹節과 앞치레 볼
　　　　　　　　　　　　　　　　　대 마디 모양의 은비녀
작시면 밀화장도蜜花粧刀 옥장도玉粧刀며 광월사光月紗 겹저
　　　　　호박으로 장식한 칼　　　　　　　　중국산 비단

고리 제색 고름에 태가 난다.
  저고리와 같은 색의 고름에
"상단아, 밀어라!"

한 번 굴러 힘을 주며 두 번 굴러 힘을 주니 발밑에 가는 티끌 바람 좇아 펄펄 앞뒤 점점 멀어 가니, 머리 위의 나뭇잎은 몸을 따라 흔들흔들, 오고 갈 제 살펴보니 녹음 속에 홍상紅裳 자락이 바람결에 내비치니 구만장천九萬長天 백
    붉은 치맛자락이   구만 리 긴 하늘
운간白雲間에 번갯불이 쐬이는 듯 첨지재전홀언후瞻之在前忽
                              바라보니 앞에 있었는데 홀연 뒤에 있는
焉後71라. 압푸 얼른 하는 양은 가벼운 저 제비가 도화桃花 일
 지라   앞으로
점一點 떨어질 제 차려 하고 쫓치는 듯, 뒤로 번듯 하는 양은 광풍狂風에 놀란 호접胡蝶 짝을 잃고 가다가 돌치는 듯, 무산
              나비   돌이키는
巫山 선녀 구름 타고 양대상陽臺上에 내리는 듯,72 나뭇잎도
            양대陽臺 위에
물어 보고 꽃도 질끈 꺾어 머리에다 실근실근.

"이애 상단아, 근디 바람이 독하기로 정신이 어질한다.
         그네
근디 줄 붙들어라!"

붙들려고 무수히 진퇴進退하며 한창 이리 노닐 적에 시냇가 반석상盤石上에 옥비녀 떨어져 쟁쟁하고 "비녀! 비녀!" 하는 소리 산호채를 들어 옥반玉盤을 깨치는 듯, 그 태도 그 형
           산호로 꾸민 채찍   옥 쟁반
용은 세상 인물 아니로다.

연자삼춘비거래燕子三春飛去來라 이도령 마음이 울적하고
 제비가 봄날에 날아가고 날아오니
정신 어질하여 별생각이 다 나졌다. 혼잣말로 섬어譫語하되
                                          잠꼬대처럼 중얼거리되

열녀춘향수절가 _ 29

"오호五湖에 편주扁舟 타고 범소백范少伯을 좇았으니 서시
西施도 올 리 없고,73 해성垓城 월야月夜에 옥장비가玉帳悲歌로
초패왕楚覇王을 이별하던 우미인虞美人도 올 리 없고,74 단봉
궐丹鳳闕 하직하고 백룡퇴白龍堆 간 연후에 독류청총獨留靑塚
하였으니 왕소군王昭君도 올 리 없고,75 장신궁長信宮 깊이 닫
고 「백두음」白頭吟을 읊었으니 반첩여班婕妤도 올 리 없고,76
소양궁昭陽宮 아침 날에 시측侍側하고 돌아오니 조비연趙飛燕
도 올 리 없고,77 낙포洛浦 선녀인가, 무산 선녀인가?"

도련님 혼비중천魂飛中天하여 일신一身이 고단이라 진실로 미혼지인迷魂之人이로다.

"통인아!"

"예."

"저 건너 화류花柳 중에 오락가락 희뜩희뜩 어른어른하는 게 무엇인지 자세히 보아라."

통인이 살펴보고 여쭈오되

"다른 무엇 아니오라 이 골 기생 월매 딸 춘향이란 계집아이로소이다."

도련님이 엉겁결에 하는 말이

"장히 좋다! 훌륭하다!"

통인이 아뢰되

"제 어미는 기생이오나 춘향이는 도도하여 기생 구실 마다하고, 백화초엽百花草葉에 글자도 생각하고 여공女工 재질才質이며 문장을 겸전兼全하여 여염 처자와 다름이 없나이다."
_{온갖 꽃과 풀잎과}

도령 허허 웃고 방자를 불러 분부하되

"들은즉 기생의 딸이라니 급히 가 불러오라."

방자놈 여쭈오되

"설부화용雪膚花容이 남방南方에 유명키로 방첨사方僉使,[78]
_{눈처럼 흰 살결과 꽃처럼 고운 얼굴이}   _{방백方伯과 첨사僉使,}
병부사兵俯使,[79] 군수郡守, 현감縣監, 관장官長님네, 엄지발가
_{병사兵使와 부사府使}
락이 두 뼘가웃[80]씩 되는 양반 외입쟁이들도 무수히 보려 하
_{두 뼘 반}
되 장강莊姜의 색色과 임사姙姒의 덕행[81]이며, 이두李杜의 문
_{춘추시대의 미인}   _{태임太姙과 태사太姒}   _{이백李白과 두보杜甫}
필이며, 태사太姒의 화순심和順心과 이비二妃[82]의 정절을 품었
_{양순한 마음과}   _{순임금의 두 비妃 아황娥皇과 여영女英}
으니, 금천하지절색今天下之絶色이요 만고여중군자萬古女中君
_{오늘날 천하제일의 미인이요}   _{세상에 비길 데 없는, 여성 중의 군자}
子오니, 황공하온 말씀으로 초래招來하기 어렵나이다."
_{이오니}   _{불러오기}

도령 대소大笑하고

"방자야, 네가 물각유주物各有主를 모르는도다! 형산荊
_{물건마다 임자가 따로 있음을}   _{미옥美玉의}
山[83] 백옥과 여수麗水[84] 황금이 임자 각각 있느니라. 잔말 말
_{산지}   _{황금의 산지}
고 불러오라."

방자 분부 듣고 춘향 초래 건너갈 제 맵시 있는 방자 녀
석 서왕모西王母 요지연瑤池宴[85]에 편지 전하던 청조靑鳥같이
_{선녀 서왕모가 요지瑤池에서 벌인 잔치에}   _{신선 세계에서 소식을}
이리저리 건너가서
_{전하는 새}

"여봐라, 이애 춘향아!"

부르는 소리에 춘향이 깜짝 놀래어

"무슨 소리를 그따우로 질러 사람의 정신을 놀래느냐?"

"이애야, 말 마라. 일이 났다!"

"일이라니, 무슨 일?"

"사또 자제 도련님이 광한루에 오셨다가 너 노는 모양 보고 불러오란 영슈이 났다."

춘향이 화를 내어

"네가 미친 자식이다! 도련님이 어찌 나를 알아서 부른단 말이냐? 이 자식 네가 내 말을 종지리새 열씨 까듯 하였나 보다."
_{종달새 삼씨 까듯 끊임없이 조잘거렸나 보다}

"아니다. 내가 네 말을 할 리가 없으되 네가 글체, 내가 글야? 너 그른 내력을 들어 보아라. 계집아이 행실로 추천을 할 양이면 네 집 후원後園 담장 안에 줄을 매고 남이 알까 모를까 은근히 매고 추천하는 게 도리에 당연함이라. 광한루 머지않고, 또한 이곳을 논지論之할진댄 녹음방초승화시綠陰芳草勝花時라 방초는 푸르른데 앞내 버들은 초록장草綠帳 두르고 뒷내 버들은 유록장柳綠帳 둘러 한 가지 늘어지고 또 한 가지 펑퍼져 광풍光風을 겨워 흔늘흔늘 춤을 추는데, 광한루 구경처에 근디를 매고 네가 뛸 제 외씨 같은 두 발길로 백운
_{따져 말하건대 / 초록빛 장막 / 휘늘어진 버들 장막 / 맑은 햇살과 함께 부는 상쾌한 바람에 흥겨워}

간에 노닐 적에 홍상 자락이 펄펄, 백방사 속것가래 동남풍에 펄렁펄렁, 박속 같은 네 살결이 백운간에 희뜩희뜩, 도련님이 보시고 너를 부르실 제 내가 무삼 말을 한단 말가? 잔말 말고 건너가자."

춘향이 대답하되

"네 말이 당연하나 오늘이 단오일이라 비단 나뿐이랴? 다른 집 처자들도 예 와 함께 추천하였으되 그럴 뿐 아니라 설혹 내 말을 할지라도 내가 지금 시사時仕가 아니거든 여염 사람을 호래척거呼來斥去로 부를 리도 없고, 부른대도 갈 리도 없다. 당초에 네가 말을 잘못 들은 바라."

방자 이면裏面에 볶이어 광한루로 돌아와 도련님께 여쭈오니 도련님 그 말 듣고

"기특한 사람이다! 언즉시야言則是也로되 다시 가 말을 하되 이리이리 하여라."

방자 전갈 모아 춘향에게 건너가니 그새에 제 집으로 돌아갔거늘 저의 집을 찾아가니 모녀간 마주 앉아 점심밥이 방장方將이라. 방자 들어가니

"너 왜 또 오느냐?"

"황송하다. 도련님이 다시 전갈하시더라. '내가 너를 기생으로 앎이 아니라, 들으니 네가 글을 잘 한다기로 청하노

라. 여가閭家에 있는 처자 불러 보기 청문聽聞에 괴이하나 혐
　　　어염집　　　　　　　　　　　　　　남의 이목에
의嫌疑로 알지 말고 잠깐 와 다녀가라' 하시더라."

　춘향의 도량度量한 뜻이 연분緣分 되려고 그러한지 홀연
　　　　헤아리는
히 생각하니 갈 마음이 나되 모친의 뜻을 몰라 침음양구沈吟
　　　　　　　　　　　　　　　　　　　　한참 동안 깊이 고민
良久에 말 않고 앉았더니, 춘향모 썩 나앉아 정신없게 말을
하며
하되

　"꿈이라 하는 것이 전수全數이 허사虛事가 아니로다! 간
　　　　　　　　　　　　모두
밤에 꿈을 꾸니 난데없는 청룡靑龍 하나 벽도지碧桃池에 잠겨
　　　　　　　　　　　　　　　　벽도화碧桃花가 핀 연못에
보이거늘 무슨 좋은 일이 있을까 하였더니 우연한 일 아니
로다! 또한 들으니 사또 자제 도련님 이름이 몽룡이라 하니,
'꿈 몽夢'자, '용 룡龍'자, 신통하게 맞추었다. 그러나저러
나 양반이 부르시는데 아니 갈 수 있겠느냐? 잠깐 가서 다
녀오라."

이도령과 춘향의 상봉

춘향이가 그제야 못 이기는 체로 겨우 일어나 광한루 건너갈 제 대명전大明殿 대들보에 명매기 걸음[86]으로, 양지陽地
_{맵시 있는 걸음으로}   _{아기작아기}
마당에 씨암탉 걸음으로, 백모래밭에 금자라 걸음으로 월태
_{작 가만히 걷는 걸음으로}   _{아장아장 걷는 걸음으로}   _{달과 꽃}
화용月態花容 고운 태도 완보緩步로 건너갈새, 흐늘흐늘 월서
_{처럼 어여쁜 자태와 얼굴}   _{느린 걸음으로}   _{월나라}
시토성습보西施土城習步[87]하던 걸음으로 흐늘거려 건너올
_{서시西施가 토성土城에서 걸음걸이 연습하던}
제, 도련님 난간에 절반만 비껴 서서 완완히 바라보니 춘향
_{비스듬히 기대 서서 느긋이}
이가 건너오는데 광한루에 가까운지라, 도련님 좋아라고 자세히 살펴보니 요요정정妖妖婷婷하여 월태화용이 세상에 무
_{어여쁘고 사랑스러워}
쌍이라. 얼굴이 조촐하니 청강淸江에 노는 학이 설월雪月에 비침 같고, 단순호치丹脣皓齒 반개半開하니 별도 같고 옥도
_{붉은 입술을 반쯤 열어 흰 치아를 드러내니}
같다. 연지臙脂를 품은 듯 기하상芰荷裳[88] 고운 태도 어린 안
_{연잎으로 만든 옷을 입은}
개 석양에 비추인 듯 취군翠裙이 영롱하여 문채文彩는 은하
_{푸른 치마가}   _{무늬는}
수 물결 같다. 연보蓮步를 정히 옮겨 천연히 누樓에 올라 부
_{아름다운 걸음을 곱게 옮겨}
끄러이 서 있거늘 통인 불러

"앉으라고 일러라."

춘향의 고운 태도 염용斂容하고 앉는 거동 자세히 살펴보
_{몸가짐을 단정히 하고}
니, 백석창파白石蒼波 새 비 뒤에 목욕하고 앉은 제비가 사람
_{흰 돌이 깔린 푸른 물결 바닷가에 새로 비가 내린 뒤에}

을 보고 놀라는 듯, 별로 단장한 일 없이 천연한 국색國色이
_{나라 제일의 미인}
라. 옥안玉顏을 상대하니 여운간지명월如雲間之明月이요, 단순
_{아름다운 얼굴을 마주하니　　　구름 사이의 밝은 달과 같고}
丹脣을 반개半開하니 약수중지연화若水中之蓮花로다. 신선을
_{물속의 연꽃과 같다}
내 몰라도 영주瀛州에 놀던 선녀 남원에 적거謫居하니 월궁
_{삼신산의 하나　　　　　　　　　귀양살이하니}
에 모인 선녀 벗 하나를 잃었구나. 네 얼굴 네 태도는 세상

인물 아니로다!

　　이때 춘향이 추파秋波를 잠깐 들어 이도령을 살펴보니 금
_{아름다운 눈길을}
세今世의 호걸이요 진세간塵世間 기남자奇男子라. 천정天庭이
_{인간 세상의 기이한 남자라　　두 눈썹 사이와 이마}
높았으니 소년 공명功名 할 것이요, 오악五嶽이 조귀朝歸하니[89]
_{가운데　　　　　　　　　　좌우 광대뼈와 이마와 턱이 코를 향해 절하는 듯하니}
보국충신輔國忠臣 될 것이매 마음에 흠모하여 아미蛾眉를 숙
_{눈썹}
이고 염슬단좌斂膝端坐 뿐이로다. 이도령 하는 말이
_{무릎을 모으고 단정히 앉을}
　　"성현聖賢도 불취동성不取同姓[90]이라 일렀으니, 네 성은
_{같은 성을 가진 사람끼리는 결혼하지 않는다고 했으니}
무엇이며 나이는 몇 살이뇨?"

　　"성은 성가成哥옵고 연세年歲는 십육 세로소이다."

　　이도령 거동 보소.

　　"허허, 그 말 반갑도다! 네 연세 들어하니 나와 동갑 이
_{들어보니}
팔이라. 성자姓字를 들어보니 천정天定일시 분명하다. 이성
_{하늘이 정한 인연임이　　　　　두 성씨}
지합二姓之合 평생동락平生同樂하여 보자. 너의 부모 구존俱存
_{姓氏가 합하여}
하냐?"

　　"편모하偏母下로소이다."
_{홀어미 슬하입니다}

"몇 형제나 되느냐?"

"육십 당년當年 나의 모친 무남독녀 나 하나요."

"너도 남의 집 귀한 딸이로다. 천정天定하신 연분으로 우리 둘이 만났으니 만년락萬年樂을 이뤄 보자."
<small>하늘이 정하신</small>

춘향이 거동 보소. 팔자청산八字靑山[91] 찡그리며 주순朱脣을 반개半開하여 가는 목 겨우 열어 옥성玉聲으로 여쭈오되
<small>고운 눈썹   붉은 입술을   아름다운 목소리로</small>

"충신은 불사이군不事二君이요 열녀烈女 불경이부절不更二夫節은 옛글에 일렀으니, 도련님은 귀공자요 소녀는 천첩賤妾이라, 한 번 탁정托情한 연후에 인因하여 버리시면 일편단심 이내 마음 독숙공방獨宿空房 홀로 누워 우는 한恨은 이내 신세 내 아니면 뉘가 그일꼬? 그런 분부 마옵소서."
<small>충신이 두 임금을 섬기지 않고   열녀가 두 남편을 섬기지 않는 정절은
정을 맡긴</small>

이도령 이른 말이

"네 말을 들어 보니 어이 아니 기특하랴? 우리 둘이 인연 맺을 적에 금석뇌약金石牢約 맺으리라. 네 집이 어디메냐?"
<small>무쇠와 돌처럼 굳은 약속</small>

춘향이 여쭈오되

"방자 불러 물으소서."

이도령 허허 웃고

"내 너더러 묻는 일이 허황하다. 방자야!"

"예."

"춘향의 집을 네 일러라."

방자 손을 넛짓 들어 가리키는데

"저기 저 건너 동산은 울울鬱鬱하고 연당蓮塘은 청청淸淸
　　　　　　　　　　울창하고　　　　　　연못　　　　　맑은데
한데 양어생풍養魚生風하고, 그 가운데 기화요초琪花瑤草가
　　　기르는 물고기가 바람을 일으키고　　　　아름다운 꽃과 풀이
난만爛漫하여 나무나무 앉은 새는 호사豪奢를 자랑하고, 암
　　흐드러져
상巖上에 굽은 솔은 청풍淸風이 건듯 부니 노룡老龍이 굼니
　　　　　　　　　　　　　　　　　　　　　　　　　몸을 굽
는 듯, 문 앞의 버들 유사무사양류지有絲無絲楊柳枝요 들쭉 측
혔다 일으켰다 하는 듯　　　실인 듯 실이 아닌 듯 가는 버들가지요
백 전나무며 그 가운데 행자목杏子木은 음양陰陽을 좇아 마주
　　　　　　　　　　은행나무는
서고, 초당草堂 문전門前 오동 대초나무, 깊은 산중 물푸레나
　　　　　　　　　　　　대추나무
무, 포도 다래 으름넌출 휘휘친친 감겨 담장 밖에 우뚝 솟았
　　　　　　으름덩굴
는데, 송정松亭 죽림竹林 두 사이로 은은히 보이는 게 춘향의

집입니다."

도련님 이른 말이

"장원牆垣이 정결하고 송죽松竹이 울밀鬱密하니 여자 절행
　　담이　　　　　　　　　　　　　울창하니
節行 가지可知로다!"
알 만하구나

춘향이 일어나며 부끄러이 여쭈오되

"시속時俗 인심 고약하니 그만 놀고 가겠나이다."

도련님 그 말을 듣고

"기특하다, 그럴듯한 일이로다! 오늘 밤 퇴령退令 후에
　　　　　　　　　　　　　　　　　　　　퇴근 명령이 내린 뒤에
너의 집에 갈 것이니 괄시나 부디 마라."

춘향이 대답하되

"나는 몰라요."

"네가 모르면 쓰겠느냐? 잘 가거라, 금야今夜에 상봉相逢하자!"

누樓에서 내려 건너가니 춘향모 마주 나와

"애고 내 딸, 다녀오냐? 도련님이 무엇이라 하시더냐?"

"무엇이라 하여요. 조금 앉았다가 '가겠노라' 일어나니 '저녁에 우리 집 오시마' 하옵디다."

"그래 어찌 대답하였느냐?"

"모른다 하였지요."

"잘 하였다."

춘향을 그리워하는 이도령

이때 도련님이 춘향을 애연哀然히 보낸 후에 미망未忘이
　　　　　　　　　　　　서글피　　　　　　　　　잊을 수 없는 마음을
둘 데 없어 책실冊室로 돌아와 만사에 뜻이 없고 다만 생각
　　　　　　서재로
이 춘향이라. 말소리 귀에 쟁쟁, 고운 태도 눈에 삼삼, 해지
기를 기다릴새 방자 불러

"해가 어느 때나 되었느냐?"

"동에서 아귀트나이다."92
　　　　　뜨기 시작하나이다
도련님 대로하여

"이놈, 괘씸한 놈! 서로 지는 해가 동으로 도로 가랴? 다
시금 살펴보라!"

이윽고 방자 여쭈오되

"일락함지日落咸池93 황혼 되고 월출동령月出東嶺하옵네다."
　해가 서쪽으로 져서　　　　　　달이 동산에 떠오릅니다
석반夕飯이 맛이 없어 전전반측輾轉反側 어이하리? 퇴령
을 기다리리라 하고 서책을 보려 할 제 책상을 앞에 놓고 서
책을 상고詳考하는데, 『중용』中庸 『대학』大學 『논어』論語 『맹
　　　　살피는데
자』孟子 『시전』詩傳 『서전』書傳 『주역』周易이며 『고문진보』古文
　　　　　『시경집전』詩經集傳 『서경집전』書經集傳
眞寶 『통사략』通史略94과 이백李白 두시杜詩 『천자』千字까지 내
　　　『통감절요』와 『십팔사략』　이백과 두보의 시　『천자문』까지
어놓고 글을 읽을새

"『시전』이라. 관관저구關關雎鳩 재하지주在河之洲로다. 요
　　　　　　　꾸르르 우는 물새 한 쌍　　물가 모래섬에 있고
조숙녀窈窕淑女는 군자호구君子好逑로다.⁹⁵ 아서라! 그 글도
　　　　　　　　군자의 좋은 짝이로다
못 읽겠다!"

『대학』을 읽을새

"대학지도大學之道는 재명명덕在明明德하며 재신민在新民
　대학의 도는　　　　　밝은 덕을 밝히는 데 있고 백성을 새롭게 하는 데 있으며
하며⁹⁶ 재춘향在春香이로다. 그 글도 못 읽겠다!"
　　　　춘향에게 있도다

『주역』을 읽는데

"원元코 형亨코 이利코 정貞코⁹⁷ 춘향이 코 딱 댄 코 조코
 원하고 형하고 이하고 정하고　　　　　　　　　　　　　좋고
하니라. 그 글도 못 읽겠다!"

"등왕각滕王閣이라. 남창南昌은 고군故郡이요 홍도洪都는
　　　　　　　　　남창은 옛 고을 이름이요　　홍도는 새 고을
신부新府로다.⁹⁸ 옳다! 그 글 되었다!"⁹⁹
이름이다

『맹자』를 읽을새

"맹자견양혜왕孟子見梁惠王하신대 왕왈王曰 수불원천리이
 맹자가 양혜왕을 만났는데　　　　　왕이 말하기를 "어른께서 천 리를 멀
래叟不遠千里而來하시니¹⁰⁰ 춘향이 보시러 오셨나이까."
 다 하지 않으시고 오셨으니"

『사략』을 읽는데

"태고太古라 천황씨天皇氏는 이以쑥덕으로 왕王하여 세기
　　　　　　　　　　　　　쑥떡으로 임금이 되어
섭제歲起攝提하니 무위이화의無爲而化矣라 하여 형제 12인이
'인寅의 해를 원년元年으로 삼아 무위無爲로 교화하니　　　형제 12인이 각각 1만
각각 일만팔천세一萬八千歲하다."¹⁰¹
 8천 년을 살았다

방자 여쭈오되

"여보 도련님, 천황씨가 '목덕'木德으로 왕이란 말은 들었
　　　　　　　　　　　　　만물을 생육하는 덕

으되 '쑥떡'으로 왕이란 말은 금시초문이오."

"이 자식, 네 모른다? 천황씨 1만 8천 세를 살던 양반이
　　　　　모르느냐
라 이가 단단하여 목떡을 잘 자셨거니와, 시속 선비들은 목떡
　　　　　　　나무 떡
을 먹겠느냐? 공자님께옵서 후생後生을 생각하사 명륜당明倫
　　　　　　　　　　　　　　　　　　　　　　성균관의 강학당講
堂에 현몽現夢하고 시속 선비들은 이가 부족하여 목떡을 못
學堂
먹기로 물씬물씬한 쑥떡으로 하라 하여 삼백육십주三百六十
　　　　　　　　　　　　　　　　　　나라 전체
州102 향교鄕校에 통문通文하고 '쑥떡'으로 고쳤느니라."
　　　　　　　　　글로 알려

방자 듣다가 말을 하되

"여보, 하느님이 들으시면 깜짝 놀라실 거짓말도 들었소."

또 「적벽부」赤壁賦를 들어 놓고

"임술지추칠월기망壬戌之秋七月旣望에 소자蘇子 여객與客으
　임술년 가을 7월 16일에　　　　　　　　　소동파가　　손님들과
로 범주유어적벽지하泛舟遊於赤壁之下할새 청풍은 서래徐來하
　적벽 아래에 배를 띄우고 노니는데　　　　　　맑은 바람이 은은히 불고
고 수파水波는 불흥不興이라.103 아서라! 그 글도 못 읽겠다!"
　　물결은 일지 않았다

『천자』를 읽을새

"하늘 천天 땅 지地."

방자 듣고

"여보 도련님, 점잖이 『천자』는 웬일이오?"

"『천자』라 하는 글이 칠서七書의 본문이라. 양梁나라 주
　　　　　　　　　　　　사서삼경　　　　　　　　　　　남조
흥사周興嗣가 하룻밤에 이 글을 짓고 머리가 희었기로 책 이
南朝 양나라의 문신
름을 '백수문'白首文이라.104 낱낱이 새겨 보면 뼈똥 쌀 일이
　　　　　　머리를 세게 한 글이라

많지야."

"소인놈도 『천자』 속은 아옵네다."

"네가 알더란 말이냐?"

"알기를 이르겠소?"

"안다 하니 읽어 봐라."

"예, 들으시오. 높고 높은 '하늘 천', 깊고 깊은 '땅 지', 홰홰친친 '검을 현玄', 불타졌다 '누루 황黃'."

"예 이놈, 상놈은 적실的實하다! 이놈, 어디서 장타령 하는 놈의 말을 들었구나. 내 읽을게 들어라.
상놈임에 틀림없다   거지가 구걸할 때
부르는 노래

천개자시생천天開子時生天하니 태극太極이 광대廣大
하늘이 자시에 열려 생겨나니
　　'하늘 천'

지벽어축시地闢於丑時하니 오행五行 팔괘八卦[105]로
땅이 축시에 열리니
　　'땅 지'

삼십삼천三十三天 공부공空復空[106]에 인심지시人心指示
삼십삼천이 공쏘하고 또 공쏘하니   사람의 마음을 가리키는
　　'검을 현'

이십팔수二十八宿[107] 금목수화金木水火 토지정색土之正色
　　　　　　　　　　오행 중 중앙의 '토土'를 상징하는 순수한 빛깔
　　'누루 황'

우주일월宇宙日月 중화中和하니 옥우쟁영玉宇崢嶸[108]
　　　　　　조화를 이루니   옥으로 장식한 궁전이 높이 솟아 있네
　　'집 우宇'

연대국도흥성쇠年代國都興盛衰[109] 왕고래금往古來今에[110]
역대 수도의 흥망성쇠   옛날에서 지금까지

　　'집 주宙'

우치홍수禹治洪水 기자추의箕子推義 홍범구주洪範九疇[111]
우왕禹王이 홍수를 다스릴 때 짓고 기자箕子가 그 뜻을 부연한 홍범구주

　　'넓을 홍洪'

삼황오제三皇五帝[112] 붕崩하신 후 난신적자亂臣賊子

　　'거칠 황荒'

동방이 장차 계명啓明키로 고고천변일륜홍杲杲天邊日輪紅
　　　　　　　밝아 오기로　　　밝디밝은 하늘가의 붉은 해
번듯 솟아

　　'날 일日'

억조창생億兆蒼生「격양가」에 강구연월康衢煙月의
수많은 백성

　　'달 월月'

한심미월寒心微月 시시時時 불어 삼오일야三五日夜에
마음을 서늘하게 하는 초승달　　　　15일 밤에

　　'찰 영盈'

세상만사 생각하니 달빛과 같은지라 십오야十五夜 밝은

　　달이 기망旣望부터
　　　　　　　16일

　　'기울 측昃'

이십팔수 하도河圖 낙서洛書[113] 벌인 법法 일월성신日月星辰

　　'별 진辰'

가련금야숙창가可憐今夜宿倡家[114]라 원앙금침鴛鴦衾枕에
어여뻐라 오늘 밤 기녀의 집에 묵네

　　'잘 숙宿'

절대가인絶代佳人 좋은 풍류 나열춘추羅列春秋에
　　　　　　　　　　　　　　『춘추』와 같은 책을 많이 늘어 놓듯이 벌여 놓아
　　　'벌일 렬列'

의의월색依依月色 야삼경夜三更에 만단정회萬端情懷
희미한 달빛　　　　밤 열두 시 무렵에　온갖 정과 회포
　　　'베풀 장張'

금일한풍소소래今日寒風蕭蕭來하니 침실에 들거라
오늘 찬바람 쓸쓸히 불어오니
　　　'찰 한寒'

베개가 높거든 내 팔을 베어라 이마만큼 오너라
　　　'올 래來'

에후리쳐 질끈 안고 임각115에 드니 설한풍雪寒風에도
휘감아 끌어　　　　　　수풀 사이에　　눈보라 찬바람에도
　　　'더울 서暑'

침실이 덥거든 음풍陰風을 취하여 이리저리
　　　'갈 왕往'

불한불열不寒不熱 어느 때냐 엽락오동葉落梧桐에
차갑지도 뜨겁지도 않으니　　낙엽 지는 오동나무에
　　　'가을 추秋'

백발이 장차 우거지니 소년 풍도風度를
　　　　　　　　　　　　　　　풍채와 태도
　　　'거둘 수收'

낙목한풍落木寒風 찬바람 백운강산白雲江山에
나뭇잎이 다 떨어진 겨울날의 찬바람
　　　'겨울 동冬'

오매불망寤寐不忘 우리 사랑 규중심처閨中深處에
　　　　　　　　　　　　　　규방 깊은 곳에
　　　'갈무리할 장藏'

부용芙蓉 작약芍藥 세우細雨 중에 광윤유태光潤有態
가랑비 속에　　　　　윤기가 흘러 아름다운 자태

　'불 윤潤'

이러한 고운 태도 평생을 보고도

　'남을 여餘'

백년 기약 깊은 맹세 만경창파萬頃蒼波
　　　　　　　　　　드넓은 바다

　'이룰 성成'

이리저리 노닐 적에 부지세월不知歲月
　　　　　　　　　세월 가는 줄 모르니

　'해 세歲'

조강지처불하당糟糠之妻不下堂 아내 박대 못하나니『대
고생을 함께 겪은 아내는 집 밖으로 내칠 수 없어
전통편』大典通編[116]

　'법칙 율律'

군자호구君子好逑 이 아니냐 춘향 입 내 입을 한데다 대
군자의 좋은 짝
고 쪽쪽 빠니

　'법칙 려呂' 자 이 아니냐?

애고애고, 보고지고!"

사또의 착각

소리를 크게 질러 놓으니 이때 사또 저녁 진지를 잡수시고 식곤증이 나 계옵서 평상에 취침하시다 "애고, 보고지고!" 소리에 깜짝 놀래어

"이리 오너라!"

"예."

"책방에서 누가 생침을 맞느냐, 신 다리를 주물렀냐? 알아 드리라!"
저린

통인 들어가

"도련님, 웬 목통이요? 고함소리에 사또 놀래시사 염문
목청   염탐하
廉問하라 하옵시니 어찌 아뢰리까?"
라고

딱한 일이로다! 남의 집 늙은이는 이롱증耳聾症도 있느니
듣지 못하는 병
라만은 귀 너무 밝은 것도 예삿일 아니로다. 그러하다 하지마는 그럴 리가 왜 있을꼬? 도련님 대경大驚하여
깜짝 놀라

"이대로 여쭈어라. 내가 『논어』라 하는 글을 보다가 '차
아아!
호嗟乎라! 오로의吾老矣 구의久矣라 몽불견주공夢不見周公'[117]이
내가 늙었구나.   오랫동안 꿈에서 주공周公을 뵙지 못했으니
란 대문大文을 보다가 나도 주공을 보면 그리하여 볼까 하여
대목을
흥치興致로 소리가 높았으니 그대로만 여쭈어라."
흥이 나서

통인이 들어가 그대로 여쭈오니 사또가 도련님 승벽勝癖
                                                    승부욕
있음을 크게 기뻐하여

"이리 오너라! 책방冊房¹¹⁸에 가 목낭청睦郞廳¹¹⁹을 가만히
          사또 비서의 처소
오시래라."

낭청이 들어오는데 이 양반이 어찌 고리게 생겼던지 만
                                    고리타분하게   두 발
지걸음 속한지 근심이 담쑥 들었던 것이었다.
을 자주 떼어 놓으며 걷는 걸음걸이 속에까지 근심이 담뿍 들었던 것이었다

"사또, 그새 심심하시오?"

"아, 게 앉소. 할 말 있네. 우리 피차 고우故友로서 동문
                                        벗
수업同門受業하였거니와 아시兒時에 글 읽기같이 싫은 것이
                      어린 시절에
없건마는 우리 아兒 시흥詩興 보니 어이 아니 기쁠쏜가!"
           아이의

이 양반은 지여부지간知與不知間에 대답하겠다.
              알건 모르건 간에

"아이 때 글 읽기같이 싫은 게 어디 있으리오?"

"읽기가 싫으면 잠도 오고 꾀가 무수하제. 이 아이는 글
읽기를 시작하면 읽고 쓰고 불철주야不撤晝夜하제?"

"예, 그럽디다."

"배운 바 없어도 필재筆才 절등絶等하제?"
              글씨 재주가

"그렇지요. 점點 하나만 툭 찍어도 고봉추석高峰墜石¹²⁰ 같
                                높은 산봉우리에서 떨어지는 바위
고, '한 일一'을 그어 놓으면 천리진운千里陣雲¹²¹이요, 갓머
  같고   천 리에 진陣을 친 듯이 뻗은 구름이요
리는 작두첨雀頭檐이요, 필법논지筆法論之하면 붕랑뇌분崩浪雷
   참새 머리 모양의 처마 같고 글씨 쓰는 법으로 따지자면   파도가 넘실거리고 우
분¹²²이요, 내리 그어 채는 획劃은 노송도괘절벽老松倒掛絶壁¹²³
레가 치는 기세요   늙은 소나무가 절벽에 거꾸로 매달린 형세라

이라. '창 과戈'로 이를진댄 마른 등藤 넌출같이 뻗어 갔다
                                        덩굴처럼
도로 채는 데는 성난 쇠뇌 끝 같고,¹²⁴ 기운이 부족하면 발길
로 툭 차올려도 획은 획대로 되나니, 글씨를 가만히 보면 획
은 획대로 되옵디다."

"글쎄 듣게. 저 아이 아홉 살 먹었을 제 서울 집 뜰에 늙
은 매화 있는 고로 매화나무를 두고 글을 지으라 하였더니,
잠시 지었으되 정성 들인 것과 용사用事 비등比等하니 일람
                               남의 글에서 따온 것이 서로 엇비슷하니 한
첩기一覽輒記라 묘당廟堂의 당당한 명사名士 될 것이니, 남면
번 보면 다 기억하는지라 의정부議政府   남쪽을
이북고南眄而北顧하고 부춘추어일수賦春秋於一首하였데."
곁눈질하고 북쪽을 돌아보며   시 한 수에 역사를 다 읊었데

"장래 정승政丞 하오리다."

사또 너무 감격하여

"정승이야 어찌 바라겠냐마는, 내 생전에 급제는 쉬 하리
마는 급제만 쉽게 하면 출륙出六이야 범연泛然히 지내겄나?"
                     6품 벼슬에 오르는 일쯤이야 예사롭게 하지 않겠나

"아니요, 그리 할 말씀이 아니라 정승을 못 하오면 장승
이라도 되지요."

사또가 호령하되

"자네 뉘 말로 알고 대답을 그리 하나?"

"대답은 하였사오나 뉘 말인지 몰라요."

그렇다고 하였으되 그게 또 다 거짓말이었다.

춘향 집에서의 만남

이때 이도령은 퇴령 놓기를 기다릴 제

"방자야!"

"예."

"퇴령 놓았나 보아라."

"아직 아니 놓았소."

조금 있더니 하인 물리라 퇴령 소리 길게 나니

"좋다, 좋다! 옳다, 옳다! 방자야, 등롱燈籠에 불 밝혀라!"

통인 하나 뒤를 따라 춘향의 집 건너갈 제 자취 없이 가만가만 걸으면서

"방자야, 상방上房에 불 비친다. 등롱을 옆에 꺼라."
_{사또의 처소}

삼문 밖 썩 나서서 협로지간狹路之間에 월색이 영롱하고
_{좁은 길 사이에}
화간花間 푸른 버들 몇 번이나 꺾었으며 투계鬪鷄 소년 아이
_{꽃 사이}
들은 야입청루夜入靑樓하였으니 지체 말고 어서 가자.
_{밤 되어 기생집에 들어갔으니}

그렁저렁 당도하니 가련금야요적可憐今夜寥寂한데 가기물
_{가련해라 오늘 밤 적막한데}   _{아름다운}
색佳期物色이 아니냐? 가소롭다, 어주자魚舟子는 도원桃源 길
_{시절의 경치}   _{어부는 무릉도원武陵桃源 가는 길을 모르}
을 모르던가?125 춘향 문전門前 당도하니 인적야심人寂夜深한
_{는가}   _{인적이 드물고 밤이 깊은데}
데 월색은 삼경三更이라. 어약魚躍은 출몰出沒하고 대접 같은
_{물고기가 펄펄 뛰며 물 위로 넘나들고}

금붕어는 님을 보고 반기는 듯, 월하月下의 두루미는 흥을 겨워 짝 부른다.

이때 춘향이 칠현금七絃琴 비껴 안고 남풍시南風詩[126]를 희롱타가 침석寢席에 졸더니, 방자 안으로 들어가되 개가 짖을까 염려하여 자취 없이 가만가만 춘향 방 영창映窓 밑에 가만히 살짝 들어가서

순임금이 지었다는 노래

"이애, 춘향아! 잠들었냐?"

춘향이 깜짝 놀래어

"네 어찌 오냐?"

"도련님이 와 계시다."

춘향이가 이 말을 듣고 가슴이 월렁월렁 속이 답답하여 부끄럼을 못 이기어 문을 열고 나오더니 건넌방 건너가서 저의 모친 깨우는데

"애고, 어머니! 무슨 잠을 이다지 깊이 주무시오?"

춘향의 모母 잠을 깨어

"아가, 무엇을 달라고 부르느냐?"

"누가 무엇 달랬소?"

"그러면 어찌 불렀느냐?"

엉겹결에 하는 말이

"도련님이 방자 모시고 오셨다오."

춘향의 모 문을 열고 방자 불러 묻는 말이

"뉘가 와야?"

방자 대답하되

"사또 자제 도련님이 와 계시오."

춘향 어미 그 말 듣고

"상단아!"

"예."

"뒤 초당草堂에 좌석 등촉燈燭 신칙申飭하여 보전하라."
_{단단히 살펴서 준비해라}

당부하고 춘향모가 나오는데 세상 사람이 다 춘향모를 일컫더니 과연이로다. 자고로 사람이 외탁을 많이 하는 고로 춘향 같은 딸을 낳았구나. 춘향모 나오는데 거동을 살펴보니 반백半百이 넘었는데 소탈한 모양이며 단정한 거동이 표표_{눈에 띄} 정정表表亭亭하고 기부肌膚가 풍영豊盈하여 복이 많은지라. 숫_{도록 두드러지고 살이 풍만하여 순박} 스럽고 점잖게 발막127을 끌어 나오는데 가만가만 방자 뒤를 _{하고 고급 마른신} 따라온다.

이때 도련님이 배회고면徘徊顧眄하여 무료히 서 있을 제
_{이리저리 거닐면서 여기저기 돌아보며}
방자 나와 여쭈오되

"저기 오는 게 춘향의 모母로소이다."

춘향의 모가 나오더니 공수拱手하고 우뚝 서며
_{공손히 두 손을 앞으로 포개 잡고}
"그새에 도련님 문안이 어떠하오?"

도련님 반만 웃고

"춘향의 모라제? 평안한가?"

"예, 겨우 지내옵네다. 오실 줄 진정 몰라 영접이 불민不敏하오니다."

"그럴 리가 있나?"

춘향모 앞을 서서 인도하여 대문 중문中門(대문 안에 다시 세운 문) 다 지내어 후원을 돌아가니 연구年久한(오래된) 별초당別草堂에 등롱을 밝혔는데 버들가지 늘어져 불빛을 가린 모양 구슬발이 갈공이에(갈고랑이에) 걸린 듯하고, 우편右便의 벽오동碧梧桐은 맑은 이슬이 뚝뚝 떨어져 학의 꿈을 놀래는 듯, 좌편左便에 섰는 반송盤松 청풍이 건듯 불면 노룡이 굼니는 듯, 창전窓前에(창 앞에) 심은 파초芭蕉 일난초日暖初(햇살이 따뜻해지기 시작할 때) 봉미장鳳尾長[128]은(봉황의 꼬리처럼 긴 잎은) 속잎이 빼어나고, 수십여 주株 어린 연꽃 물 밖에 겨우 떠서 옥로玉露를 받쳐 있고, 대접 같은 금붕어는 어변성룡魚變成龍[129]하려 하고(물고기가 변하여 용이 되려 하고), 때때마다 물결쳐서 출렁 툼벙 굼실 놀 때마다 조롱하고, 새로 나는 연잎은 바들떡기(바드득히) 벌어지고, 급연삼봉岌然三峰(우뚝한 세 봉우리) 석가산石假山[130]은 층층이 쌓였는데, 계하階下의(섬돌 아래의) 학 두루미 사람을 보고 놀래어 두 죽지를 떡 벌리고 긴 다리로 징검징검 끼룩 뚜루룩 소리하며, 계화桂花 밑에 삽살개 짖는구나. 그중에 반가울사 못 가운데 쌍오리는 손님 오시노라 둥덩실 떠서 기다리는 모양이요, 처마

에 다다르니 그제야 저의 모친 영슈을 디디어서 사창紗窓을
반개半開하고 나오는데, 모양을 살펴보니 두렷한 일륜명월一
輪明月 구름 밖에 솟아난 듯 황홀한 저 모양은 측량키 어렵도
다! 부끄러이 당에 내려 천연히 섰는 거동은 사람의 간장을
다 녹인다.

  도련님 반만 웃고 춘향더러 묻는 말이

  "곤곤치 아니하며 밥이나 잘 먹었냐?"

  춘향이 부끄러워 대답지 못하고 묵묵히 서 있거늘 춘향
의 모가 먼저 당에 올라 도련님을 자리로 모신 후에 차를 드
려 권하고 담배 붙여 올리오니 도련님이 받아 물고 앉았을
제, 도련님 춘향의 집 오실 때는 춘향에게 뜻이 있어 와 계
시지 춘향의 세간 기물器物 구경 온 바 아니로되, 도련님 첫
외입이라 밖에서는 무슨 말이 있을 듯하더니 들어가 앉고
보니 별로이 할 말이 없고 공연히 천촉기喘促氣가 있어 오한
증惡寒症이 들면서 아무리 생각하되 별로 할 말이 없는지라
방중을 둘러보며 벽상壁上을 살펴보니 여간 기물 놓였는데,
용장龍欌 봉장鳳欌 가께수리 이렁저렁 벌였는데 무슨 그림장
도 붙여 있고, 그림을 그려 붙였으되 서방 없는 춘향이요 학
學하는 계집아이가 세간 기물과 그림이 왜 있을꼬마는 춘향
어미가 유명한 명기名妓라 그 딸을 주려고 장만한 것이었다.

조선의 유명한 명필名筆 글씨 붙여 있고, 그 사이에 붙인 명화名畵 다 후리쳐 던져두고 「월선도」月仙圖란 그림 붙였으되 「월선도」 제목이 이렇던 것이었다. 상제고거강절조上帝高
_{옥황상제 앞에 강절絳節을 들고}
居絳節朝¹³¹에 군선군仙 조회朝會 받던 그림, 청련거사靑蓮居士
_{조회하니} _{신선들이} _{이백의 호}
이태백李太白이 황학전黃鶴殿¹³² 꿇어앉아 『황정경』黃庭經 읽던
_{이백이} _{황학루黃鶴樓에} _{도가道家의 경전}
그림, 백옥루白玉樓 지은 후에 장길長吉 불러 올려 상량문上樑
_{옥황상제가 천상에 백옥루를 새로 지은 뒤 당나라 이하李賀를 불러}
文 짓는 그림,¹³³ 칠월 칠석 오작교에 견우 직녀 만나는 그림, 광한전 월명야月明夜에 도약搗藥하던 항아姮娥 그림 층층이
_{달 밝은 밤에} _{약을 찧던}
붙였으되 광채가 찬란하여 정신이 산란한지라.

또 한 곳 바라보니 부춘산富春山 엄자릉嚴子陵은 간의대부
_{후한 광무제光武帝 때의 처사}
諫議大夫 마다하고 백구白鷗로 벗을 삼고 원학猿鶴으로 이웃
_{원숭이와 학을}
삼아 양구羊裘를 떨쳐 입고 추秋 동강桐江 칠리탄七里灘에 낚
_{양가죽 옷을}
싯줄 던진 경景¹³⁴을 역력히 그려 있다. 방가위지선경方可謂之
_{경치} _{바야흐로 선경仙境이라 이를 만}
仙境이라 군자호구君子好逑 놀 데로다.
_{하니}

춘향이 일편단심 일부종사一夫從事하려 하고 글 한 수를
_{한 남편만을 섬기리라 마음먹고}
지어 책상 위에 붙였으되

　　　　대운춘풍죽帶韻春風竹이요
　　　　_{운치를 띠었네 봄바람의 대나무}
　　　　분향야독서焚香夜讀書라.
　　　　_{향 피우고 밤에 책을 읽네}

"기특하다! 이 글 뜻은 목란木蘭[135]의 절節이로다!"
절개로다

언약

이렇듯 치하할 제 춘향 어미 여쭈오되

"귀중하신 도련님이 누지陋地에 욕림辱臨하시니 황공감격
　　　　　　　　　누추한 곳에　　왕림하시니
하옵니다."

도련님 그 말 한 마디에 말 궁기가 열리었제.
　　　　　　　　　　　　　　말구멍이
"그럴 리가 왜 있는가? 우연히 광한루에서 춘향을 잠깐
보고 연연히 보내기로 탐화봉접探花蜂蝶 취한 마음 오늘 밤
　　　애틋이　　　　　꽃을 찾아다니는 벌과 나비의 취한 마음이 생겨
에 오는 뜻은 춘향 어미 보러 왔거니와 자네 딸 춘향과 백년
언약을 맺고자 하니 자네의 마음이 어떠한가?"

춘향 어미 여쭈오되

"말씀은 황송하오나 들어 보오. 자하골 성참판 영감슈
監136이 보후補後137로 남원에 좌정坐定하였을 때 소리개를 매
　　　외관外官에 임명되어　벼슬살이할 때
로 보고 수청守廳138을 들라 하옵기로 관장官長의 영을 못 어
　　　　잠자리 시중을
기어 모신 지 삼삭三朔 만에 올라가신 후로 뜻밖에 포태胞胎
　　　　　　　　석 달　　　　　　　　　　　　　　임신하여
하여 낳은 게 저것이라. 그 연유緣由로 고목告目하니 젖줄
　　　　　　　　　　　　　　　　　　　　　편지를 올리니
떨어지면 데려갈란다 하시더니, 그 양반이 불행하여 세상
을 버리시니 보내들 못 하옵고 저것을 길러낼 제 어려서 잔
병조차 그리 많고 7세에 『소학』小學139 읽혀 수신제가修身齊

家 화순심和順心을 낱낱이 가르치니, 씨가 있는 자식이라 만사를 달통達通이요 삼강三綱 행실 뉘라서 내 딸이라 하리오? 가세家勢가 부족하니 재상가솔相家 부당不當이요, 사서인士庶人 상하불급上下不及 혼인이 늦어가매 주야로 걱정이나, 도련님 말씀은 잠시 춘향과 백년 기약한단 말씀이오나 그런 말씀 마시고 노시다 가옵소서."
재상 댁에 시집보내기는 당치 않고 사대부와 서인은
위로도 아래로도 모두 미치지 못하여

이 말이 참말이 아니라 이도령님 춘향을 얻는다 하니 내두사來頭事를 몰라 뒤를 눌러 하는 말이었다. 이도령 기가 막혀
앞날의 일을

"호사好事에 다마多魔로세. 춘향도 미혼전未婚前이요 나도 미장전未丈前이라 피차 언약이 이러하고, 육례六禮¹⁴⁰는 못 할망정 양반의 자식이 일구이언一口二言을 할 리 있나?"
장가들기 전이라 절차를 다 갖춘 혼례는

춘향 어미 이 말 듣고

"또 내 말 들으시오. 고서古書에 하였으되 '지신知臣은 막여주莫如主요 지자知子는 막여부莫如父'¹⁴¹라 하니, 지녀知女는 모母 아닌가? 내 딸 심곡心曲 내가 알제. 어려부터 결곡한 뜻이 있어 행여 신세를 그르칠까 의심이요, 일부종사하려 하고 사사事事이 하는 행실 철석같이 굳은 뜻이 청송녹죽靑松綠竹 전나무 사시절四時節을 다투는 듯, 상전벽해桑田碧海 될지라도 내 딸 마음 변할쏜가? 금은金銀 오촉지백吳蜀之帛이 적여구산積如丘山이라도 받지 아니할 터요, 백옥 같은 내 딸 마
신하의 뒷뒴이를 잘 알기는 임금만 한 사람이 없고, 자식의 뒷뒴이를 잘 알기는 아버지만 한 사람이 없다고 하니, 딸을 잘 알기로는 어미 아닌가 깨끗하고 여무진
매사에
산더미같이 쌓이더라도
금과 은과 오나라·촉나라에서 나는 고급 비단이

음 청풍인들 미치리오? 다만 고의古義를 효칙效則코자 할 뿐
_{옛날의 도의를 본받고자}
이온데, 도련님은 욕심 부려 인연을 맺었다가 미장전 도련
님이 부모 몰래 깊은 사랑 금석金石같이 맺었다가 소문 어려
_{비쳐}
버리시면 옥결 같은 내 딸 신세 문채文彩 좋은 대모玳瑁[142] 진
_{아름다운 무늬의 바다거북 껍데기로 장식한}
주 고운 구슬 구녁노리[143] 깨어진 듯, 청강에 놀던 원앙조鴛鴦
_{진주 구슬의 구멍 자리가 깨진 듯}
鳥가 짝 하나를 잃은들 어이 내 딸 같을쏜가? 도련님 내정內
_{속마음이}
情이 말과 같을진대 심량深諒하여 행하소서."
_{깊이 헤아려}

　도련님 더욱 답답하여

　"그는 두 번 염려하지 마소. 내 마음 헤아리니 특별 간절
굳은 마음 흉중에 가득하니 분의分義는 다를망정 저와 내가
_{분수에 알맞은 도리}
평생 기약 맺을 제 전안奠雁[144] 납폐納幣 아니한들 창파蒼波같
이 깊은 마음 춘향 사정 모를쏜가?"

　이렇듯이 이같이 설화說話하니 청실홍실 육례 갖춰 만난
대도 이 위에 더 뾰족할까.

　"내 저를 초취初娶같이 여길 테니 시하侍下라고 염려 말
_{처음 맞이한 정실부인처럼}　　　　_{부모를 모시고 있는 처지라고}
고 미장전도 염려 마소. 대장부 먹는 마음 박대 행실 있을쏜
가? 허락만 하여 주소."

　춘향 어미 이 말 듣고 이윽히 앉았더니 몽조夢兆가 있는
_{꿈에 나타난 징조가}
지라 연분인 줄 짐작하고 흔연히 허락하며

　"봉鳳이 나매 황凰이 나고, 장군 나매 용마龍馬 나고, 남

원에 춘향 나매 이화춘풍梨花春風 꽃다웁다. 상단아, 주반酒
　　　　　　　　　　　배꽃에 부는 봄바람　　　　　　　　　　술상을
盤 등대하였느냐?"

"예!"

대답하고 주효酒肴를 차릴 적에 안주 등물等物 볼작시면
　　　　　　술과 안주를　　　　　　　　　안주 종류를
괴임새도 정결하고 대大양푼 가리찜, 소小양푼 제육찜, 풀풀
차려 놓은 모양도　　　　　갈비찜
뛰는 숭어찜, 포도동 나는 메추리탕에 동래東萊 울산蔚山 대

전복, 대모玳瑁 장도 드는 칼로 맹상군孟嘗君[145]의 눈썹처럼
　　　대모로 장식한 장도
어슥비슥 오려 놓고, 염통산적 양胖볶이와 춘치자명春雉自鳴
　　　　　　　　　　　　　　　　　　　　　봄철의 꿩이 스스로 우네
생치生雉 다리, 적벽赤壁대접 분원기分院器에 냉면조차 비벼
말리거나 익히지 않은 꿩　경기도 장단군 적벽에서 만든 대접과 광주廣州 분원에서 만든 사기에
놓고, 생률 숙률熟栗 잣 송이며 호도 대초 석류 유자, 준시[146]
　　　　　　찐밤　　　　　　　　　　　　　대추
앵도, 탕기湯器 같은 청술레를 치수 있게 괴었는데, 술병 치
　　　탕 그릇처럼 넙적한 푸른 배를　정연하게 쌓아 올렸는데
레 볼작시면 티끌 없는 백옥병과 벽해수상碧海水上 산호병珊
　　　　　　　　　　　　　　　　푸른 바닷물 위
瑚甁과 엽락금정葉落金井[147] 오동병梧桐甁과 목 긴 황새병, 자
　　　　우물에 진 오동잎
라병 당화병唐畵甁 쇄금병碎金甁, 소상동정瀟湘洞庭 죽절병竹
　　　　그림 그린 중국산 병과 금박을 넣은 병　　동정호 남쪽 소상강의 대나무를 새긴 병
節甁, 그 가운데 천은天銀알안자 적동자赤銅子 쇄금자碎金子
　　　　　　　최고 품질의 은으로 만든 알 모양 주전자　구리 합금 주전자　금박 주전자를
를 차례로 놓았는데 구비具備함도 갖을시고. 술 이름을 이를
　　　　　　　　　　갖추기도 잘 갖추었구나
진대 이적선李謫仙 포도주[148]와 안기생安期生 자하주紫霞酒[149]
　　　　이백이 마시던 포도주와　　　　신선 안기생이 마신 신선 세계의 술과
와 산림처사山林處士 송엽주松葉酒와 과하주過夏酒[150] 방문주方
文酒[151] 천일주千日酒 백일주百日酒[152] 금로주金露酒, 팔팔 뛰는
화주火酒 약주, 그 가운데 향기로운 연엽주蓮葉酒를 골라내어
소주　　　　　　　　　　　　　　　　　　연잎을 넣어 빚은 술

알안자 가득 부어 청동화로靑銅火爐 백탄白炭 불에 냄비 냉수
_{흰빛을 띤 참숯}
끓는 가운데 알안자 둘러 불한불열不寒不熱 데워 내어 금잔
_{차갑지도 뜨겁지도 않게}
옥잔 앵무배鸚鵡杯를 그 가운데 띄웠으니, 옥경玉京 연화 피
_{앵무새 부리 모양의 술잔}
는 꽃이 태을선녀太乙仙女 연엽선蓮葉船 띄우듯, 대광보국大匡
_{천상의 선녀가 연잎을 엮어 만든 배를 띄우듯}　　　　　　_{정1품 품계}
輔國 영의정領議政 파초선芭蕉船 띄우듯 둥덩실 띄워 놓고 권
　　　　　　　　　　_{파초 잎 모양의 배}
주가勸酒歌 한 곡조에 일배일배우일배一杯一杯又一杯¹⁵³라.
　　　　　　　　　　_{한 잔 한 잔 또 한 잔이라}

　　이도령 이른 말이

　　"금야今夜에 하는 절차 보니 관청이 아니거든 어이 그리

구비한가?"
_{잘 갖추었는가}

　　춘향모 여쭈오되

　　"내 딸 춘향 곱게 길러 요조숙녀 군자호구 가리어서 금

슬우지琴瑟友之¹⁵⁴ 평생동락平生同樂 하올 적에 사랑에 노는
_{부부 사이의 두터운 정과 사랑으로}

손님 영웅호걸 문장들과 죽마고우 벗님네 주야로 즐기실 제

내당內堂의 하인 불러 밥상 술상 재촉할 제 보고 배우지 못

하고는 어이 곧 등대하리? 내자內子가 불민하면 가장家長 낯
　　　　　　　　　　　　　　_{아내}

을 깎음이라, 내 생전 힘써 가르쳐 아무쪼록 본받아 행하라

고 돈 생기면 사 모아서 손으로 만들어서 눈에 익고 손에도

익히려고 일시一時 반 때 놀지 않고 시킨 바라. 부족타 마시

고 구미대로 잡수시오."

　　앵무배 술 가득 부어 도련님께 드리오니 도령 잔 받아 손

에 들고 탄식하여 하는 말이

"내 마음대로 할진대는 육례를 행할 터나 그러덜 못하고 개구녁서방[155]으로 들고 보니 이 아니 원통하랴? 이애, 춘향아! 그러나 우리 둘이 이 술을 대례大禮 술로 알고 먹자."
_{개구멍서방으로} _{혼례}

일배주 부어 들고

"너 내 말 들어서라. 첫째 잔은 인사주요, 둘째 잔은 합환주合歡酒라. 이 술이 다른 술 아니라 근원 근본 삼으리라. 대순大舜의 아황娥皇 여영女英 귀히 귀히 만난 연분 지중至重타 하였으되, 월로月老의 우리 연분, 삼생가약三生佳約 맺은 연분, 천만년이라도 변치 아니할 연분, 대대로 삼태육경三台六卿 자손이 많이 번성하여 자손 증손 고손高孫이며 무릎 위에 앉혀 놓고 죄암죄암 달강달강 백세상수百歲上壽 하다가서 한날 한시 마주 누워 선후先後 없이 죽거드면 천하에 제일가는 연분이제."
_{들어 보아라} _{인사로 마시는 술} _{혼례 때 신랑 신부가 서로 잔을 바꾸어 마시는 술} _{순임금} _{월하노인月下老人} _{삼생을 두고 끊어지지 않을 아름다운 약속 맺은 천생연분} _{삼정승과 육조六曹 판서} _{백 세 장수}

술잔 들어 잡순 후에

"상단아! 술 부어 너의 마누라[156]께 드려라. 장모! 경사慶事 술이니 한 잔 먹소."
_{마님께}

춘향 어미 술잔 들고 일희일비一喜一悲 하는 말이

"오늘이 여식의 백년지고락百年之苦樂을 맡기는 날이라 무삼 슬픔 있으리까마는 저것을 길러낼 제 애비 없이 설이
_{서럽게}

길러 이때를 당하오니 영감 생각이 간절하여 비창悲愴하여이다."

도련님 이른 말이

"이왕지사已往之事 생각 말고 술이나 먹소."

춘향모 수삼배數三杯 먹은 후에 도련님 통인 불러 상 물려 주면서

"너도 먹고 방자도 먹여라."

통인 방자 상 물려 먹은 후에 대문 중문 다 닫치고 춘향 어미 상단이 불러 자리 보전 시킬 제 원앙금침 잣베개[157]와 샛별 같은 요강 대야 자리 보전을 정히 하고

"도련님, 평안히 쉬옵소서. 상단아, 나오너라. 나하고 함께 자자."

둘이 다 건너갔구나.

사랑가

춘향과 도련님과 마주 앉아 놓았으니 그 일이 어찌 되겠느냐. 사양斜陽을 받으면서 삼각산三角山 제일봉第一峰 봉학鳳鶴 앉아 춤추는 듯 두 활개를 에구붓이 들고 춘향의 섬섬옥수 바드드시 검쳐 잡고 의복을 공교하게 벗기는데 두 손길 썩 놓더니 춘향 가는 허리를 담쑥 안고
_{석양을} _{비스듬히 굽혀} _{바듯이}

"나삼을 벗어라."

춘향이가 처음 일일 뿐 아니라 부끄러워 고개를 숙여 몸을 틀 제 이리 곰실 저리 곰실 녹수綠水에 홍련화紅蓮花 미풍微風 만나 굼니는 듯 도련님 치마 벗겨 제쳐 놓고 바지 속옷 벗길 적에 무한히 실난된다. 이리 굼실 저리 굼실 동해東海 청룡이 굽이를 치는 듯
_{실랑이한다}

"아이고, 놓아요! 좀 놓아요!"

"에라! 안 될 말이로다."

실난 중 옷끈 끌러 발가락에 딱 걸고서 껴안고 진듯이 누르며 기지개 쓰니 발길 아래 떨어진다. 옷이 활딱 벗어지니 형산荊山의 백옥덩이 이 위에 비할쏘냐? 옷이 활씬 벗어지니 도련님 거동을 보려 하고 실금이 놓으면서
_{실랑이하는 중에} _{진득이} _{커니} _{슬그머니}

"아차차, 손 빠졌다!"

춘향이가 침금寢衾 속으로 달려든다. 도련님 왈칵 좇아 들어 누워 저고리를 벗겨내어 도련님 옷과 모두 한데다 둘둘 뭉쳐 한편 구석에 던져 두고 둘이 안고 마주 누웠으니 그대로 잘 리가 있나? 골즙骨汁_{사정할 때} 낼 제 삼승三升_{성글고 굵은 베} 이불 춤을 추고 샛별 요강은 장단을 맞추어 청그릉 쟁쟁, 문고리는 달랑달랑, 등잔불은 가물가물, 맛이 있게 잘 자고 났구나. 그 가운데 진진한 일이야 오죽하랴!_{매우 재미있는 일이야}

하루 이틀 지나가니 어린 것들이 신맛이 간간 새로워 부끄럼은 차차 멀어지고, 그제는 기롱譏弄도 하고 우스운 말도 있어 자연 「사랑가」가 되었구나._{그때는} 사랑으로 노는데 똑 이 모양으로 놀던 것이었다.

　　사랑 사랑 내 사랑이야!
　　동정洞庭 칠백 월하초月下初에 무산巫山같이 높은 사랑
　　_{7백 리 너비 동정호　　달이 막 비칠 때}
　　목단무변目斷無邊 수애여천水涯如天 창해같이 깊은 사랑
　　_{끝 간 곳을 볼 수 없어　　하늘처럼 넓은 물}
　　옥산전玉山顚 달 밝은데 추산천봉秋山千峰 완월玩月 사랑
　　_{아름다운 산봉우리　　　　가을산 일천 봉우리에서　달구경하는}
　　증경학무曾經學舞 하올 적 차문취소借問吹簫하던[158] 사랑
　　_{춤을 배울 때　　　　　　통소를 불던}
　　유유낙일悠悠落日 월렴간月簾間에 도리화개桃李花開 비친
　　_{유유히 지는 해　　　달빛 주렴 사이로　　복사꽃과 자두꽃이 비친}
　　　사랑

섬섬초월纖纖初月 　분백粉白한데 　함소함태含笑含態 　숱한
가느다란 초승달 　　　분처럼 흰데 　　　웃음을 머금은 고운 자태 가득한
　　사랑

월하에 삼생三生 연분 너와 나와 만난 사랑

허물없는 부부 사랑

화우동산花雨東山 목단화牧丹花같이 펑퍼지고 고운 사랑
꽃비가 내리는 동산의
연평 바다 그물같이 얽히고 맺힌 사랑
연평도 앞바다의
은하銀河 직녀 직금織錦같이 올올이 이은 사랑
은하수에서 직녀가 짠 비단처럼
청루靑樓 미녀 침금寢衾같이 혼솔마다 감친 사랑
기생집　　　　　　　　　　　　솔기마다
시냇가 수양같이 청처지고 늘어진 사랑
　　　　　수양버들처럼 아래로 처져
남창북창南倉北倉 노적露積같이 다물다물 쌓인 사랑
남쪽과 북쪽의 곳간에 수북이 쌓은 곡식처럼
은장銀粧 옥장玉粧 장식같이 모모이 잠긴 사랑
　　　　　　　　　　　　이런 면 저런 면마다
영산홍록映山紅綠 봄바람에 넘노나니 황봉백접 꽃을 물
울긋불긋 산에 비치는 꽃
　　고 즐긴 사랑

녹수청강綠水淸江 원앙조 격으로 마주 둥실 떠 노는 사랑

연년年年 칠월 칠석야七夕夜에 견우 직녀 만난 사랑

육관대사六觀大師 성진性眞이가 팔선녀八仙女와 노는 사
　　랑159

역발산力拔山 초패왕이 우미인을 만난 사랑
산을 뽑을 만큼 힘이 센 항우가
당나라 당명황唐明皇이 양귀비楊貴妃 만난 사랑
　　　　　현종玄宗
명사십리明沙十里160 해당화같이 연연娟娟이 고운 사랑
　　　　　　　　　　　　어여쁘게

네가 모두 사랑이로구나!

어화둥둥 내 사랑아

어화 내 간간 내 사랑이로구나!
_{마음이 간질간질 재미있는}

"여봐라, 춘향아! 저리 가거라, 가는 태도를 보자. 이만큼 오너라, 오는 태도를 보자. 빵긋 웃고 아장아장 걸어라, 걷는 태도 보자. 너와 나와 만난 사랑 연분을 팔자 한들 팔 곳이 어디 있어 생전 사랑 이러하고 어찌 사후死後 기약 없을쏘냐? 너는 죽어 될 것 있다. 너는 죽어 글자 되되 '땅 지地' 자, '그늘 음陰' 자, '아내 처妻' 자, '계집 녀女' 자 변邊이 _{한자의 왼쪽 부분} 되고, 나는 죽어 글자 되되 '하늘 천天' 자, '하늘 건乾', '지아비 부夫', '사내 남男', '아들 자子' 몸이 되어 '계집 녀' 변에다 딱 붙이면 '좋을 호好' 자로 만나 보자. 사랑 사랑 내 사랑!

또 너 죽어 될 것 있다. 너는 죽어 물이 되되 은하수, 폭포수, 만경창해수萬頃滄海水, 청계수淸溪水, 옥계수玉溪水, 일 _{끝없이 넓은 바닷물} 대一帶 장강長江 던져 두고, 7년 대한大旱 가물 제도 일생 진 _{7년 큰 가뭄 들 때에도} _{평생 풍성하} 진津津 추져 있는 음양수陰陽水란 물이 되고, 나는 죽어 새가 _{게 물이 많은} _{음과 양이 하나로 섞여 있는 물} 되되 두견조도 될라 말고, 요지일월瑤池日月 청조靑鳥 청학靑 _{두견새} _{요임금이 다스리던 태평성대} 鶴 백학白鶴이며 대붕조大鵬鳥[161] 그런 새가 될라 말고, 쌍거쌍래雙去雙來 떠날 줄 모르는 원앙조란 새가 되어 녹수에 원앙 격으로 어화둥둥 떠 놀거든 나인 줄을 알려무나. 사랑 사랑, 내 간간 내 사랑이야!"

"아니 그것도 나 아니 될라요."

"그러면 너 죽어 될 것 있다. 너는 죽어 경주慶州 인경[162] 도 될라 말고, 전주全州 인경도 될라 말고, 송도松都 인경도 될라 말고, 장안長安 종로鐘路 인경 되고, 나는 죽어 인경 망치 되어 삼십삼천 이십팔수를 응하여 길마재[163] 봉화烽火 세 자루 꺼지고 남산 봉화 두 자루 꺼지면 인경 첫마디 치는 소리 그저 뎅뎅 칠 때마다 다른 사람 듣기에는 인경 소리로만 알아도 우리 속으로는 '춘향 뎅', '도련님 뎅'이라 만나 보자 꾸나. 사랑 사랑, 내 간간 내 사랑이야!"

"아니 그것도 나는 싫소."

"그러면 너 죽어 될 것 있다. 너는 죽어 방아확이 되고, 나는 죽어 방앗고가 되어 경신년庚申年 경신월 경신일 경신시에 강태공姜太公 조작造作[164] 방아가 그저 떨꾸덩 떨꾸덩 찧거들랑 나인 줄 알려무나. 사랑 사랑, 내 간간 사랑이야!"

춘향이 하는 말이

"싫소. 그것도 내 아니 될라요."

"어찌하여 그 말이냐?"

"나는 항시 어찌 이생이나 후생後生이나 밑으로만 되라니

까 재미없어 못 쓰겄소."

"그러면 너 죽어 위로 가게 하마. 너는 죽어 돌매 윗짝이
되고 나는 죽어 밑짝 되어 이팔청춘 홍안미색紅顔美色들이
섬섬옥수로 맷대를 잡고 슬슬 두르면 천원지방天圓地方 격으
로 휘휘 돌아가거든 나인 줄 알려무나."

맷돌
혈색 좋은 얼굴의 미녀들이
윗짝과 밑짝이 둥근 하늘과 네모난 땅인 듯

"싫소. 그것도 아니 될라요. 위로 생긴 것이 부아 나게만
생기었소. 무슨 년의 원수로서 일생 한 구먹이 더하니 아무
것도 나는 싫소."

구멍이

"그러면 너 죽어 될 것 있다. 너는 죽어 명사십리 해당화
가 되고 나는 죽어 나비 되어, 나는 네 꽃송이 물고 너는 내
수염 물고 춘풍이 건듯 불거든 너울너울 춤을 추고 놀아 보
자. 사랑 사랑 내 사랑이야, 내 간간 사랑이제. 이리 보아도
내 사랑, 저리 보아도 내 사랑! 이 모두 내 사랑 같으면 사랑
걸려 살 수 있나? 어화둥둥 내 사랑, 내 예뻐 내 사랑이야!
방긋방긋 웃는 것은 화중왕花中王 모란화가 하룻밤 세우細雨
뒤에 반만 피고자 한 듯, 아무리 보아도 내 사랑 내 간간이
로구나!

꽃 중의 왕

그러면 어쩌잔 말이냐? 너와 나와 유정有情하니 '정'情 자
字로 놀아 보자. 음상동音相同하여 '정' 자 노래나 불러 보세."

서로 같은 음으로

"들읍시다."

"내 사랑아, 들어서라. 너와 나와 유정하니 어이 아니 다정하리?

담담장강수澹澹長江水 유유원객정悠悠遠客情[165]
도도히 흐르는 장강의 강물에, 아득한 나그네 마음
하교불상송河橋不相送 강수원함정江樹遠含情[166]
황하黃河의 다리에서 서로 보내지 못하니, 멀리 강가 나무에 머금은 정
송군남포불승정送君南浦不勝情[167]
님을 남포로 보내며 이기지 못하는 정
무인불견송아정無人不見送我情
보지 못하는 사람이 없는, 나를 보내는 정
한태조漢太祖 희우정喜雨亭[168]
한나라 고조高祖
삼태육경 백관百官 조정朝廷

도량道場 청정淸淨 각시 친정

친고 통정通情 난세亂世 평정平定
친구
우리 둘이 천년 인정人情

월명성희月明星稀[169] 소상동정瀟湘洞庭
달이 밝아 별빛이 희미해진 소상강과 동정호
세상만물 조화정造化定
우주 만물의 조화가 정해짐
근심 걱정 소지所志 원정原情
청원 서면　원통함을 호소하는 문서
주어 인정 음식 투정
베풀어
복 없는 저 방정

송정訟庭 관정官庭 내정內庭 외정外庭
송사를 처리하는 곳　관아의 뜰
애송정愛松亭 천양정穿楊亭 양귀비 침향정沈香亭[170]
전주에 있는 정자
이비二妃의 소상정瀟湘亭

한송정寒松亭 백화만발 호춘정
강릉에 있는 정자

기린토월麒麟吐月 백운정白雲亭
기린봉에 달이 뜬다   전주에 있던 정자

너와 나와 만난 정

일정一定 실정實情 논지論之하면 내 마음은 원형이정元亨
정녕
　　利貞

네 마음은 일편탁정一片托情
　　　　　　　일편단심

이같이 다정타가 만일 즉 파정破情하면
　　　　　　　　　　　사랑이 깨지면

복통 절정絶頂 걱정되니

진정으로 원정原情하잔 그 '정' 자다."
　　　　　하소연하자는

춘향이 좋아라고 하는 말이

"정情 속은 도저到底하오. 우리 집 재수 있게 『안택경』安
　　　아주 깊소
宅經[171]이나 좀 읽어 주오."

도련님 허허 웃고

"그뿐인 줄 아느냐? 또 있지야. '궁'宮 자 노래를 들어 보아라."

"애고, 얄궂고 우습다! '궁' 자 노래가 무엇이오?"

"네 들어 보아라. 좋은 말이 많으니라.

좁은 천지 개택궁皆宅宮
　　　　　모두가 사람이 거처하는 궁

뇌성벽력 풍우 속에 서기瑞氣 삼광三光 풀려 있는 엄장
_{해·달·별}

　嚴壯하다 창합궁閶闔宮
_{천상의 신선 궁전}

성덕聖德이 넓으시어 조림照臨이 어인 일고?
_{백성을 보살펴 다스림이 무슨 일인고}

주지객운성酒池客雲盛하던 은왕殷王의 대경궁大瓊宮
_{주지육림酒池肉林에 손님이 구름같이 많이 모이던, 상나라 주왕紂王의 거대한 경궁瓊宮}

진시황 아방궁阿房宮

문천하득問天下得하실 적에 한태조漢太祖 함양궁咸陽宮172
_{천하를 얻게 된 까닭을 물으실}

그 곁에 장락궁長樂宮

반첩여의 장신궁長信宮173

당명황제唐明皇帝 상춘궁賞春宮
_{당나라 현종　　봄 경치를 완상하는 궁궐}

이리 올라 이궁離宮 저리 올라서 별궁別宮

용궁龍宮 속의 수정궁水晶宮

월궁 속의 광한궁廣寒宮

너와 나와 합궁合宮하니 한평생 무궁이라.

이 궁 저 궁 다 버리고 네 양각兩脚 새 수룡궁水龍宮에
_{두 다리　　　사이}

　나의 심줄 방망치로 길을 내자꾸나!"
_{힘줄 방망이로}

사랑 놀음

춘향이 반만 웃고

"그런 잡담은 말으시오."

"그게 잡담 아니로다. 춘향아 우리 둘이 업음질이나 하여 보자."

"애고, 참 잡성시러워라! 업음질을 어떻게 하여요?"
(잡상스러워라)

업음질 여러 번 한 성부르게 말하던 것이었다.
(것처럼)

"업음질 천하 쉬우니라. 너와 나와 활씬 벗고 업고 놀고 안고도 놀면 그게 업음질이제야."

"애고, 나는 부끄러워 못 벗겄소."

"에라, 요 계집아이야! 안 될 말이로다. 내 먼저 벗으마."

버선 대님 허리띠 바지저고리 훨씬 벗어 한편 구석에 밀쳐 놓고 우뚝 서니 춘향이 그 거동을 보고 빵긋 웃고 돌아서며 하는 말이

"영락없는 낮도깨비 같소."

"오냐, 네 말 좋다! 천지 만물이 짝 없는 게 없느니라. 두 도깨비 놀아 보자."

"그러면 불이나 끄고 노사이다."
(눕시다)

"불이 없으면 무슨 재미 있겠느냐? 어서 벗어라, 어서 벗어라!"

"애고, 나는 싫어요."

도련님 춘향 옷을 벗기려 할 제 넘놀면서 어룬다. 만첩청산萬疊靑山 늙은 범이 살진 암캐를 물어다 놓고 이는 없어 먹든 못하고 흐르릉 흐르릉 아웅 어루는 듯, 북해北海 흑룡黑龍이 여의주를 입에다 물고 채운간彩雲間에 넘노는 듯, 단산丹山 봉황이 죽실竹實 물고 오동 속에 넘노는 듯, 구고九皐 청학이 난초를 물고서 오송간梧松間에 넘노는 듯, 춘향의 가는 허리를 후리쳐다 담쑥 안고 기지개 아드득 떨며 귓밥도 쪽쪽 빨며 입술도 쪽쪽 빨면서 주홍朱紅 같은 혀를 물고 오색 단청 순금장 안에 쌍거쌍래 비둘기같이 꿍꿍 꿍꿍 으흥거려 뒤로 돌려 담쑥 안고 젖을 쥐고 발발 떨며 저고리 치마 바지 속곳까지 활씬 벗겨 놓으니 춘향이 부끄러워 한편으로 잡치고 앉았을 제 도련님 답답하여 가만히 살펴보니 얼굴이 복짐하여 구슬땀이 송실송실 앉았구나.

"이애, 춘향아! 이리 와 업히거라."

춘향이 부끄러워하니

"부끄럽기는 무엇이 부끄러워? 이왕에 다 아는 바니 어서 와 업히거라."

춘향을 업고 치키며

"업다! 그 계집아이, 똥집 장히 무겁다. 네가 내 등에 업
히니까 마음이 어떠하냐?"
_{어따}

"한끗나게 좋소이다!"
_{한껏나게}
"좋냐?"

"좋아요."

"나도 좋다. 좋은 말을 할 것이니 네가 대답만 하여라."

"말씀 대답하올 터니 하여 보옵소서."

"네가 금이지야?"

"금이라니 당치 않소. 팔년 풍진風塵 초한楚漢 시절에 육
_{초나라 한나라의 8년 전쟁 때}   _{여섯}
출기계六出奇計 진평陳平[174]이가 범아부范亞父를 잡으려고 황
_{번 신기한 계책을 내놓던 진평이}   _{항우의 모사 범증范曾}
금 4만을 흩었으니[175] 금이 어이 남으리까?"

"그러면 진옥眞玉이냐?"
_{진짜 옥이냐}
"옥이라니 당치 않소. 만고영웅 진시황이 형산의 옥을

얻어 이사李斯의 명필로 '수명우천受命于天 기수영창旣壽永昌'
_{진나라 재상}   _{하늘로부터 명을 받았으니 영원히 창성하리}
이라 옥새玉璽를 만들어서[176] 만세유전萬世遺傳을 하였으니 옥
                        _{영원히 후대에 전하려 하였으니}
이 어이 되오리까?"

"그러면 네가 무엇이냐? 해당화냐?"

"해당화라니 당치 않소. 명사십리 아니거든 해당화가 되
오리까?"

"그러면 네가 무엇이냐? 밀화 금패錦貝 호박 진주냐?"
_{호박琥珀의 일종}

"아니 그것도 당치 않소. 삼태육경 대신大臣 재상 팔도 방백 수령님네 갓끈 풍잠風簪 다하고서 남은 것은 경향京鄕의
_{망건에 대는 장식품}
일등一等 명기名妓 지환指環 벌 허다히 다 만드니 호박 진주
_{가락지 여러 벌을}
부당하오."

"네가 그러면 대모 산호냐?"

"아니, 그것도 내 아니오. 대모갑玳瑁甲 큰 병풍 산호로 난간 하여[177] 광리왕廣利王 상량문[178]에 수궁水宮 보물 되었으
_{난간을 만들어}　_{남해 용왕}
니 대모 산호가 부당이오."

"네가 그러면 반달이냐?"

"반달이라니 당치 않소. 금야 초생 아니거든 벽공碧空에 돋은 명월 내가 어찌 기오리까?"
_{그것이오리까}

"네가 그러면 무엇이냐? 날 홀려 먹는 불여수냐? 네 어
_{불여우냐}
머니 너를 낳아서 곱도 곱게 길러내어 나만 홀려 먹으려고 생겼느냐? 사랑 사랑 사랑이야, 내 간간 내 사랑이야! 네가 무엇을 먹으려느냐? 생률 숙률을 먹으려느냐? 둥글둥글 수박 웃봉지 대모 장도 드는 칼로 뚝 떼고 강릉 백청白淸을 두
_{윗꽁지}　　　　　　　　　　　　　_{흰빛의 고급 꿀}
루 부어 은수저 반간자로 붉은 점 한 점을 먹으려느냐?"
_{가늘게 만든 숟가락}

"아니, 그것도 내사 싫소."

"그러면 무엇을 먹으려느냐? 시금털털 개살구를 먹으려

느냐?"

"아니, 그것도 내사 싫소."

"그러면 무엇을 먹으려느냐? 돝 잡아 주랴? 개 잡아 주랴? 내 몸 통차 먹으려느냐?"
_{돼지}   _{통째}

"여보, 도련님! 내가 사람 잡아먹는 것 보았소?"

"예라, 요것! 안 될 말이로다. 어화둥둥 내 사랑이제. 이 애, 그만 내리려무나. 백사만사百事萬事가 다 품앗이가 있느니라. 내가 너를 업었으니 너도 나를 업어야지."

"애고! 도련님은 기운이 세어서 나를 업었거니와 나는 기운이 없어 못 업겠소."

"업는 수가 있느니라. 나를 도두 업을라 말고 발이 땅에 자운자운하게 뒤로 잦은 듯하게 업어 다고."
_{돋우워}   _{닿게}   _{기운}

도련님을 업고 툭 추어 놓으니 대중이 틀렸구나.
_{대강 어림잡아 헤아림이}

"애고, 잡상스러워라!"

이리 흔들 저리 흔들.

"내가 네 등에 업혀 놓으니 마음이 어떠하냐? 나도 너를 업고 좋은 말을 하였으니 너도 나를 업고 좋은 말을 하여야제."

"좋은 말을 하오리다. 들으시오.

부열傳說이를 업은 듯
_{상商나라의 어진 재상}

여상呂尙이를 업은 듯
강태공姜太公

흉중대략胸中大略 품었으니 명만일국名滿一國 대신 되어
가슴속의 큰 계략　　　　　　　　명성이 온 나라에 가득한

주석지신 보국충신 모두 헤아리니

사육신死六臣을 업은 듯, 생육신生六臣을 업은 듯

일日 선생, 월月 선생, 고운孤雲 선생을 업은 듯
　　　　　　　　　　최치원崔致遠

제봉霽峰을 업은 듯, 요동백遼東伯[179]을 업은 듯
고경명高敬命　　　　김응하金應河

정송강鄭松江을 업은 듯, 충무공忠武公을 업은 듯
정철鄭澈

우암尤庵 퇴계退溪 사계沙溪 명재明齋를 업은 듯
송시열宋時烈　　　　김장생金長生　윤증尹拯

내 서방이제 내 서방, 알뜰 간간 내 서방!

진사進士 급제 대받쳐 직부주서直赴注書[180] 한림학사翰林
　　　　이어받아　　곧장 주서注書 벼슬에 이르러

學士

이렇듯이 된 연후 부승지副承旨 좌승지左承旨 도승지都承

旨[181]로 당상堂上하여
　　정3품 이상의 벼슬

팔도 방백 지낸 후 내직內職으로 각신閣臣 대교待敎[182] 복
　　　　　　　　　　　　　규장각奎章閣 신하 대교가 되어 정

상卜相 대제학大提學 대사성大司成 판서 좌상左相 우상
승 후보 천거하고

右相 영상領相 규장각[183] 하신 후에
　　　　　　　규장각 제학提學

내삼천內三千 외팔백外八百 주석지신 내 서방
서울과 지방의 모든 벼슬아치

알뜰 간간 내 서방이제!"

제 손수 농즙膿汁 나게 문질렀구나.
　　　　쥐어짜서 고름이 모두 빠져나올 듯이

"춘향아, 우리 말놀음이나 좀 하여 보자."

"애고, 참 우스워라. 말놀음이 무엇이오?"

말놀음 많이 하여 본 성부르게

"천하 쉽지야. 너와 나와 벗은 김에 너는 온 방바닥을 기어다녀라. 나는 네 궁둥이에 딱 붙어서 네 허리를 잔뜩 끼고 볼기짝을 내 손바닥으로 탁 치면서 '이리!' 하거든 '호홍!' 이랴
거려 퇴김질로 물러서며 뛰어라. 알심 있게 뛰거드면 '탈 승
 힘을 모았다가 단번에 튀어올라   힘차고 야무지게 뛰면
乘' 자 노래가 있느니라.

타고 놀자 타고 놀자.

헌원씨軒轅氏 습용간과習用干戈 능작대무能作大霧 치우蚩
헌원씨가 병법을 익혀   큰 안개를 일으킨 치우를
尤 탁록야涿鹿野에 사로잡고[184] 승전고를 울리면서 지
   탁록 들판에서 사로잡고   항상

남거指南車를 높이 타고
남쪽을 가리키는 수레

하우씨夏禹氏 구년지수九年之水[185] 다스릴 제 육행승거陸
하나라 우왕이 9년 동안의 홍수를 다스릴 때   육지에서 타는 수레를
行乘車[186] 높이 타고

적송자 구름 타고 여동빈呂洞賓 백로白鷺 타고
                당나라 때의 신선

이적선 고래 타고[187] 맹호연孟浩然 나귀 타고[188]
이백

태을선인太乙仙人 학을 타고
도교의 천신天神

대국大國 천자天子 코끼리 타고

우리 전하殿下는 연輦을 타고

삼정승은 평교자平轎子를 타고
_{종1품 이상 관원의 가마}

육판서는 초헌軺軒 타고
_{종2품 이상 관원의 수레}

훈련대장訓鍊大將[189]은 수레 타고

각읍各邑 수령은 독교獨轎 타고
_{말 한 마리가 끄는 가마}

남원부사는 별연別輦을 타고
_{특별히 화려하게 꾸민 가마}

일모장강日暮長江 어옹漁翁들은 일엽편주一葉片舟 도도
_{해 질 무렵의 긴 강에}   _{돋우어}
타고

나는 탈 것 없으니 금야今夜 삼경三更 깊은 밤에 춘향 배를 넌짓 타고 홑이불로 돛을 달아 내 기계로 노를 저어 오목섬을 들어가되, 순풍에 음양수陰陽水를 시름없이 건너갈 제 말을 삼아 탈 양이면 걸음걸이 없을쏘냐? 마부馬夫는 내가 되어 네 구종驅從[190]을 넌지시
_{되고   네가 말고삐를}
잡아 구종 걸음 반부새로 화장으로 걸어라! 기총마騎
_{고삐 잡은 하인의 힘찬 걸음으로 뚜벅 걸음으로}   _{갈기와 꼬리가}
驄馬 뛰듯 뛰어라!"
_{푸르스름한 백마를 타고 뛰듯 뛰어라}

온갖 장난을 다 하고 보니 이런 장관壯觀이 또 있으랴? 이팔 이팔 둘이 만나 미친 마음 세월 가는 줄 모르던가 보더라.

이별

이때 뜻밖에 방자 나와

"도련님, 사또께옵서 부릅시오."

도련님 들어가니 사또 말씀하시되

"여봐라, 서울서 동부승지同副承旨[191] 교지敎旨가 내려왔
_{동부승지가 전하는 임금의 명령이}
다. 나는 문부사정文簿査定하고 갈 것이니, 너는 내행內行을
_{문서와 장부를 검토하고}　　　　　　　　_{네 어머니를 모}
배행陪行하여 명일明日로 떠나거라."
_{시고}

　　도련님 부교父敎 듣고 일은 반갑고, 일변은 춘향을 생각
　　　　　　　　　　　　　　　　　_{일변一邊은}
하니 흉중이 답답하여 사지에 맥이 풀리고 간장이 녹는 듯
두 눈으로 더운 눈물이 펄펄 솟아 옥면玉面을 적시거늘 사또
보시고

　　"너 왜 우느냐? 내가 남원을 일생 살 줄로 알았더냐? 내
직內職으로 승차陞差되니 섭섭히 생각 말고 금일부터 치행
　　　　_{승진하니}　　　　　　　　　　　　　_{길 떠날}
등절等節을 급히 차려 명일 오전으로 떠나거라."
_{온갖 준비 절차를}

　　겨우 대답하고 물러나와 내아內衙에 들어가 사람이 무론
　　　　　　　　　　　　　　　　　　　　　_{신분의}
상중하無論上中下하고 모친께는 허물이 적은지라 춘향의 말
_{상중하 등급을 논할 것 없이}
을 울며 청하다가 꾸중만 실컷 듣고 춘향의 집으로 나오는
데 설움은 기가 막히나 노상에서 울 수 없어 참고 나오는데

속에서 두부장 끓듯 하는지라 춘향 문전 당도하니 통째 건데기째 보째 왈칵 쏟아져 놓으니
온통

"어푸, 어푸! 어허!"

춘향이 깜짝 놀래어 왈칵 뛰어 내달아

"애고! 이게 웬일이오? 안으로 들어가시더니 꾸중을 들으셨소? 노상에 오시다가 무삼 분함 당하겼소? 서울서 무슨
무슨 분한 일을 당하셨소
기별이 왔다더니 중복重服을 입어겼소? 점잖으신 도련님이
아홉 달 이상 치러야 하는 상喪을 입으셨소
이것이 웬일이오?"

춘향이 도련님 목을 담쑥 안고 치맛자락을 걷어 잡고 옥안玉顔에 흐르는 눈물 이리 씻고 저리 씻으면서

"울지 마오, 울지 마오!"

도련님 기가 막혀 울음이란 게 말리는 사람이 있으면 더 울던 것이었다. 춘향이 화를 내어

"여보, 도련님! 아굴지 보기 싫소. 그만 울고 내력 말이나 하오."
아가리

"사또께옵서 동부승지 하여 계시단다."

춘향이 좋아하여

"댁의 경사요! 그래서 그러면 왜 운단 말이오?"

"너를 버리고 갈 터이니, 내 아니 답답하냐!"

"언제는 남원 땅에서 평생 사실 줄로 알았겠소. 나와 어

찌 함께 가기를 바라리오? 도련님 먼저 올라가시면 나는 예서 팔 것 팔고 추후에 올라갈 것이니 아무 걱정 마시오. 내 말대로 하였으면 군속잖고 좋을 것이오. 내가 올라가더라도
_{어렵지 않고}
도련님 큰댁으로 가서 살 수 없을 것이니, 큰댁 가까이 조그마한 집 방이나 두엇 되면 족하오니 염탐하여 사 두소서. 우리 권구眷口 가더라도 공밥 먹지 아니할 터이니 그렁저렁 지
_{식구가}
내다가 도련님 나만 믿고 장가 아니 갈 수 있소? 부귀영총富貴榮寵 재상가의 요조숙녀 가리어서 혼정신성昏定晨省할지라
_{밤에는 부모의 잠자리를 보아 드리고}
도 아주 잊든 마옵소서. 도련님 과거하여 벼슬 높아 외방外方
_{아침에는 부모의 안부를 물을지라도} _{먼 지방으로}
가면 실내마마室內媽媽 치행할 제 마마媽媽로 내세우면 무삼
_{정실부인} _{벼슬아치의 첩} _{무슨 구}
말이 되오리까? 그리 알아 조처하오."
_{설이 있사오리까}

 "그게 이를 말이냐? 사정이 그렇기로 네 말을 사또께는 못 여쭈고 대부인大夫人 전前 여쭈오니 꾸중이 대단하시며
_{어머니 앞에}
양반의 자식이 부형父兄 따라 하향遐鄕에 왔다 화방작첩花房
_{먼 지방에} _{기생을 첩으로 삼아}
作妾하여 데려간단 말이 전정前程에도 괴이하고 조정에 들어
_{앞 길에도}
벼슬도 못 한다더구나. 불가불 이별이 될밖에 수 없다."

 춘향이 이 말을 듣더니 고닥기 발연변색勃然變色이 되며
_{별안간} _{왈칵 성을 내어 얼굴빛이 달라지며}
요두전목搖頭轉目에 붉으락푸르락 눈을 간잔조롬하게 뜨고
_{머리를 흔들고 눈을 굴리는데} _{게슴츠레}
눈썹이 꼿꼿하여지면서 코가 발심발심하며 이를 뽀도독뽀도독 갈며 온몸을 수숫잎 틀 듯 하며 매가 꿩 차는 듯 하고
_{이리저리 홱 뒤집으며}

앉더니

"허허! 이게 웬 말이오?"

왈칵 뛰어 달려들며 치맛자락도 와드득 좌루욱 찢어 버리며 머리도 와드득 쥐어뜯어 싹싹 비벼 도련님 앞에다 던지면서

"무엇이 어쩌고 어째요? 이것도 쓸데없다!"

면경面鏡 체경體鏡 산호죽절珊瑚竹節을 두르쳐 방문 밖에
얼굴 거울과 몸거울과 산호 비녀를 휘둘러
탕탕 부딪치며 발도 동동 굴러 손뼉 치고 돌아앉아 자탄가自
歎歌로 우는 말이

서방 없는 춘향이가 세간살이 무엇하며

단장하여 뉘 눈에 괴일꼬?
　　　　　　　사랑을 받을꼬
몹쓸 년의 팔자로다!

이팔청춘 젊은것이 이별 될 줄 어찌 알랴?

부질없는 이내 몸을 허망하신 말씀으로

전정前程 신세 버렸구나.

애고애고 내 신세야!

천연히 돌아앉아

"여보, 도련님! 이제 막 하신 말씀 참말이요, 농말이요?

우리 둘이 처음 만나 백년 언약 맺을 적에 대부인 사또께옵서 시키시던 일이오니까? 빙자가 웬일이요? 광한루서 잠깐 보고 내 집에 찾아와서 침침무인沈沈無人 야삼경夜三更에 도련님은 저기 앉고 춘향 나는 여기 앉아 나더러 하신 말씀 구맹불여천맹丘盟不如天盟이요 산맹불여천맹山盟不如天盟이라고, 전년 오월 단오야端午夜에 내 손길 부여잡고 우둥퉁퉁 밖에 나와 당중堂中에 우뚝 서서 경경耿耿히 맑은 하늘 천 번이나 가리키며 만 번이나 맹세키로 내 정녕 믿었더니, 말경末境에 가실 때는 톡 떼어 버리시니 이팔청춘 젊은것이 낭군 없이 어찌 살꼬? 침침공방沈沈空房 추야장秋夜長에 시름 상사相思 어이할꼬? 애고애고 내 신세야!

모질도다 모질도다, 도련님이 모질도다! 독하도다 독하도다, 서울 양반 독하도다! 원수로다 원수로다, 존비귀천尊卑貴賤 원수로다! 천하에 다정한 게 부부夫婦 정情 유별有別컨만 이렇듯 독한 양반 이 세상에 또 있을까? 애고애고 내 일이야!

여보, 도련님! 춘향 몸이 천賤타고 함부로 버리셔도 그만인 줄 알지 마오. 첩지박명妾之薄命 춘향이가 식불감식食不甘 밥 못 먹고 침불안寢不安 잠 못 자면 며칠이나 살 듯하오? 상사로 병이 들어 애통하다 죽게 되면 애원哀怨한 내 혼신魂神 원귀怨鬼가 될 것이니, 존중尊重하신 도련님이 근들 아니 재앙

이오? 사람의 대접을 그리 마오. 인물 거천하는 법이 그런
법 왜 있을꼬? 죽고지고 죽고지고! 애고애고 설운지고!"
_{관계 맺는}

한참 이리 자진自盡하여 설이 울 제 춘향모는 물색도 모
_{기진맥진하여}
르고

"애고, 저것들 또 사랑싸움이 났구나! 어참, 아니꼽다.
눈구석 쌍가래톳 설192 일 많이 보네."
_{어이없고 기가 막힌 일을 당하여 눈에 독기가 서릴}
하고 아무리 들어도 울음이 장차 길구나. 하던 일을 밀쳐 놓
고 춘향 방 영창 밖으로 가만가만 들어가며 아무리 들어도
이별이로구나.

"허허, 이것 별일 났다!"

두 손뼉 땅땅 마주 치며

"허허! 동네 사람 다 들어 보오. 오늘날로 우리집에 사람
둘 죽습네!"

어간마루 섭적 올라 영창문을 두드리며 우루룩 달려들어
_{방과 방 사이의 마루}
주먹으로 겨누면서

"이년, 이년, 썩 죽거라! 살아서 쓸데없다, 너 죽은 신체
라도 저 양반이 지고 가게. 저 양반 올라가면 뉘 간장을 녹
이려냐? 이년, 이년, 말 듣거라. 내 일상 이르기를 후회되기
_{항상}
쉽느니라, 도도한 마음 먹지 말고 여염 사람 가리어서 형세
形勢 지체 너와 같고 재주 인물이 모두 너와 같은 봉황의 짝

을 얻어 내 앞에 노는 양을 내 안목에 보았으면 너도 좋고 나도 좋제. 마음이 도고하여 남과 별로 다르더니 잘 되고 잘
교만하여
되었다!"

두 손뼉 꽝꽝 마주치면서 도련님 앞에 달려들어

"나와 말 좀 하여 봅시다. 내 딸 춘향을 버리고 간다 하니 무삼 죄로 그러시오? 춘향이 도련님 모신 지 가준 1년 되
거진
었으되 행실이 그르던가, 예절이 그르던가? 침선針線이 그르
바느질이
던가, 언어가 불순턴가? 잡스런 행실 가져 노류장화路柳牆花
창기娼妓처럼
음란턴가? 무엇이 그르던가? 이 봉변이 웬일인가? 군자 숙녀 버리는 법 칠거지악七去之惡 아니면은 못 버리는 줄 모르는가?

내 딸 춘향 어린 것을 밤낮으로 사랑할 제 안고 서고 눕고 지며 백 년 삼만 육천 일[193]에 떠나 살지 말자 하고 주야
밤낮으
장천晝夜長川 어루더니, 말경에 가실 제는 뚝 떼어 버리시니
로 쉬지 않고
양류천만사楊柳千萬絲인들 가는 춘풍 어이하며, 낙화낙엽落花
수천 수만 버들가지인들
落葉 되거드면 어느 나비가 다시 올까? 백옥 같은 내 딸 춘향 화용신花容身도 부득이 세월에 장차 늙어져 홍안紅顔이 백
꽃다운 얼굴과 몸도
수백수白首 되면 시호시호부재래時乎時乎不再來[194]라 다시 젊든 못
시간이여, 시간이여, 다시 오지 않네
하나니 무슨 죄가 진중하여 허송백년虛送百年 하오리까?

도련님 가신 후에 내 딸 춘향 님 기룰 제 월정명月正明 야
그릴   달이 바야흐로 밝은

삼경에 첩첩수심疊疊愁心 어린 것이 가장家長 생각 절로 나서 초당전草堂前 화계상花階上에서(화단 위에서) 담배 피워 입에다 물고 이리 저리 다니다가 불꽃 같은 시름 상사 흉중으로 솟아나 손 들어 눈물 쓰고(씻고) 후유 한숨 길게 쉬고 북편을 가리키며 한양漢陽 계신 도련님도 나와 같이 기루신지 무정하여 아주 잊고 그리시는지 일장一張 편지 아니하신가? 긴 한숨에 듣는 눈물 옥안玉顔 홍상紅裳 다 적시고 저의 방으로 들어가서 의복도 아니 벗고 외로운 베개 위에 벽만 안고 돌아누워 주야장탄晝夜長歎 우는 것은 병 아니고 무엇이오?

시름 상사 깊이 든 병 내 구救치 못하고서 원통히 죽게 되면 칠십 당년 늙은것이 딸 잃고 사위 잃고 태백산 갈가마귀 게발 물어다 던지듯이(볼일 다 보았다고 내던져지듯이) 혈혈단신 이내 몸이 뉘를 믿고 살잔 말고! 남 못 할 일 그리 마오. 애고애고 설운지고! 못 하지요, 몇 사람 신세를 망치려고 아니 데려가오? 도련님 대가리가 둘 돋쳤소? 애고 무셔라, 이 쇠떵떵아!"

왈칵 뛰어 달려드니 이 말 만일 사또께 들어가면 큰 야단이 나겠거든.

"여보소, 장모! 춘향만 데려갔으면 그만두겠네."

"그래, 아니 데려가고 견뎌낼까?"

"너무 것세우지(몰아세우지) 말고 여기 앉아 말 좀 듣소. 춘향을 데려

간대도 가마 쌍교雙轎 말을 태워 가자 하니 필경에 이 말이
           쌍가마
날 것인즉 달리는 변통할 수 없고, 내 이 기가 막히는 중에
꾀 하나를 생각하고 있네마는 이 말이 입 밖에 나서는 양반
망신만 하는 게 아니라 우리 선조先祖 양반이 모두 망신을
할 말이로세."

"무슨 말이 그리 좨뜬 말이 있단 말인가?"
        기발한
"내일 내행內行이 나오실 제 내행 뒤에 사당祠堂195이 나
                                    신주神主가
올 테니 배행陪行은 내가 하겠네."
     모시고 따라가는 일은
"그래서요?"

"그만하면 알제?"

"나는 그 말 모르겠소."

"신주는 모셔내어 내 창옷196 소매에다 모시고 춘향은 요
                                       작은
여腰輿197에다 태워 갈밖에 수가 없네. 걱정 말고 염려 마소."
가마에
춘향이 그 말 듣고 도련님을 물끄러미 바라더니
                           바라보더니
"마소, 어머니! 도련님 너무 조르지 마소! 우리 모녀 평
생 신세 도련님 장중掌中에 매었으니 알아 하라 당부나 하
오. 이번은 아마도 이별할밖에 수가 없네. 이왕에 이별이 될
바는 가시는 도련님을 왜 조르리까마는 우선 갑갑하여 그러
하제. 내 팔자야! 어머니, 건넌방으로 가옵소서. 내일은 이
별이 될 턴가 보오. 애고애고 내 신세야! 이별을 어찌할꼬?

여보, 도련님!"

"왜야?"

"여보, 참으로 이별을 할 터요?"

촛불을 돋우어 켜고 둘이 서로 마주 앉아 갈 일을 생각하고 보낼 일을 생각하니 정신이 아득 한숨질 눈물겨워 경경오열哽哽嗚咽하여 얼굴도 대어 보고 수족도 만져 보며
_{슬픔에 목이 메어 울며}

"날 볼 날이 몇 밤이요? 애달아 나쁜 수작 오늘 밤이 망종亡終이니 나의 설운 원정 들어 보오. 연근육순年近六旬 나의 모친 일가친척 바이 없고 다만 독녀獨女 나 하나라 도련님께 의탁하여 영귀榮貴할까 바랐더니 조물造物이 시기하고 귀신이 작해作害하여 이 지경이 되었구나! 애고애고 내 일이야! 도련님 올라가면 나는 뉘를 믿고 사오리까? 천수만한千愁萬恨 나의 회포 주야晝夜 생각 어이하리? 이화도화梨花桃花 만발할 제 수빈행락水濱行樂 어이하며, 황국단풍黃菊丹楓 늦어 갈 제 고절능상孤節凌霜 어이할꼬? 독숙공방 긴긴 밤에 전전반측 어이하리? 쉬느니 한숨이요 뿌리느니 눈물이라. 적막강산 달 밝은 밤에 두견성杜鵑聲을 어이하리? 상풍고절霜風高節 만리변萬里邊에 짝 찾는 저 홍안성鴻雁聲을 뉘라서 금하오며, 춘하추동 사시절에 첩첩이 쌓인 경물景物 보는 것도 수심이요 듣는 것도 수심이라."
_{마지막이니 하소연 나이가 예순에 가까운 전혀 해를 끼쳐 천 갈래 만 갈래 시름과 한 물가에서의 놀이 노란 국화와 단풍 서리를 아랑곳하지 않는 높은 절개 두견새 울음소리를 서리와 바람에도 굽히지 않는 절개로 만리 변방에 기러기 울음소리를}

애고애고 설이 울 제 이도령 이른 말이

"춘향아, 울지 마라. 부수소관첩재오夫戌蕭關妾在吳[198]라
  남편은 소관 변방에 있고 나는 오나라에 있다고 한
소관蕭關의 부수夫戌들과 오나라 정부征婦들도 동서東西 님
소관 요새를 지키는 사내들과   남편을 전쟁터에 보낸 강남 오 땅의 아내들도
기루워서 규중심처閨中深處 늙어 있고, 정객관산로기중征客
그리면서   출정한 낭군 돌아올 길 험준한
關山路幾重[199]에 관산關山의 정객征客이며 녹수부용綠水芙蓉 채
산 몇 겹인가 하던 변방 전쟁터에 나간 남자와   푸른 물에 연꽃 옷을 입은 듯한
련녀採蓮女[200]도 부부 신정新情 극중極重타가 추월강산秋月江山
연밥 따는 여인도   지극히 중하다가
적막한데 연을 캐며 상사相思하니, 나 올라간 뒤라도 창전窓
前에 명월커든 천리千里 상사 부디 마라. 너를 두고 가는 내
  밝은 달이 뜨거든
가 일일一日 평분平分 십이시十二時를 낸들 어이 무심하랴?
        고르게 나누어
울지 마라, 울지 마라!"

춘향이 또 우는 말이

"도련님 올라가면 행화춘풍杏花春風 거리거리 취하는 게
장진주將進酒요, 청루미색靑樓美色 집집마다 보시느니 미색이
권하는 술이요   기생집의 미녀
요, 처처에 풍악 소리 간 곳마다 화월花月이라. 호색好色하신
도련님이 주야 호강 놀으실 제 나 같은 하방遐方 천첩이야
                              먼 지방
손톱만큼이나 생각하오리까? 애고애고 내 일이야!"

"춘향아, 울지 마라. 한양성 남북촌南北村에 옥녀가인玉女
佳人 많건마는 규중심처 깊은 정 너밖에 없었으니, 내 아무
리 대장부인들 일각一刻이나 잊을쏘냐?"
         15분가량의 짧은 시각
서로 피차 기가 막혀 연연戀戀 이별 못 떠날지라.

약속

도련님 모시고 갈 후배사령後陪使令이 나올 적에 헐떡헐떡 들어오며
_{수행 하졸}

"도련님, 어서 행차하옵소서! 안에서 야단났소. 사또께옵서 도련님 어디 가셨느냐 하옵기에 소인이 여쭙기를 놀던 친구 작별차로 문밖에 잠깐 나가셨노라 하였사오니 어서 행차하옵소서."
_{작별하러}

"말 대령하였느냐?"

"말 마침 대령하였소."

백마욕거장시白馬欲去長嘶하고 청아석별견의靑娥惜別牽衣로다.[201] 말은 가자고 네 굽을 치는데 춘향은 마루 아래 툭 떨어져 도련님 다리를 부여잡고
_{백마는 떠나자고 길게 울고   미인은 이별이 안타까워 옷자락을 잡네}

"날 죽이고 가면 가제 살리고는 못 가고 못 가느니!"

말 못 하고 기절하니 춘향모 달려들어

"상단아, 찬물 어서 떠 오너라. 차를 달여 약 갈아라. 네 이 몹쓸 년아! 늙은 어미 어쩌라고 몸을 이리 상하느냐?"

춘향이 정신 차려

"애고, 갑갑하여라!"

춘향의 모 기가 막혀

"여보, 도련님! 남의 생때같은 자식을 이 지경이 웬일이요? 결곡한 우리 춘향 애통하여 죽거드면 혈혈단신 이내 신
깨끗하고 여무진
세 뉘를 믿고 살잔 말고!"

도련님 어이없어

"여봐라, 춘향아! 네가 이게 웬일이냐? 나를 영영 안 볼라냐? 하량낙일수운기河梁落日愁雲起[202]는 소통국蘇通國의 모
이별의 다리에 해가 지니 근심 구름 일어나네
자 이별,[203] 정객관산로기중에 오희월녀吳姬越女[204] 부부 이
오나라와 월나라의 미인
별, 편삽수유소일인遍揷茱萸少一人은 용산龍山의 형제 이별,[205]
모두 머리에 수유꽃 꽂았는데 한 사람 빠졌음을 알겠지
서출양관무고인西出陽關無故人은 위성渭城의 붕우朋友 이별,[206]
양관陽關 너머 서쪽에는 벗이 없네
그런 이별 많아도 소식 들을 때가 있고 상면相面할 날이 있었으니, 내가 이제 올라가서 장원급제 출신出身하여 너를 데
벼슬길에 올라
려갈 것이니 울지 말고 잘 있거라. 울음을 너무 울면 눈도 붓고 목도 쉬고 골머리도 아프니라. 돌이라도 망주석望柱石
무덤 앞 양쪽에 세우는 돌기둥
은 천만 년이 지나가도 광석鑛石 될 줄 모르고, 나무라도 상
쓸모 있는 광물
사목相思木[207]은 창밖에 우뚝 서서 일 년 춘절春節 다 지내되 잎이 필 줄 모르고, 병이라도 회심병懷心病은 오매불망 죽느
상사병
니라. 네가 나를 보려거든 설워 말고 잘 있거라."

춘향이 할 길 없어

"여보, 도련님! 내 손에 술이나 망종 잡수시오. 행찬行饌
마지막 집에서 마련하여 가지고 가는 음식

없이 가실진대 나의 찬합饌盒 갊아다가 숙소참宿所站 잘자리
　　　　　　　　　　　　간직했다가　　관원의 출장 숙소
에 날 본 듯이 잡수시오. 상단아! 찬합 술병 내오너라."

　　춘향이 일배주 가득 부어 눈물 섞어 드리면서 하는 말이

　　"한양성 가시는 길에 강수江樹 청청靑靑 푸르거든 원함
　　　　　　　　　　　강가의 나무 푸르디푸르거든　　　먼곳에
정遠含情을 생각하고, 천시가절天時佳節 때가 되어 세우細雨
서 머금은 정을
가 분분커든 노상행인욕단혼路上行人欲斷魂[208]이라 마상馬上에
　　　　　　　길 위의 나그네는 혼이 끊어지려 하여
곤핍하여 병이 날까 염려오니, 방초무처芳草無處[209] 저문 날
　　　　　　　　　　　　　　　꽃다운 풀 없는 곳이 없어도
에 일찍 들어 주무시고, 아침 날 풍우상風雨上에 늦게야 떠나
시며, 한 채찍 천리마에 모실 사람 없사오니 부디부디 천금
귀체千金貴體 시시時時 안보安保하옵소서. 녹수진경도綠樹秦京
　　　　　　　때마다　　　　　　　　　　　푸른 나무 우거진 서울 길에
道[210]에 평안히 행차하옵시고 일자一字 음신音信 듣사이다. 종
　　　　　　　　　　　　　　　　　　　　소식
종 편지나 하옵소서."

　　도련님 하는 말이

　　"소식 듣기 걱정 마라. 요지瑤池의 서왕모도 주목왕周穆
王[211]을 만나려고 일쌍 청조 자래自來하여 수천 리 먼먼 길에
소식 전송하였고, 한무제漢武帝 중랑장中郎將은 상림원上林苑
　　　　　　　　　　　　　소무蘇武　　　　　　궁중 정원
군부君父 전전에 일척금서一尺錦書 보냈으니,[212] 백안白雁 청조
임금 앞에　　　　비단에 쓴 짧은 편지를　　　　흰 기러기
없을망정 남원 인편人便 없을쏘냐? 슬퍼 말고 잘 있거라."

　　말을 타고 하직하니 춘향 기가 막혀 하는 말이

　　"우리 도련님이 가네 가네 하여도 거짓말로 알았더니, 말

타고 돌아서니 참으로 가는구나!"

춘향이가 마부 불러

"마부야! 내가 문밖에 나설 수가 없는 터니, 말을 붙들어 잠깐 지체하여서라. 도련님께 한말씀 여쭐란다."

춘향이 내달아

"여보, 도련님! 이제 가시면 언제나 오시려오? 사절四節 소식 끊어질 절絶, 보내나니 아주 영절永絶, 녹죽창송綠竹蒼松 백이伯夷 숙제叔齊213 만고충절, 천산千山에 조비절鳥飛絶,214
모든 산에 새가 나는 자취 끊어지고
와병臥病에 인사절人事絶,215 죽절竹節 송절松節, 춘하추동 사
병들어 누워 찾는 사람 끊기고
시절, 끊어져 단절, 분절分絶 훼절毁節, 도련님은 날 버리고 박절히 가시니 속절없는 나의 정절, 독숙공방 수절할 제 어느 때에 파절破節할꼬? 첩의 원정寃情 슬픈 고절苦節 주야 생
절개를 깨뜨릴까
각 미절未絶할 제 부디 소식 돈절頓絶 마오!"
끊이지 않을 때   소식을 딱 끊지 마오

대문 밖에 거꾸러져 섬섬纖纖한 두 손길로 땅을 꽝꽝 치며

"애고애고 내 신세야!"

'애고' 일성一聲 하는 소리 황애산만풍소삭黃埃散漫風蕭索이
흙먼지 일고 바람은 쓸쓸하며
요 정기무광일색박旌旗無光日色薄이라.216 엎더지며 자빠질 제 서
깃발은 빛을 잃고 햇빛은 희미하네
운찮게 갈 양이면 몇 날 며칠 될 줄 모를레라. 도련님 타신 말은 준마가편駿馬加鞭 이 아니냐? 도련님 낙루落淚하고 훗 기약
채적을 쳐서 더 빨리 달리게 한 준마   눈물을 흘리고
을 당부하고 말을 채쳐 가는 양은 광풍狂風에 편운片雲일레라.
미친 바람에 흩어지는 조각구름 같더라

하권

상사相思

이때 춘향이 하릴없어 자던 침방으로 들어가서

"상단아! 주렴 걷고 안석案席 밑에 베개 놓고 문 닫아라.
몸을 기대는 방석
도련님을 생시는 만나 보기 망연茫然하니 잠이나 들면 꿈에
너무 아득하니
만나 보자. 예로부터 이르기를 꿈에 와 보이는 님은 신信이

없다고 일렀건만 답답히 기룰진댄 꿈 아니면 어이 보리?[217]
그릴진댄
꿈아, 꿈아, 네 오너라! 수심 첩첩 한이 되어 몽불성夢不成에
꿈을 이루지 못함을
어이하랴?

애고애고 내 일이야! 인간 이별 만사 중에 독숙공방 어

이하리? 상사불견相思不見 나의 심정 그 뉘라서 알아 주리?
그리워하면서도 만나지 못하는

미친 마음 이렁저렁 흐트러진 근심 후리쳐 다 버리고, 자나 누우나 먹고 깨나 님 못 보아 가슴 답답 어린 앙기, 고운 소리 귀에 쟁쟁, 보고지고 보고지고! 님의 얼굴 보고지고! 듣고지고 듣고지고! 님의 소리 듣고지고!
_{응어리진 원한}

　전생에 무삼 원수로 우리 둘이 생겨나서 그런 상사 한데 만나 잊지 말자 처음 맹세, 죽지 말고 한데 있어 백년 기약 맺은 맹세, 천금주옥千金珠玉 꿈 밖이요 세사일관世事一貫 관계하랴? 근원 흘러 물이 되어 깊고 깊고 다시 깊고, 사랑 모여 뫼가 되어 높고 높고 다시 높아, 끊어질 줄 모르거든 무너질 줄 어이 알리? 귀신이 작해하고 조물이 시기로다.
_{그리워하는}
_{세상사 무엇인들}

　일조一朝 낭군 이별하니 어느 날에 만나 보리? 천수만한 千愁萬恨 가득하여 끝끝이 느끼워라. 옥안운빈玉顔雲鬢 공로空 老하니 일월이 무정이라. 오동추야 달 밝은 밤은 어이 그리 더디 새며, 녹음방초 비낀 곳에 해는 어이 더디 간고?
_{하루아침에}
_{아름다운 얼굴과 탐스러운 머리가 헛되이 늙어 가니}

　이 상사 알으시면 님도 나를 기루련만 독숙공방 홀로 누워 다만 한숨 벗이 되고 구곡간장九曲肝腸 굽이 썩어 솟아나니 눈물이라. 눈물 모여 바다 되고 한숨지어 청풍 되면 일엽주一葉舟 무어 타고 한양 낭군 찾으련만 어이 그리 못 보는고?
_{아시면}
_{굽이굽이 서린 창자가}
_{만들어}

　우수명월憂愁明月 달 밝은 때 설심조군爇心竈君[218] 느끼오니 소연昭然한 꿈이로다! 현야월懸夜月 두우성斗牛星은 님 계
_{정성껏 조왕신에게 빌어}
_{선명한}
_{밤하늘에 걸린 달　북두성과 견우성牽牛星은}

신 곳 비치련만 심중에 앉은 수심 나 혼자뿐이로다. 야색夜色 창망滄茫한데 경경이 비치는 게 창외窓外의 형화螢火로다.
　　　　아득한데　　　　　　환히　　　　　　　　　　　반딧불
밤은 깊어 삼경三更인데 앉았은들 님이 올까? 누웠은들 잠이 오랴? 님도 잠도 아니 온다. 이 일을 어이하리? 아마도 원수로다.

　　홍진비래興盡悲來 고진감래苦盡甘來 예로부터 있건마는 기
　　즐거운 일이 다하면 슬픈 일이 닥쳐오고 고생 끝에 즐거움이 오는 일은
다림도 적지 않고 기룬 지도 오래건만 일촌간장一寸肝腸 구
　　　　　　　　　그런　　　　　　　　　　　　　　　　　굽이
부부 맺힌 한을 님 아니면 뉘라 풀꼬? 명천明天은 하감下瞰하
굽이　　　　　　　　　　　　　　　　　밝은 하늘은　　내려다보시어
사 수이 보게 하옵소서. 미진인정未盡人情 다시 만나 백발이
　　　　　　　　　　　　다하지 못한 마음
다 진盡토록 이별 없이 살고지고! 묻노라 녹수청산, 우리 님
　　　다하도록
초췌憔悴 행색行色 애연히 일별一別 후에 소식조차 돈절하다.
인비목석人非木石이어든 님도 응당 느끼리라. 애고애고 내
사람이 목석이 아니거든
신세야!"

　　앙천자탄仰天自歎에 세월을 보내는데, 이때 도련님은 올
　　하늘을 우러러 탄식하며
라갈 제 숙소마다 잠 못 이뤄

　　"보고지고! 나의 사랑 보고지고! 주야불망晝夜不忘 우리
사랑 날 보내고 기룬 마음 속히 만나 풀리라!"

　　일구월심日久月深 굳게 먹고 등과登科 외방外方 바라더라.
　　세월이 흐를수록　　　　　　　과거 급제하여 지방관으로 부임하기만

신관 사또 행차

이때 수삭數朔 만에 신관新官 사또 났으되 자하골[219] 변학
　　　두어 달
도라 하는 양반이 오는데, 문필도 유여有餘하고 인물 풍채
　　　　　　　　　　　　　　넉넉하고
활달하고 풍류 속에 달통하여 외입 속이 넉넉하되, 한갓 흠
이 성정性情 괴팍한 중에 사증邪症[220]을 겸하여 혹시 실덕失德
도 하고 오결誤決하는 일이 간다고間多故로 세상에 아는 사람
　　　　잘못 결정하는　　　　간간이 많으므로
은 다 고집불통이라 하겠다. 신연新延[221] 하인 현신現身할 제
　　　　　　　　　　　　　　사또를 맞으러 온 하인들이 인사할 때

"사령使令 등 현신이요!"
　　관청의 하졸

"이방이요!"

"감상監床이요!"
　사또의 음식상을 보살피는 구실아치

"수배首陪요!"
　사령의 우두머리

"이방 부르라."

"이방이요!"

"그새 너희 골에 일이나 없느냐?"

"예. 아직 무고합네다."

"네 골 관노官奴가 삼남에 제일이라지?"

"예. 부림 직하옵네다."

"또 네 골에 춘향이란 계집이 매우 색色이라지?"
　　　　　　　　　　　　　　　　　　　미녀

"예."

"잘 있냐?"

"무고하옵네다."

"남원이 예서 몇 리인고?"

"육백 삽십 리로소이다."

마음이 바쁜지라

"급히 치행治行하라!"

신연 하인 물러나와

"우리 골에 일이 났다!"

이때 신관 사또 출행出行 날을 급히 받아 도임차到任次로
부임하러
내려올 제 위의威儀도 장할시고. 구름 같은 별연別輦 독교獨
轎 좌우 청장靑帳 떡 벌이고, 좌우편 부축 급창及唱 물색 진한
  가마에 두르는 푸른 휘장   명령을 큰소리로 전달하는 하인
모수 철육222 백주전대白紬纏帶 고를 늘여 엇비슥이 눌러 메
진한 물빛 모시 철릭에 흰 명주로 만든 자루 매듭을 늘여
고 대모玳瑁 관자貫子 통영갓223을 이마 눌러 숙여 쓰고 청장
             망건 고리
靑帳 줄 검쳐 잡고

"에라, 물러섰다! 나 있거라!"

혼금閽禁이 지엄至嚴하고
잡인의 접근을 금지하는 일이
"좌우 구종驅從 긴경마에 뒤채잡이 힘써라!"
  좌우에서 고삐 잡은 하인은 고삐를 길게 잡고 가마의 뒤채를 잡은 하인은 힘을 써라
통인 한 쌍 착전립着氈笠에 행차 배행陪行 뒤를 따르고,
          벙거지를 쓰고   행자를 모서
수배首陪 감상監床 공방工房이며 신연 이방 가선佳善하다. 노
                                   훌륭하다

자노자子 한 쌍, 사령 한 쌍, 일산보종日傘步從 전배前陪하여 대
   사내종   일산을 받쳐 주는 하인이 앞에서 인도하여
로변에 갈라 서고, 백방수주白方水紬 일산 복판 남수주藍水紬
                      백방사 고급 비단으로 만든 일산에 남방사 고급 비단으로 가장
선을 둘러 주석朱錫 고리 어른어른 호기 있게 내려올 제 전
  자리를 두르고
후에 혼금 소리 청산靑山이 상응相應하고, 권마성勸馬聲 높은
                                                    행차의 위세를 더하기 위해
소리 백운白雲이 담담澹澹이라.
여 앞에서 높이 외치는 소리에 흰구름이 일렁이더라
        전주에 득달得達하여 경기전慶基殿224 객사客舍 연명延命하
           이르러   경기전을 들러 전주 객사에서 감사監司에게 취임 인사
고, 영문營門에 잠깐 다녀 좁은목 썩 내달아 만마관萬馬關 노
                                                              를 하고
구바위 넘어225 임실任實 얼른 지나 오수獒樹 들러 중화中火하
                     임실군 오수면   점심을 먹고
고 즉일卽日 도임할새 오리정五里亭226으로 들어갈 제 천총千
                                                     정3품 무관
摠이 영솔領率하고 육방 하인 청도도淸道圖227로 들어올 제 청
                         행군 대열 그림대로   청도
도淸道228 한 쌍, 홍문紅門229 한 쌍, 주작朱雀,230 남동각南東角
기淸道旗   붉은색 문기門旗   주작기朱雀旗   방위를 표시하는 군기
남서각南西角,231 홍초紅招,232 남문藍門 한 쌍, 청룡, 동남각東
軍旗   홍초기紅招旗
南角, 서남각西南角, 남초藍招 한 쌍. 현무玄武, 북동각北東角,
북서각北西角, 흑초黑招. 황문黃門 한 쌍, 등사螣蛇, 순시巡視233
                                                순시기巡視旗
한 쌍. 영기令旗234 한 쌍, 집사執事 한 쌍, 기패관旗牌官235 한
       군령 깃발   의식 진행 관리   당직 장교
쌍, 군노236 열두 쌍, 좌우가 요란하다. 행군 취타吹打 풍악
    군뢰軍牢   군악대의 연주
소리 성동城東에 진동하고 삼현육각三絃六角237 권마성勸馬聲
은 원근에 낭자하다.

기생 점고

　　　광한루에 보전하여 개복改服하고 객사客舍에 연명차延命
　　　　　　　자리를 마련해 옷을 갈아입고　　　　　　　　　 취임 인사하러
次로 남여藍輿 타고 들어갈새 백성 소시所視 엄숙하게 보이려
　　　　뚜껑이 없는 작은 가마　　　　　백성들이 보는 바
고 눈을 별양別樣 궁글궁글 객사에 연명하고 동헌東軒에 좌
　　　　　　별다르게　굴리며　　　　　　　　　　　　　　 출근하여
기좌기起坐하고 도임상到任床을 잡순 후
업무를 시작하고 처음 근무지에 도착해서 받는 음식상

　　　"행수行首 문안이요!"
　　　　　한 무리의 우두머리

　　　　행수군관行首軍官 집례執禮 받고 육방 관속 현신 받고 사
　　　　군관 우두머리의 인사하는 예를 받고　　　　　　　　인사 받고
또 분부하되

　　　"수노首奴 불러 기생 점고點考²³⁸하라!"
　　　　관노官奴의 우두머리　 기생 인원 수를 하나하나 조사하라

　　　　호장戶長이 분부 듣고 기생안妓生案 책 들여 놓고 호명呼名
　　　　아전의 우두머리　　　　　　　기생 명부名簿
을 차례로 부르는데 낱낱이 글귀로 부르던 것이었다.

　　　"우후동산雨後東山 명월이!"
　　　　　비 온 뒤의 동산

　　　　명월이가 들어를 오는데 나군羅裙 자락을 거듬거듬 걷어

다가 세요흉당細腰胸膛에 딱 붙이고 아장아장 들어를 오더니
　　　　　가는 허리와 가슴 한복판에

　　　"점고 맞고 나오!"
　　　　 점고에 응하여 나왔소

　　　"어주축수애산춘漁舟逐水愛山春에 양편 난만 고운 춘색春
　　　　고깃배 타고 물길 따라 봄산 즐기니　　 양쪽 물가에 화려하게 고운 봄빛이
色²³⁹이 이 아니냐? 도홍桃紅이!"

　　　　도홍이가 들어를 오는데 홍상 자락을 걷어 안고 아장아

장 조촘 걸어 들어를 오더니

"점고 맞고 나오!"

"단산丹山에 저 봉鳳이 짝을 잃고 벽오동에 깃들이니 산
_산
수지령山水之靈이요 비충지정飛蟲之精이라. 기불탁속飢不啄粟
_{수의 신령함이요} _{새 중의 으뜸이라} _{굶주려도 조를 쪼아 먹지 않는}
굳은 절개 만수문전萬壽門前 채봉彩鳳이!"
_{창덕궁 만수문 앞}

채봉이가 들어오는데 나군을 두른 허리 맵시 있게 걷어

안고 연보蓮步를 정히 옮겨 아장 걸어 들어와

"점고 맞고 좌부左符 진퇴進退²⁴⁰로 나오!"
_{사또의 명에 따라}
"청정지련淸淨之蓮 불개절不改節에 묻노라 저 연화蓮花 어
_{절개를 고치지 않는 청정한 연꽃에}
여쁘고 고운 태도 화중군자花中君子 연심蓮心이!"

연심이가 들어오는데 나상羅裳을 걷어 안고 나말羅襪 수
_{비단 치마를} _{비단 버선을 신고}
혜繡鞋 끌면서 아장 걸어 가만가만 들어오더니
_{수놓은 꽃신을 끌면서}
"좌부 진퇴로 나오!"

"화씨和氏²⁴¹같이 밝은 달 벽해碧海에 들었나니 형산 백옥
_{화씨벽和氏璧}
명옥明玉이!"

명옥이가 들어오는데 기하상芰荷裳 고운 태도 이행履行이
_{연잎으로 만든 옷을 입은} _{걸음이}
진중한데 아장 걸어 가만가만 들어를 오더니

"점고 맞고 좌부 진퇴로 나오!"

"운담풍경근오천雲淡風輕近午天²⁴²에 양류편금楊柳片金의
_{구름 엷고 바람 가벼운 한낮 즈음에} _{버들 위에 황금 조각처럼 반짝이는}
앵앵鶯鶯이!"
_{꾀꼬리}

앵앵이가 들어오는데 홍상 자락을 에후리쳐 세요흉당에 딱 붙이고 아장 걸어 가만가만 들어오더니

"점고 맞고 좌부 진퇴로 나오!"

사또 분부하되

"자주 부르라!"

"예."

호장이 분부 듣고 넉자화두話頭로 부르는데
　　　　　　　　　　　네 글자로 된 말마디
"광한전 높은 집에 헌도獻桃하던 고운 선비 반겨 보니 계
　　　　　　　　　반도蟠桃를 바치던
향桂香이!"

"예, 등대等待하였소!"

"송하松下에 저 동자童子야 묻노라 선생 소식²⁴³ 수첩청산
　　　　　　　　　　　　　　　　　　　　　　　　　몇 겹의 푸른
數疊靑山에 운심雲深이!"
산에

"예, 등대하였소!"

"월궁에 높이 올라 계화桂花를 꺾어 애절愛折이!"

"예, 등대하였소!"

"차문주가하처재借問酒家何處在오? 목동요지牧童遙指　행화
　　술집이 어딘가 물으니　　　　　　　　목동이 저 멀리 가리킨
杏花!"²⁴⁴

"예, 등대하였소!"

"아미산월반륜추蛾眉山月半輪秋　영입평강影入平羌에²⁴⁵　강
　　아미산 위의 가을 반달　　　　　　평강 강물에 그림자 드네
선강仙江이!"

"예, 등대하였소!"

"오동복판梧桐腹板 거문고 타고 나니 탄금彈琴이!"
_{소리가 울리는 부분을 오동나무로 만든 거문고}

"예, 등대하였소!"

"팔월부용군자용八月芙蓉君子容은 만당추수滿塘秋水 홍련紅
_{8월 부용의 군자다운 모습은}   _{가을날 못에 가득한 맑은 물속}
蓮이!"

"예, 등대하였소!"

"주홍당사朱紅唐絲 갖은 매듭 차고 나니 금낭錦囊이!"
_{주홍색 중국산 명주실}

"예, 등대하였소!"

사또 분부하되

"한숨에 열 두서넛씩 부르라!"

호장이 분부 듣고 자주 부르는데

"양대선陽臺仙, 월중선月中仙, 화중선花中仙이!"
_{무산巫山 선녀}

"예, 등대하였소!"

"금선이, 금옥이, 금련이!"

"예, 등대하였소!"

"농옥이, 난옥이, 홍옥이!"

"예, 등대하였소!"

"바람맞은 낙춘이!"

"예, 등대 들어를 가오!"

낙춘이가 들어를 오는데 제가 잔뜩 맵시 있게 들어오는

체하고 들어오는데, 시면한단 말은 듣고 이마빡에서 시작
_{이마 앞을 훤히 드러낸다는}
하여 귀 뒤까지 파 제치고, 분성적粉成赤한단 말은 들었던가
_{연지를 적게 쓰고 분으로 소박하게 화장한다는}
개분 석 냥 일곱 돈어치를 무지금無知金하고 사다가 성城 겉
_{싸구려 분} _{값을 따지지 않고}
에 회칠하듯 반죽하여 온 낯에다 맥질하고 들어오는데, 키
_{벽에다 흙을 바르듯이 하고}
는 사근내²⁴⁶ 장승만 한 년이 치마 자락을 훨씬 추워다 턱밑
_{지나치게 키가 큰 사람을 비유하는 말} _{추어올려}
에 딱 붙이고 무논의 고니 걸음으로 낄룩 껑중껑중 엉금섭
_{물이 괴어 있는 논}
적 들어오더니

"점고 맞고 나오!"

춘향 소환

연연이 고운 기생 그중에 많건마는 사또께옵서는 근본
　　어여쁘게　　　　　　　　　　　　　　　　　　　본래
춘향의 말을 높이 들었는지라 아무리 들으시되 춘향 이름 없는지라, 사또 수노 불러 묻는 말이

"기생 점고 다 되어도 춘향은 안 부르니 퇴기냐?"

수노 여쭈오되

"춘향모는 기생이되 춘향은 기생이 아닙니다."

사또 문왈問曰
　　　묻기를
"춘향이가 기생이 아니면 어찌 규중에 있는 아이 이름이 높이 난다?"
　　　　　　　　　　　　　　　　　　　　　　　　　났느냐

수노 여쭈오되

"근본 기생의 딸이옵고 덕색德色이 장한 고로 권문세족
　　　　　　　　　　　　덕과 미모가 훌륭하므로
權門勢族 양반네와 일등재사一等才士 한량들과 내려오신 등내
　　　　　　　　　　　　　　　　　　　　　　　　　　　　벼슬아
等內247마다 구경코자 간청하되 춘향 모녀 불청不聽키로 양반
　　　　　　　　　　　　　　　　　　　　　　치
상하 물론하고 액내지간額內之間 소인 등도 십년일득대면十年
　　　　　　　같은 무리에 속하는　　　　　10년에 한 번 대면하되
一得對面하되 언어 수작 없삽더니, 천정天定하신 연분인지 구관舊官 사또 자제 이도령님과 백년 기약 맺사옵고 도련님 가실 때에 입장후入丈後에 데려가마 당부하고 춘향이도 그리
　　　　　장가 든 뒤에

알고 수절하여 있습네다."

사또 분을 내어

"이놈! 무식한 상놈인들 그게 어떠한 양반이라고 엄부시
엄한 아버지를
하嚴父侍下요 미장전未丈前 도련님이 화방花房에 작첩作妾하여
모시고 있는 처지요 장가들기 전인   기생집   첩을 얻어
살자 할꼬? 이놈, 다시는 그런 말을 입 밖에 내어서는 죄를 면치 못하리라! 이미 내가 저 하나를 보려다가 못 보고 그저 말랴? 잔말 말고 불러오라!"

춘향을 부르란 청령廳令이 나는데 이방 호장이 여쭈오되
관청의 명령이
"춘향이가 기생도 아닐 뿐 아니오라 구등舊等 사또 자제
구관舊官 사또
도련님과 맹약盟約이 중하온데, 연치年齒는 부동不同이나 동
사또와 도련님의 나이는 차이가 나지만, 같
반同班의 분의分義로 부르라기 사또 정체正體가 손상할까 저
은 양반끼리의 도리로 볼 때 춘향을 부르면   사또의 체통이
어하옵네다."

사또 대로하여

"만일 춘향을 시각 지체하다가는 공형公兄 이하로 각청各
이방·호방·형방
廳 두목을 일병태거一竝汰去할 것이니 빨리 대령 못 시킬까!"
모조리 쫓아낼
육방이 소동, 각청 두목이 넋을 잃어

"김번수金番手[248]야, 이번수李番手야, 이런 별일이 또 있느냐? 불쌍하다, 춘향 정절! 가련케 되기 쉽다. 사또 분부 지엄하니 어서 가자, 바삐 가자."

사령 군노 뒤섞여서 춘향 문전 당도하니, 이때 춘향이는

사령이 오는지 군노가 오는지 모르고 주야로 도련님만 생각하여 우는데 망측한 환患을 당하려거든 소리가 화평할 수 있으며, 한때라도 공방空房살이한 계집아이라 목성에 청성이
_{남편 없이 혼자 지내는} _{목소리에 청승이 끼어}
끼어 자연 슬픈 애원성哀怨聲이 되어 보고 듣는 사람의 심장
_{슬프게 원망하는 소리가}
인들 아니 상할쏘냐? 님 길워 설운 마음 식불감食不甘 밥 못
_{그리워}
먹어 침불안석寢不安席 잠 못 자고, 도련님 생각 적상積傷되
_{오랫동안 마음을 썩여}
어 피골이 모두 다 상련相連이라 양기陽氣가 쇠진하여 진양
_{서로 잇닿은지라} _{가장 느}
조란 울음이 되어
_{린 장단의}

갈까 보다 갈까 보다 님을 따라 갈까 보다.

천 리라도 갈까 보다 만 리라도 갈까 보다.

풍우風雨도 쉬어 넘고

날진 수진手陳 해동청 보라매[249]도 쉬어 넘는

고봉高峰 정상 동선령洞仙嶺 고개라도
_{황해도 황주 남쪽 고개}

님이 와 날 찾으면 나는 발 벗어 손에 들고

나는 아니 쉬어 가지.[250]

한양 계신 우리 낭군 나와 같이 기루는가?

무정하여 아주 잊고 나의 사랑 옮겨다가

다른 님을 괴이는가?
_{사랑하는가}

한참 이리 설이 울 제 사령 등이 춘향의 애원성을 듣고 인비목석人非木石 아니어든 감심感心 아니 될 수 있냐? 육천 마디 사대 삭신이 낙수춘빙洛水春氷[251] 얼음 녹듯 탁 풀리어

"대체 이 아니 참 불쌍하냐? 이애, 외입한 자식들이 저런 계집을 추앙推仰 못 하면은 사람이 아니로다!"

이때에 재촉 사령 나오면서

"오너라!"

외는 소리에 춘향이 깜짝 놀래어 문틈으로 내다보니 사령 군노 나왔구나.

"아차차, 잊었네! 오늘이 그 삼일점고三日點考[252]라 하더니 무삼 야단이 났나 보다!"

밀창문 여닫으며

"허허, 번수님네! 이리 오소, 이리 오소! 오시기 뜻밖이네. 이번 신연新延 길에 노독路毒이나 아니 나며, 사또 정체 어떠하며, 구관舊官 댁에 가 계시며 도련님 편지 한 장도 아니 하던가? 내가 전일前日은 양반을 모시기로 이목이 번거하고 도련님 정체 유달라서 모르는 체하였건만 마음조차 없을쏜가? 들어가세, 들어가세!"

김번수며 이번수며 여러 번수 손을 잡고 제 방에 앉힌 후에 상단이 불러

"주반상 들여라!"

취토록 먹인 후에 궤 문 열고 돈 닷 냥을 내어놓으며

"여러 번수님네, 가시다가 술이나 잡숫고 가옵서. 뒷말 없게 하여 주소."

사령 등이 약주에 취하여 하는 말이

"돈이라니 당치 않다. 우리가 돈 바라고 네게 왔냐?"

하며

"들여놓아라."

"김번수야, 네가 차라."

"불가不可타마는 닢 수數나 다 옳으냐?"
_{금액은 숫자대로 다 맞느냐}

돈 받아 차고 흐늘흐늘 들어갈 제 행수기생이 나온다. 행수기생이 나오며 두 손뼉 땅땅 마주치면서
_{기생의 우두머리}

"여봐라, 춘향아! 말 듣거라. 너만 한 정절은 나도 있고 너만 한 수절은 나도 있다. 너라는 정절이 왜 있으며, 너라는 수절이 왜 있느냐? 정절부인 애기씨, 수절부인 애기씨, 조그마한 너 하나로 망연하여 육방이 소동, 각청 두목이 다 죽어난다. 어서 가자, 바삐 가자!"

춘향이 할 수 없어 수절하던 그 태도로 대문 밖 썩 나서며

"성님, 성님, 행수 성님! 사람의 괄시를 그리 마소. 게라는 대대代代 행수며, 나라고 대대 춘향인가? 인생일사도무사
_{거기는}
_{인생은 한 번 죽으면 그}

人生一死都無事지 한 번 죽제 두 번 죽나?"
만이지

춘향의 항거

이리 비틀 저리 비틀 동헌에 들어가

"춘향이 대령하였소!"

사또 보시고 대희하여

"춘향일시 분명하다! 대상臺上으로 오르거라."
댓돌 위로

춘향이 상방上房에 올라가 염슬단좌뿐이로다. 사또 대혹
크게 반
大惑하여
하여

"책방에 가 회계會計 나리님을 오시래라."

회계 생원生員이 들어오던 것이었다. 사또 대희하여

"자네, 보게! 저게 춘향일세."

"하, 그년! 매우 예쁜데? 잘 생겼소. 사또께서 서울 계실 때부터 춘향 춘향 하시더니 한번 구경할 만하오."

사또 웃으며

"자네 중신하겠나?"
중매

이윽히 앉았더니

"사또가 당초에 춘향을 부르시지 말고 매파媒婆를 보내어 보시는 게 옳은 것을, 일이 좀 경輕히 되었소마는 이미 불렀
경솔하게
으니 아마도 혼사婚事할 밖에 수가 없소."

사또 대희하며 춘향더러 분부하되

"오늘부터 몸단장 정히 하고 수청으로 거행하라!"

"사또 분부 황송하나 일부종사 바라오니 분부 시행 못 하겄소."

사또 웃어 왈曰

"미재미재美哉美哉라! 계집이로다, 네가 진정 열녀로다! 네 정절 굳은 마음 어찌 그리 어여쁘냐? 당연한 말이로다. 그러나 이수재李秀才는 경성京城 사대부의 자제로서 명문 귀족 사위가 되었으니, 일시 사랑으로 잠깐 노류장화하던 너를 일분 생각하겄느냐? 너는 근본 절행 있어 전수일절全守一節하였다가 홍안이 낙조落照되고 백발이 난수亂垂하면 무정세월약류파無情歲月若流波를 탄식할 제 불쌍코 가련한 게 너아니면 뉘가 그이랴? 네 아무리 수절한들 열녀 포양褒揚 뉘가 하랴? 그는 다 버려두고 네 골 관장에게 매임이 옳으냐, 동자童子놈에게 매인 게 옳으냐? 네가 말을 좀 하여라."
_{이도령}
_{절개를 온전히 지켰다}
_{가 시들고 어지러이 드리우면 무정한 세월이 흐르는 물처럼 빨리 감을}
_{청찬}

춘향이 여쭈오되

"충불사이군忠不事二君이요 열불경이부절烈女不更二夫節을 본받고자 하옵는데, 수차數次 분부 이러하니 생불여사生不如死이옵고 열불경이부오니 처분대로 하옵소서."
_{충신은 두 임금을 섬기지 않고   열녀는 두 남편을 섬기지 않는 절개를}
_{살아 있음이 죽는 것만}
_{못하옵고}

이때 회계 나리가 썩 하는 말이

"네 여봐라! 어, 그년 요망한 년이로고! 부유일생蜉蝣一生
_{하루살이 같은 인생}
소천하小天下에 일색一色이라 네 여러 번 사양할 게 무엇이
_{이 작은 세상에   빼어난 미녀인   네가}
냐? 사또께옵서 너를 추앙하여 하시는 말씀이제 너 같은 창
기배娼妓輩에게 수절이 무엇이며 정절이 무엇인다? 구관은
_{무엇이냐}
전송하고 신관 사또 연접延接함이 법전法典에 당연하고 사례
_{영접함이}
에도 당당커든 괴이한 말 내지 말라! 너희 같은 천기배賤妓輩
_{천한 기녀 무리에게}
에게 '충렬'忠烈 이자二字 왜 있으랴?"
_{두 글자}

이때 춘향이 하 기가 막혀 천연히 앉아 여쭈오되

"충효열녀 상하上下 있소? 자상히 들조시오. 기생으로
말합시다. 충효열녀 없다 하니 낱낱이 아뢰리다. 해서海西
_{황해도}
기생 농선이는 동선령에 죽어 있고, 선천宣川 기생[253] 아이로
되 칠거학문七去學問 들어 있고, 진주 기생 논개는 우리나라
_{칠거지악에 대한 유학 교리}
충렬로서 충렬문忠烈門에 모셔 놓고 천추향사千秋享祀하여 있
_{오랜 세월 제사를 지내고 있고}
고, 청주 기생 화월이는 삼층각三層閣에 올라 있고, 평양 기
생 월선이[254]도 충렬문에 들어 있고, 안동 기생 일지홍一枝紅
은 생열녀문生烈女門 지은 후에 정경貞敬[255] 가자加資 있사오
_{살아 있는 열녀를 기리는 정려문   정경부인}
니, 기생 훼폐毀廢 마옵소서."
_{폄훼하지}

춘향 다시 사또 전에 여쭈오되

"당초에 이수재 만날 때에 맹산서해盟山誓海 굳은 마음
_{산과 바다를 두고 맹세한}
소첩小妾의 일심정절一心貞節 맹분孟賁[256] 같은 용맹인들 빼어
_{전국시대의 용사}

내지 못할 터요, 소진蘇秦 장의張儀[257] 구변口辯인들 첩의 마음 옮겨 가지 못할 터요, 공명孔明 선생 높은 재주 동남풍은
_{제갈공명이 적벽대전에서 동남풍을 빌 듯이 정성을 다}
빌었으되[258] 일편단심 소녀 마음 굴복지 못하리다. 기산箕山
_{한들} _{기산의 은자}
의 허유許由는 부족수요거천不足受堯擧薦하고,[259] 서산西山의
_{요임금의 천거를 받아들이기에 부족하다 여기고} _{수양산의 백이}
백숙伯叔 양인兩人은 불식주속不食周粟하였으니, 만일 허유
_{숙제} _{주나라 곡식을 먹지 않았으니}
없었으면 고도지사高蹈之士 누가 하며, 만일 백이 숙제 없었
_{은사隱士}
으면 난신적자 많으리다. 첩신妾身이 수雖 천한 계집인들 허
_{제가} _{비록}
유 백숙 모르리까? 사람의 첩이 되어 배부기가背夫棄家하는
_{백이 숙제} _{남편을 배반하고 가정을 버리는}
법이 벼슬하는 관장님네 망국부주忘國負主 같사오니 처분대
_{나라를 잊고 임금을 저버림과}
로 하옵소서!"

사또 대로하여

"이년, 들어라! 모반대역謀反大逆하는 죄는 능지처참하여 있고, 조롱관장嘲弄官長하는 죄는 제서율制書律에 율律 써
_{관장을 조롱하는} _{왕명으로 정한 법규}
있고, 거역관장拒逆官長하는 죄는 엄형정배嚴刑定配하느니라.
_{관장을 거역하는} _{엄하게 형벌하고 유배형을 내리느니라}
죽노라 설워 마라!"

춘향이 포악하되

"유부 겁탈하는 것은 죄 아니고 무엇이오?"
_{유부녀}
사또 기가 막혀 어찌 분하시던지 연상硯床을 두드릴 제
_{문방구를 두는 작은 책상}
탕건宕巾이 벗어지고 상투고가 탁 풀리고 대마디에 목이 쉬어
_{첫마디 말에}
"이년 잡아 내리라!"

호령하니 골방의 수청 통인
_{큰방의 뒤에 딸린 작은방}

"예!"

하고 달려들어 춘향의 머리채를 주루루 끌어내며

"급창!"

"예!"

"이년 잡아 내리라!"

춘향이 떨치며

"놓아라!"

중계中階에 내려가니 급창이 달려들어
_{3단의 계단 중 중간 단}

"요년, 요년! 어떠하신 존전尊前이라고 대답이 그러하고
_{존귀한 분의 앞이라고}
살기를 바랄쏘냐?"

대뜰 아래 내리치니 맹호猛虎 같은 군노 사령 벌떼같이
달려들어 감태甘苔 같은 춘향의 머리채를 상전床廛 시정市井
_{미역}　　　　　　　　　　　　　　　_{잡화 가게 상인이 연줄 감듯}
연실 감듯, 뱃사공이 닻줄 감듯, 사월 팔일 등燈대 감듯 휘휘
친친 감아쥐고 동당이쳐 엎지르니, 불쌍타 춘향 신세! 백옥
_{내동댕이쳐 엎어뜨리니}
같은 고운 몸이 육자六字배기로 엎더졌구나! 좌우 나졸邏卒
_{팔다리를 쭉 뻗고 '여섯 육' 자 모양으로}
늘어서서 능장稜杖 곤장 형장刑杖이며 주장朱杖 짚고
_{야간 순찰을 돌 때 쓰던 긴 막대}　　　　　　_{붉은 칠을 한 몽둥이}

"아뢰라! 형리刑吏 대령하라!"

"예! 수계나형²⁶⁰이요."
_{죄인을 잡아 대령했습니다}

사또 분이 어찌 났던지 벌벌 떨며 기가 막혀 허푸허푸 하며

"여보아라! 그년에게 다짐²⁶¹이 왜 있으리? 묻도 말고 동
                  무슨 다짐이 필요하리
틀에 올려 매고 정치를 부수고 물고장物故狀을 올리라!"
   형틀에   정강이를   죄인을 죽인 것을 보고하는 글

춘향을 동틀에 올려 매고 사정이 거동 봐라. 형장이며 태
                          옥사쟁이, 곧 옥졸獄卒   보기
장笞杖이며 곤장이며 한아름 담쑥 안아다가 형틀 아래 좌르
를 치는 데 쓰던 가는 막대

륵 부딪치는 소리에 춘향의 정신이 혼미하다. 집장사령執杖
                                   곤장을 치는 군졸
使令 거동 봐라. 이놈도 잡고 능청능청, 저놈도 잡고서 능청

능청, 등심 좋고 빳빳하고 잘 부러지는 놈 골라잡고 오른 어

깨 벗어 메고 형장 짚고 대상청령臺上廳令 기다릴 제
                   대뜰에서 상관의 명령을 받아 전달하기를

"분부 모셔라! 네 그년을 사정 두고 헛장하여서는 당장
                               거짓으로 매질하다가는
에 명命을 바칠 것이니 각별히 매우 치라!"
   목숨

집장사령 여쭈오되

"사또 분부 지엄한데 저만한 년을 무삼 사정 두오리까?

이년! 다리를 까딱 말라! 만일 요동하다가는 뼈 부러지리라!"

호통하고 들어서서 검장檢杖 소리 발 맞추어 서면서 가만
               곤장 치는 수를 셈하는 소리에

히 하는 말이

"한두 개만 견디소. 어쩔 수가 없네. 요 다리는 요리 틀

고 저 다리는 저리 트소."

"매우 치라!"

"예잇! 때리오."

딱 붙이니 부러진 형장개비는 푸루루 날아 공중에 빙빙
           형장으로 쓰는 막대기

솟아 상방 대뜰 아래 떨어지고, 춘향이는 아무쪼록 아픈 데를 참으려고 이를 복복 갈며 고개만 빙빙 두르면서

"애고, 이게 웬일이여!"

십장가十杖歌 : 매 맞으며 부르는 열 개의 노래

　곤장 태장 치는 데는 사령이 서서 하나 둘 세건마는 형장부터는 법장法杖이라 형리와 통인이 닭싸움하는 모양으로 마주 엎드려서 하나 치면 하나 긋고, 둘 치면 둘 긋고, 무식하고 돈 없는 놈 술집 바람벽에 술값 긋듯 그어 놓으니 '한 일一' 자가 되었구나. 춘향이는 저절로 설움 겨워 맞으면서 우는데

　　일편단심 굳은 마음
　　일부종사 뜻이오니
　　일개 형벌 치옵신들
　　일 년이 다 못 가서
　　일각一刻인들 변하리까?

　이때 남원부 한량이며 남녀노소 없이 모여 구경할 제 좌우의 한량들이
　"모질구나, 모질구나! 우리 골 원님이 모질구나! 저런 형벌이 왜 있으며 저런 매질이 왜 있을까? 집장사령놈 눈 익

혀 두어라. 삼문 밖 나오면 급살急煞을 주리라!"

보고 듣는 사람이야 뉘 아니 낙루落淚하랴? 둘째 낱 딱 붙이니

　　이비二妃 절節을 아옵는데
　　　아황과 여영
　　이부불경二夫不更 이내 마음
　　　두 남편을 섬기지 않는
　　이 매 맞고 영 죽어도
　　이도령은 못 잊겠소!

세째 낱을 딱 붙이니

　　삼종지례三從之禮 지중한 법
　　삼강오륜 알았으니
　　삼치형문三治刑問 정배定配를 갈지라도
　　　세 차례 정강이를 때려 신문하고
　　삼청동 우리 낭군 이도령은 못 잊겠소!

네째 낱을 딱 붙이니

　　사대부 사또님은
　　사민공사四民公事 살피잖고 위력공사威力公事 힘을 쓰니
　　　온 백성을 위한 공적인 일을

사십팔방四十八坊 남원 백성 원망함을 모르시오?
_{남원에 속한 48방 전체 행정구역}

사지四肢를 가른대도

사생동거死生同居 우리 낭군

사생간死生間에 못 잊겠소.

다섯째 낱 딱 붙이니

오륜五倫 윤기倫紀 끊지 않고 부부유별夫婦有別
_{윤리와 기강}

오행五行으로 맺은 연분

올올이 찢어낸들

오매불망 우리 낭군 온전히 생각나네.

오동추야 밝은 달은 님 계신 데 보련마는

오늘이나 편지 올까 내일이나 기별 올까

무죄한 이내 몸이 악사惡死할 일 없사오니
_{흉한 일을 당해 죽을 일}

오결죄수誤決罪囚 마옵소서. 애고애고 내 신세야!
_{죄인을 잘못 처결하는 일}

여섯째 낱 딱 붙이니

육육은 삼십육으로 낱낱이 고찰하여

육만 번 죽인대도

육천 마디 어린 사랑 맺힌 마음 변할 수 전혀 없소!

일곱 낱을 딱 붙이니

칠거지악 범하였소?

칠거지악 아니거든

칠개 형문刑問 웬일이오?
일곱 가지 형장刑杖으로 죄인을 때리며 신문하다니 이 무슨 일이오

칠척검七尺劍 드는 칼로

동동이 장글러서
부분 부분 모두 도려내어

이제 바삐 죽여 주오.

치라 하는 저 형방刑房아

칠 때마다 고찰 마소.

칠보홍안七寶紅顔 나 죽겠네!
패물로 단장한 젊은 미녀

여덟째 낱 딱 붙이니

팔자 좋은 춘향 몸이

팔도 방백 수령 중에 제일 명관明官 만났구나.

팔도 방백 수령님네

치민治民하러 내려왔지 악형惡刑하러 내려왔소?

아홉째 낱 딱 붙이니

구곡간장 굽이 썩어 이내 눈물

구년지수九年之水 되겠구나.

구고九皐 청산 장송長松 베어

경강선京江船 무어 타고 한양 성중城中 급히 가서
한강에 드나드는 배를 만들어 타고

구중궁궐 성상聖上 전前에

구구원정 주달奏達하고
이런저런 억울한 사정 아뢰고

구정뜰에 물러나와 삼청동을 찾아가서
대궐 뜰

우리 사랑 반가이 만나

굽이굽이 맺힌 마음 저근덧 풀련마는.

열째 낱을 딱 붙이니

십생구사十生九死할지라도 팔십 년 정한 뜻을
위태로운 지경에서 겨우 벗어날지라도

십만 번 죽인대도 가망 없고 무가내無可奈지.
달리 어찌할 수 없지

십육 세 어린 춘향 장하원귀杖下寃鬼 가련하오.
곤장을 맞고 죽은 원통한 귀신 될 것이 가련하오

열 치고는 짐작할 줄 알았더니 열다섯째 딱 붙이니
사정을 헤아려 그칠 줄 알았더니

십오야 밝은 달은 띠구름에 묻혀 있고

서울 계신 우리 낭군 삼청동에 묻혔으니

달아 달아 보느냐?

님 계신 곳 나는 어이 못 보는고?

스물 치고 짐작할까 여겼더니 스물다섯 딱 붙이니

이십오현탄야월二十五絃彈夜月에 불승청원不勝淸怨262 저
달밤에 스물다섯 줄 가야금 연주하니   맑은 원한을 견디지 못하는
　　기러기

너 가는 데 어디메냐?

가는 길에 한양성 찾아들어

삼청동 우리 님께 내 말 부디 전해다오.

나의 형상 자시 보고 부디부디 잊지 마라.
　　　　자세히
삼십삼천 어린 마음 옥황玉皇 전전에 아뢰고저.

옥 같은 춘향 몸에 솟느니 유혈이요 흐르느니 눈물이라.

피눈물 한데 흘러 무릉도원 홍류수紅流水라. 춘향이 점점 포
　　　　　　　　　　　　　붉게 흐르는 물이라
악하는 말이

"소녀를 이리 말고 살지능지殺之陵遲하여 아주 박살 죽여
　　　　　　　　　능지처참해서 죽여
주면 사후死後 원조怨鳥라는 새가 되어 초혼조楚魂鳥263 함께
　　　　　　　원귀冤鬼가 변하여 된 새

울어 적막공산寂寞空山 달 밝은 밤에 우리 이도령님 잠든 후 파몽破夢이나 하여지다!"
꿈이라도 깨게 하고 싶소

말 못 하고 기절하니 업드렸던 형방 통인 고개 들어 눈물 씻고, 매질하던 저 사령도 눈물 씻고 돌아서며

"사람의 자식은 못 하겠네!"

좌우에 구경하는 사람과 거행하는 관속들이 눈물 씻고 돌아서며

"춘향이 매 맞는 거동, 사람 자식은 못 보겠다. 모질도다, 모질도다! 춘향 정절이 모질도다! 출천열녀出天烈女로다!"
하늘이 낸 열녀로다

남녀노소 없이 서로 낙루하며 돌아설 제 사또인들 좋을 리가 있으랴?

"네 이년! 관정官庭에 발악하고 맞으니 좋은 게 무엇이냐? 일후日後에 또 그런 거역관장할까?"

반생반사半生半死 저 춘향이 점점 포악하는 말이
죽을지 살지 모를 지경에 이른
"여보, 사또! 들으시오. 일념포한一念抱恨 부지생사不知
마음 가득 원한을 품으면 죽고 사는 것도 모른다는
生死 어이 그리 모르시오? 계집의 곡한마음 오뉴월 서리 치
결 단단히 벼르는 마음
네. 혼비중천魂飛中天 다니다가 우리 성군聖君 좌정하坐定下에
집무하시는 곳에
이 원정原情을 아뢰오면 사또인들 무사할까? 덕분에 죽여 주
억울한 사정을
오!"

사또 기가 막혀

"허허, 그년! 말 못 할 년이로고! 큰칼 씌워 하옥하라!"

하니 큰칼 씌워 인봉印封하여 사정이 등에 업고 삼문 밖 나
관인官印 찍힌 종이를 붙여   옥사쟁이
올 제 기생들이 나오며

"애고, 서울집²⁶⁴아! 정신 차리게. 애고, 불쌍하여라!"
춘향

사지를 만지며 약을 갈아 들이며 서로 보고 낙루할 제 이 때 키 크고 속없는 낙춘이가 들어오며

"얼씨고절씨고, 좋을시고! 우리 남원도 현판懸板감이 생
열녀문 현판에 이름을 올
겼구나!"
릴 자격을 갖춘 사람이 생겼구나

왈칵 달려들어

"애고, 서울집아! 불쌍하여라!"

이리 야단할 제 춘향 어미가 이 말을 듣고 정신없이 들어 오더니 춘향의 목을 안고

"애고, 이게 웬일이냐? 죄는 무삼 죄며, 매는 무삼 매냐? 장청將廳의 집사님네, 길청의 이방님, 내 딸이 무삼 죄요?
장교가 근무하던 곳   지방 관아의 구실아치의 일을 보던 곳
장군방杖君房 두목들아, 집장執杖하던 사정이도 무슨 원수 맺
형장을 담당하는 군졸들이 모여 있던 곳 곤장을 치던
혔더냐?

애고애고 내 일이야! 칠십 당년 늙은것이 의지 없이 되었구나! 무남독녀 내 딸 춘향 규중閨中에 은근히 길러내어 밤낮으로 서책만 놓고 「내칙」內則편²⁶⁵ 공부 일삼으며 나 보고 하는 말이

'마오 마오, 설워 마오. 아들 없다 설워 마오. 외손봉사外孫奉祀 못 하리까?'

어미에게 지극정성 곽거郭巨와 맹종孟宗²⁶⁶인들 내 딸보다
　　　　　　　　　　후한後漢과 삼국시대의 효자
더할쏜가? 자식 사랑하는 법이 상중하上中下가 다를쏜가?
이내 마음 둘 데 없네. 가슴에 불이 붙어 한숨이 연기로다!

김번수야, 이번수야! 옷 영令이 지엄타고 이다지 몹시 쳤
　　　　　　　　위에서 내린 명령이
느냐? 애고, 내 딸 장처杖處 보소. 빙설氷雪 같은 두 다리에
　　　　　　　　곤장 맞은 자리
연지 같은 피 비쳤네! 명문가 규중부閨中婦야 눈먼 딸도 원
　　　　　　　　　　　규방의 부인들은
하더라. 그런 데 가 못 생기고 기생 월매 딸이 되어 이 경색
景色이 웬일이냐? 춘향아, 정신 차려라! 애고애고 내 신세
야!"

하며

"상단아! 삼문 밖에 가서 삯꾼 둘만 사 오너라. 서울 쌍
　　　　　　　　　　　　　　　　　　　　　　　일이
급주雙急走 보낼란다."
매우 급하여 쌍으로 보내는 전령傳令

춘향이 쌍급주 보낸단 말을 듣고

"어머니, 마오! 그게 무삼 말씀이오? 만일 급주가 서울
올라가서 도련님이 보시면은 층층시하層層侍下에 어찌할 줄
몰라 심사 울적하여 병이 되면 그인들 아니 훼절이오? 그런
말씀 마시고 옥으로 가사이다."

춘향이 옥중에서 부르는 노래

사정이 등에 업혀 옥으로 들어갈 제 상단이는 칼머리 들고 춘향모는 뒤를 따라 옥문 전 당도하여

"옥형방獄刑房, 문을 여소! 옥형방도 잠들었나?"
_{옥에 가두는 일을 담당하는 구실아치}

옥중에 들어가서 옥방獄房 형상 볼작시면 부서진 죽창竹窓 틈에 살 쏘느니 바람이요, 무너진 헌 벽이며 헌 자리 벼룩 빈대 만신滿身을 침노한다. 이때 춘향이 옥방에서 「장탄가」
_{온몸을}
長歎歌로 울던 것이었다.

이내 죄가 무삼 죄냐?
국곡투식國穀偸食 아니거든 엄형중장嚴刑重杖 무삼 일고?
_{나라의 곡식을 훔쳐먹는 일이 아니거든 엄한 형벌을 가하여 곤장을 몹시 치는 것은 무슨 일인고}
살인죄인 아니거든 항쇄項鎖 족쇄足鎖 웬일이며
_{죄인의 목에 씌우던 칼}
역률강상逆律綱常 아니거든 사지결박 웬일이며
_{역적죄와 삼강오륜을 위반한 죄가}
음행도적淫行盜賊 아니거든 이 형벌이 웬일인고?
삼강수는 연수硯水 되어 청천靑天 일장지一張紙에[267]
_{벼룻물이   푸른 하늘 한 장의 종이에}
나의 설움 원정原情 지어 옥황 전에 올리고저!

낭군 길워 가슴 답답 불이 붙네.
_{그리워}
한숨이 바람 되어 붙는 불을 더 붙이니 속절없이 나 죽

겠네.

홀로 섰는 저 국화는 높은 절개 거룩하다.

눈 속의 청송은 천고절千古節을 지켰구나.
_{천고의 곧은 절개를}

푸른 솔은 나와 같고 누른 국화 낭군 같아 슬픈 생각

뿌리나니 눈물이요 적시느니 한숨이라.

한숨은 청풍 삼고 눈물은 세우細雨 삼아

청풍이 세우를 몰아다가 불거니 뿌리거니 님의 잠을 깨
우고저.

견우 직녀성은 칠석 상봉하올 적에

은하수 막혔으되 실기失期한 일 없었건만

우리 낭군 계신 곳에 무삼 물이 막혔는지 소식조차 못
듣는고?

살아 이리 기루나니 아주 죽어 잊고지고!
_{그리느니}

차라리 이 몸 죽어 공산空山에 두견이 되어

이화월백梨花月白 삼경야三更夜에 슬피 울어 낭군 귀에
들리고저.

청강에 원앙 되어 짝을 불러 다니면서

다정코 유정有情함을 님의 눈에 보이고저.

삼춘에 호접胡蝶 되어 향기 무인 두 나래로
_{묻힌}
춘광春光을 자랑하여 낭군 옷에 붙고지고!

청천에 명월 되어 밤 당하면 돋아 올라

명명明明히 밝은 빛을 님의 얼굴에 비추고저.

이내 간장 썩는 피로 님의 화상畫像 그려 내어

방문 앞에 족자 삼아 걸어 두고 들며 나며 보고지고!

수절 정절 절대가인 참혹하게 되었구나.

문채 좋은 형산荊山 백옥 진토塵土 중에 묻혔는 듯

향기로운 상산초商山草[268]가 잡풀 속에 섞였는 듯
    상산의 지초芝草가

오동 속에 놀던 봉황 형극荊棘 속에 깃들인 듯
       가시덤불 속에

자고로 성현聖賢네도 무죄하고 궂기시니
        수난을 당하시니

요堯 순舜 우禹 탕湯 인군仁君네도 걸주桀紂의 포악으로
          하나라의 걸왕桀王과 상나라의 주왕紂王

 하대옥夏臺獄[269]에 갇혔더니 도로 놓여 성군聖君 되
 하나라의 감옥에
 시고

명덕치민明德治民 주周 문왕文王도 상주商紂의 해를 입어
밝은 덕으로 백성을 다스린   상나라 주왕

 유리옥羑里獄[270]에 갇혔더니 도로 놓여 성군 되고
 상나라의 감옥에

만고성현萬古聖賢 공부자孔夫子도 양호陽虎의 얼孼을 입어
         권력자로 오인되는 바람에 재앙을 당하여

 광匡 땅에 갇혔더니[271] 도로 놓여 대성大聖 되시니

이런 일로 볼작시면 죄 없는 이내 몸도 살아나서 세상

 구경 다시 할까?

답답하고 원통하다 날 살릴 이 뉘 있을까?

서울 계신 우리 낭군 벼슬길로 내려와

이렇듯이 죽어갈 제 내 목숨을 못 살린가?

하운夏雲은 다기봉多奇峰하니²⁷² 산이 높아 못 오던가?
여름 구름이 기이한 봉우리에 많으니

금강산 상상봉上上峰이 평지 되거든 오려신가?

병풍에 그린 황계黃鷄 두 나래를 툭툭 치며
   누런 닭이

사경四更 일점一點에 날 새라고 울거든 오려신가?²⁷³
새벽 1시 무렵에

애고애고 내 일이야!

죽창문을 열따리니 명정월색明淨月色은 방 안에 드다마는
   열어젖히니   밝고 맑은 달빛은

어린 것이 홀로 앉아 달더러 묻는 말이

"저 달아, 보느냐? 님 계신 데 명기明氣 빌려라. 나도 보
                            밝은 기운 빌려 다오

게야. 우리 님이 누웠더냐, 앉았더냐? 보는 대로만 네가 일

러 나의 수심 풀어 다오!"

꿈에 간 황릉묘

애고애고 설이 울다 홀연히 잠이 드니 비몽사몽간에 호접胡蝶이 장주莊周 되고 장주가 호접 되어²⁷⁴ 세우細雨같이 남은 혼백 바람인 듯 구름인 듯 한 곳을 당도하니, 천공지활天空地闊하고 산명수려山明水麗한데 은은한 죽림간竹林間에 일층一層 화각畵閣이 반공半空에 잠겼거늘, 대체 귀신 다니는 법은 대풍기大風起하고 승천입지昇天入地하니, 침상편시춘몽중枕上片時春夢中에 행진강남수천리行盡江南數千里라.²⁷⁵ 전면前面을 살펴보니 황금 대자大字로 "만고정렬萬古貞烈 황릉지묘黃陵之廟"²⁷⁶라 두렷이 붙였거늘 심신이 황홀하여 배회터니 천연天然한 낭자 셋이 나오는데 석숭石崇의 애첩 녹주綠珠²⁷⁷ 등롱燈籠을 들고, 진주 기생 논개, 평양 기생 월선이라. 춘향을 인도하여 내당으로 들어가니 당상堂上에 백의白衣한 두 부인이 옥수玉手를 들어 청하거늘 춘향이 사양하되

"진세간塵世間 천첩이 어찌 황릉묘를 오르리까?"

부인이 기특히 여겨 재삼 청하거늘 사양치 못하여 올라가니 좌座를 주어 앉힌 후에

"네가 춘향인다? 기특하도다! 일전에 조회차朝會次로 요

지연瑤池宴에 올라가니 네 말이 낭자狼藉키로 간절히 보고 싶
　　　　　　　　　　너를 칭찬하는 말이 파다하므로
어 너를 청하였으니 심히 불안토다."
　　　　　　　　　　　미안하구나

　　춘향이 재배再拜 주왈奏曰
　　　　　　　두 번 절하고 아뢰기를
"첩이 비록 무식하나 고서古書를 보옵고 사후死後에나 존

안尊顔을 뵈올까 하였더니, 이렇듯 황릉묘에서 모시니 황공
　　　　　　　　　　　　　　　　　　　　　　　　　황송하
비감惶恐非堪하여이다."
여 감당하지 못하나이다

　　상군湘君 부인 말씀하되
　　　　아황과 여영

"우리 슌군舜君 대슌씨大舜氏가 남순수南巡狩하시다가 창
　　　　순임금　　　　　　　　　　　남쪽 지방을 순시하시다가
오산蒼梧山에 붕崩하시니, 속절없는 이 두 몸이 소상瀟湘 죽

림에 피눈물을 뿌려 놓으니 가지마다 아롱아롱 잎잎이 원한

이라.278 창오산붕상수절蒼梧山崩湘水絶이라야 죽상지루내가
　　　　　　창오산이 무너지고 상수湘水가 마른 뒤에야　　　　대나무에 흘린 눈물 사
멸竹上之淚乃可滅을.279 천추千秋에 깊은 한을 하소할 곳 없었
라지리라
더니 네 절행節行 기특기로 너더러 말하노라. 송관기천년送款
　　　　　　　　　　　　　　　　　　　　　　　　　님을 보낸 지 수천 년이
幾千年에 청백淸白은 어느 때며, 오현금五絃琴 남풍시南風詩를
거늘　　　　맑고 밝은 시절 그 언제며　　순임금이 손수 만든 오현금으로 연주한「남풍가」를
이제까지 전하더냐?"

　　이렇듯이 말씀할 제 어떠한 부인이

"춘향아! 나는 진루명월옥소성秦樓明月玉簫聲에 화선化仙
　　　　　　　진나라 누각의 밝은 달 옥통소 소리에　　　　선녀가 된
하던 농옥弄玉280이다. 소사蕭史의 아내로서 태화산太華山 이

별 후에 승룡비거乘龍飛去 한이 되어281 옥소玉簫로 원冤을 풀
　　　　　용을 타고 날아간 일이　　　　　　　　　옥통소
제 곡종비거부지처曲終飛去不知處하니 산하벽도춘자개山下碧桃
　　　곡조가 끝나니 학은 간 곳 없이 날아가고　　　　산 아래 벽도화만 봄에 절로 피었구나

열녀춘향수절가 _ 135

春自開라."²⁸²

　이러할 제 또 한 부인 말씀하되

　"나는 한궁녀漢宮女 소군昭君²⁸³이라 호지胡地에 오가誤嫁
　　　　　　한나라의 궁녀 왕소군王昭君으로　　　　　오랑캐 땅에 잘못 시집가니
하니 일부청총一抔靑塚뿐이로다. 마상馬上 비파 한 곡조에 화
　　　한 줌의 푸른 무덤만 남았을 뿐이로다
도성식춘풍면畵圖省識春風面이오 환패공귀월야혼環珮空歸月夜
그림으로 아름다운 얼굴 알지 못해　　　　　　패옥 차고 월하의 혼령으로 헛되이 돌아온
魂이라²⁸⁴ 어찌 아니 원통하랴?"
지라

　한참 이러할 제 음풍陰風이 일어나며 촛불이 벌렁벌렁하며 무엇이 촛불 앞에 달려들거늘 춘향이 놀래어 살펴보니 사람도 아니요 귀신도 아닌데 의의한 가운데 곡성이 낭자하며
　　　　　　　　　　　　　　　희미한

　"여봐라, 춘향아! 네가 나를 모르리라. 나는 뉜고 하니 한고조漢高祖 아내 척부인戚夫人²⁸⁵이로다. 우리 황제 용비龍飛 후에 여후呂后의 독한 솜씨 나의 수족 끊어내어 두 귀에다
　　　　　　　　　　　　　　　　　　　　　　　　　　승하昇遐
하신 뒤에　여태후
불 지르고 두 눈 빼어 음약瘖藥 먹여 측간 속에 넣었으니, 천
　　　　　　　　　　　말하는 기능을 잃게 하는 약
추에 깊은 한을 어느 때나 풀어 보랴?"

　이리 울 제 상군 부인 말씀하되

　"이곳이라 하는 데가 유명幽明이 노수路殊하고 항오行伍
　　　　　　　　　　　저승과 이승의 길이 다르고　　　　사람의 유類
자별自別하니 오래 유留치 못할지라."
가 다르니　　　　　　　머물지

　여동女童 불러 하직할새 동방洞房 실솔성蟋蟀聲은 시르렁,
　　　　　　　　　　　　　　침실의 귀뚜라미 울음소리는
일쌍 호접은 펄펄, 춘향이 깜짝 놀라 깨어 보니 꿈이로다. 옥창玉窓 앵도화櫻桃花²⁸⁶ 떨어져 보이고, 거울 복판이 깨어져
　　　　창 너머 앵두꽃이

뵈고, 문 위에 허수아비 달려 보이거늘

"나 죽을 꿈이로다!"

해몽

수심 걱정 밤을 샐 제 기러기 울고 가니 일편一片 서강西
_{서강의 한 조각 달 아래}
江 달에 행안남비行雁南飛 네 아니냐? 밤은 깊어 삼경이요 궂
_{줄 지어 남쪽으로 날아가는 기러기}
은비는 퍼붓는데, 도깨비 뻑뻑, 밤새 소리 붓붓, 문풍지는 펄렁펄렁, 귀신이 우는데 난장亂杖 맞아 죽은 귀신, 형장 맞
_{매 맞으며 모질게 고문 당하다가 죽은 귀신}
아 죽은 귀신, 결령치사結領致死 대롱대롱 목 매달아 죽은 귀
_{목매달아 죽음}
신 사방에서 우는데 귀곡성鬼哭聲이 낭자狼藉로다. 방 안이며 추녀 끝이며 마루 아래서도 "애고애고!" 귀신 소리에 잠들 길이 전혀 없다.

춘향이가 처음에는 귀신 소리에 정신이 없이 지내더니 여러 번을 들어나니 파겁破怯이 되어 청성淸聲 굿거리 삼잡
_{두려움이 없어져}   _{높은 소리로 부르는 굿거리장단}
이 세악細樂 소리로 알고 들으며
_{피리·젓대·해금으로 연주하는 음악 소리}

"이 몹쓸 귀신들아! 나를 잡아가려거든 조르지나 말려무나!"

암급급唵急急 여율령如律令 사파娑婆쐐 진언眞言[287] 치고 앉
_{주문呪文을 외치고}
았을 때 옥 밖으로 봉사 하나 지나가되 서울 봉사 같을진대 "문수問數하오!" 외련마는 시골 봉사라 "문복問卜하오!" 하며
_{신수身數를 물으시오} _{외치련마는}   _{길흉을 물으시오}
외고 가니 춘향이 듣고

"여보, 어머니! 저 봉사 좀 불러 주오."

춘향 어미 봉사를 부르는데

"여보, 저기 가는 봉사님!"

불러 놓으니 봉사 대답하되

"게 뉘기, 게 뉘기니?"

"춘향 어미요."

"어찌 찾나?"

"우리 춘향이가 옥중에서 봉사님을 잠깐 오시라 하오."

봉사 한 번 웃으면서

"날 찾기 의외로세. 가제."

봉사 옥으로 갈 제 춘향 어미 봉사의 지팡이를 잡고 길을 인도할 제

"봉사님, 이리 오시오. 이것은 독다리요, 이것은 개천이요. 조심하여 건너시오."

_{돌다리}

앞에 개천이 있어 뛰어 볼까 무한히 벼르다가 뛰는데, 봉사의 뜀이란 게 멀리 뛰든 못하고 올라가기만 한 길이나 올라가는 것이었다. 멀리 뛴단 것이 한가운데 가 풍덩 빠져 놓았는데 기어 나오려고 짚은 게 개똥을 짚었제.

"어뿔싸! 이게 정녕 똥이제?"

손을 들어 맡아 보니 묵은 쌀밥 먹고 썩은 놈이로고! 손

을 내뿌린 게 모진 독에다가 부딪치니 어찌 아프던지 입에다가 훌 쓸어 넣고 우는데 먼눈에서 눈물이 뚝뚝 떨어지며

"애고애고 내 팔자야! 조그마한 개천을 못 건너고 이 봉변을 당하였으니 수원수구誰怨誰咎 뉘더러 하리? 내 신세를 생각하니 천지 만물을 불견不見이라 주야晝夜를 내가 알랴? 사시四時를 짐작하며 춘절春節이 당해 온들 도리화개桃李花開 내가 알며, 추절秋節이 당해 온들 황국단풍 어찌 알며, 부모를 내 아느냐, 처자를 내 아느냐, 친구 벗님을 내 아느냐? 세상천지 일월성신과 후박장단厚薄長短을 모르고 밤중같이 지내다가 이 지경이 되었구나! 진소위眞所謂 소경이 그르냐, 개천이 그르냐? 소경이 글체 아주 생긴 개천이 그르랴?"

애고애고 설이 우니 춘향 어미 위로하되

"그만 우시오."

봉사를 목욕 시켜 옥으로 들어가니 춘향이 반가이 여겨

"애고, 봉사님! 어서 오오."

봉사 그중에 춘향이가 일색이란 말은 듣고 반가워하며

"음성을 들으니 춘향 각씨인가부다."

"예, 기옵네다."

"내가 벌써 와서 자네를 한 번이나 볼 터로되 빈즉다사貧則多事라 못 오고 청하여 왔으니 내 수인사修人事가 아니로

세."

"그럴 리가 있소. 안맹眼盲하옵고 노래老來에 기력이 어떠하시오?"
늘그막에

"내 염려는 말게. 대체 나를 어찌 청하였나?"

"예. 다름 아니라 간밤에 흉몽凶夢을 하였삽기로 해몽도 하고 우리 서방님이 어느 때나 나를 찾을까 길흉 여부 점을 하려고 청하였소."

"그러제."

봉사 점을 하는데

"가이태서유상假爾泰筮有常288 치경이축致敬而祝 축왈祝曰
떳떳함이 있는 태서泰筮를 빌려   공경하여 비나이다.   축원하옵기를
천하언재天何言哉하심이요 지하언재地何言哉시리오마는
하늘이 무슨 말을 하시며   땅이 무슨 말을 하시겠는가마는
고지즉응叩之卽應하시나니 신기령의神旣靈矣시니 감이수통언
두드리면 곧 응답하시니   영험하신 신령께서는   감응하여 통하게
感而遂通焉하소서.
하소서

망지휴구罔知休咎와 망석궐의罔釋厥疑를 유신유령惟神惟靈
길흉을 알지 못하고   의심을 풀지 못하니   신령께서
이 망수소보望垂昭報하여 약가약비若可若否를 상명고지尙明告
  환히 알려 주시어   가부可否를   밝게 알려 주시나니
之하시나니, 복희 문왕 무왕 주공周公 소공召公289 공자, 오대
五代 성현聖賢 칠십이현七十二賢290 안증사맹顔曾思孟 성문십철
                                안회·증자·자사·맹자   공자의 열 제자
聖門十哲,291 제갈공명 선생 이순풍李淳風292 소강절邵康節293 정
                                                     소옹邵雍   정호
명도程明道 정이천程伊川294 주염계周濂溪295 주회암朱晦庵, 엄군
程顥   정이程頤   주돈이周敦頤   주희朱熹
평엄군평嚴君平 사마군司馬君296 귀곡鬼谷 손빈孫賓297 진秦 의儀 왕보
                                              소진蘇秦 장의張儀 왕필王

사王輔嗣²⁹⁸ 주원장朱元璋 제대선생諸大先生은 명찰명기明察明記
㴾   명나라 태조   모든 위대한 선생께서는   환히 살피고 밝게 기록하

하옵소서.
  옵소서

　　마의도자麻衣道者 구천현녀九天玄女²⁹⁹ 육정육丁 육갑六甲³⁰⁰
　　　송나라의 관상가   　전쟁의 신

신장神將이여! 연월일시年月日時 사치공조四値功曹 배괘동자排
              연·월·일·시 각각에 해당하는 네 신神과   괘를 늘어놓는 동

괘동자卦童子 척괘동랑擲卦童郎³⁰¹ 허공유감虛空有感 일체성현一切聖賢
 자와   시초蓍草를 던지는 동자   하늘에서 감응하시는   모든 성현께서는

본가봉사本家奉祀 단로향화壇爐香火 명신문차보향明神聞此寶香
여기서 제사를 받들어   제단에 향화를 올리니   밝은 신령이시여! 이 보배로운 향기를

원사강림언願賜降臨焉하소서.
맡으시고 부디 강림하소서

　　전라좌도全羅左道 남원부 천변川邊에 거居하는 임자생신壬
　　　　　　　　　　　　　　　　　　　　　　　　　임자년에 태어난

子生辰 곤명坤命³⁰² 열녀 성춘향이 하월何月 하일何日에 방사옥
       여자   몇 월   며칠에   감옥에서

중방사옥中放赦獄하오며, 서울 삼청동 거하는 이몽룡은 하일何日 하
풀려나며   며칠

시何時에 도차본부到此本府하오리까? 복걸伏乞 첨신僉神은 신
 몇 시에   이 고을에 이르겠나이까   엎드려 빌건대 여러 신령께서는 신령

명소시神明昭示하옵소서!"
스럽고 환하게 알려 주소서

　　산통算筒을 철겅철겅 흔들더니
　　　점을 칠 때 쓰는, 산가지를 넣은 통

　　"어디 보자! 일이삼사오륙칠, 허허, 좋다! 상괘上卦로고!
　　　　　　　　　　　　　　　　　　　　　　　　　가장 좋은 점괘로군

칠간산七艮山³⁰³이로구나! 어유피망魚遊避網하니 소적대성小積
 간괘艮卦   　　　　　물고기가 그물을 피해 노니   작은 것이 쌓여 큰 것

大成이라. 옛날 주무왕周武王이 벼슬할 제 이 괘를 얻어 금의
을 이룬다

환향하였으니, 어찌 아니 좋을쏜가? 천리상지千里相知하니
                                          천 리 밖에서 서로 아니

친인親人이 유명³⁰⁴이라. 자네 서방님이 불원간不遠間에 내려
친한 사람과 상면하겠네   머지않아

와서 평생 한을 풀겠네. 걱정 마소, 참 좋거든!"

　　춘향이 대답하되

142

"말대로 그러하면 오죽 좋사오리까? 간밤 꿈 해몽이나 좀 하여 주옵소서."

"어디 자상히 말을 하소."

"단장하던 체경體鏡이 깨져 보이고, 창전窓前에 앵도꽃이 떨어져 보이고, 문 위에 허수아비 달려 뵈고, 태산이 무너지고 바닷물이 말라 보이니, 나 죽을 꿈 아니오?"

봉사 이윽히 생각다가 양구良久(한참 뒤에)에 왈

"그 꿈 장히 좋다!

화락花落하니 능성실能成實이요 (꽃이 떨어지니 열매가 열릴 것이요) 경파鏡破하니 기무성豈無聲가? (거울이 깨어지니 어찌 소리 없으랴)

능히 열매가 열려야 꽃이 떨어지고

거울이 깨어질 때 소리가 없을쏜가?

문상門上에 현우인懸偶人하니 만인이 개앙시皆仰視라. (문 위에 허수아비가 매달려 있으니 만인이 다 우러러본다)

문 위에 허수아비 달렸으면

사람마다 우러러볼 것이요.

해갈海渴하니 용안견龍顔見이요 산붕山崩하니 지택평地澤 (바다가 마르니 용의 얼굴을 볼 것이요 산이 무너지니 평지가 되리라) 平이라.

바다가 마르면 용의 얼굴을 능히 볼 것이요

산이 무너지면 평지가 될 것이라.

좋다! 쌍가마 탈 꿈이로세. 걱정 마소, 멀지 않네!"

한참 이리 수작할 제 뜻밖에 까마귀가 옥 담에 와 앉더니 까옥까옥 울거늘 춘향이 손을 들어 "후여!" 날리며

"방정맞은 까마귀야! 나를 잡아가려거든 조르지나 말려무나."

봉사가 이 말을 듣더니

"가만있소! 그 까마귀가 가옥가옥 그렇게 울제?"

"예, 그래요."

"좋다, 좋다! '가' 자字는 '아름다울 가佳' 자요, '옥' 자는 '집 옥屋' 자라. 아름답고 즐겁고 좋은 일이 불원간에 돌아와서 평생에 맺힌 한을 풀 것이니 조금도 걱정 마소. 지금은 복채 천 냥을 준대도 아니 받아 갈 것이니, 두고 보고 영귀榮貴하게 되는 때에 괄시나 부디 마소. 나 돌아가네."

"예, 평안히 가옵시고 후일 상봉하옵시다."

춘향이 장탄수심으로 세월을 보내니라.

장원급제

이때 한양성 도련님은 주야로 시서백가어詩書百家語를(『시경』『서경』과 제자백가서諸子百家書를) 숙독하였으니, 글로는 이백李白이요, 글씨는 왕희지라. 국가에 경사 있어 태평과太平科305를 보이실새 서책을 품에 품고 장중場中에 들어가 좌우를 둘러보니 억조창생 허다 선비 일시에 숙배肅拜한다. 어악御樂(궁중음악) 풍류 천아성天鵝聲(긴 나팔 소리에)에 앵무새가 춤을 춘다. 대제학大提學 택출擇出하여(골라내어) 어제御題를(임금이 출제한 글제) 내리시니, 도승지 모셔 내어 홍장紅帳(붉은 휘장) 위에 걸어 놓으니 글제에 하였으되 "춘당춘색春塘春色306이 고금동古今同"이라 두렷이 걸었거늘,(춘당대春塘臺의 봄빛은 예나 지금이나 같다) 이도령 글제를 살펴보니 익히 보던 바라 시지試紙를 펼쳐 놓고 해제解題를(문제 풀기를) 생각하여 용지연龍池硯에(용을 아로새긴 벼루에) 먹을 갈아 당황모唐黃毛(중국산 족제비 털로 만든 붓의) 무심필無心筆307을 반중동 덥벅 풀어(중간까지 먹을 흠뻑 묻혀) 왕희지 필법으로 조맹부趙孟頫308 체體를 받아(본받아) 일필휘지一筆揮之 선장先場하니,(가장 먼저 제출하니) 상시관上試官이(수석 시험관) 글을 보고 자자字字이(글자마다) 비점批點309이요,(빼어나고) 구구句句(구절마다) 이 관주貫珠310로다.(훌륭하다) 용사비등龍蛇飛騰하고(용이 날아 오르는 듯한 글씨에) 평사낙안平沙落雁(모래밭에 내려앉은 기러기)이라 금세今世의 대재大才로다!(기처럼 매끈한 문장이니)

금방金榜에 이름 불러(급제자 명단을 불러) 어주御酒(임금이 내리는 술) 삼배三杯 권하신 후 장원급제 휘장揮場311이라(이름을 외치니) 신래新來 진퇴進退 나올 적에(과거에 새로 급제한 사람이 앞으로 나오는데) 머리에는

열녀춘향수절가 _ 145

어사화御賜花요 몸에는 앵삼鶯衫이라 허리에는 학대鶴帶로다.
<small>급제자의 예복   학을 수놓은 허리띠</small>

삼일유가三日遊街³¹²한 연후에 산소에 소분掃墳하고 전하께
<small>사흘 동안 두루 인사한   조상의 산소를 찾아 제사를 지내고</small>

숙배하니 전하께옵서 친히 불러 보신 후에

　　"경의 재주 조정에 으뜸이라!"

하시고 도승지 입시入侍하사 전라도 어사御史를 제수하시니

평생의 소원이라. 수의繡衣 마패馬牌 유척鍮尺을 내주시니 전
<small>　　　　　　어사의 옷   검시檢屍 등에 쓰는, 놋쇠로 만든 자</small>

하께 하직하고 본댁에 나아갈 제 철관풍채鐵冠風采는 심산맹
<small>　　　　　　　　　　　　　쇠로 만든 관冠을 쓴 위풍당당한 모습은</small>

호深山猛虎 같은지라.
<small>깊은 산속의 사나운 범과 같구나</small>

남원 가는 길

부모 전前 하직하고 전라도로 행할 새 남대문 밖 썩 나서서 서리 중방中房 역졸驛卒[313] 등을 거느리고 청파역靑坡驛[314] 말 잡아타고, 칠패七牌 팔패八牌 배다리[315] 얼른 넘어 밥전거리[316] 지나 동적이[317]를 얼풋 건너 남태령[318]을 넘어 과천읍에 중화中火하고, 사그내 미륵당이,[319] 수원 숙소宿所하고, 대황교大皇橋 떡전거리 진개울 중미中彌 진위읍振威邑[320]에 중화하고, 칠원七院 소사素沙 애고다리 성환역成歡驛[321]에 숙소하고, 상류천上柳川 하류천下柳川 새술막[322] 천안읍에 중화하고, 삼거리 도리티 김제역金蹄驛[323] 말 갈아타고, 신구新舊 덕평德坪[324]을 얼른 지나 원터[325]에 숙소하고, 팔풍정 화란 광정廣程 모란[326] 공주 금강錦江을 건너 금영錦營에 중화하고, 높은행길 고개[327] 무너미 널티 경천敬天[328]에 숙소하고, 노성魯城 풋개 사다리 은진恩津 간치당이 황화정皇華亭 지함이고개[329] 여산읍礪山邑에 숙소하고, 이튿날 서리 중방 불러 분부하되

"전라도 초읍初邑 여산이라. 막중국사莫重國事 거행불명즉擧行不明則 죽기를 면치 못하리라!"

추상같이 호령하며 서리 불러 분부하되

"너는 좌도左道로 들어 진산珍山 금산錦山 무주茂朱 용담龍潭 진안鎭安 장수長水 운봉雲峰 구례求禮로 이 팔읍八邑을 순행巡行하여 아무 날 남원읍으로 대령하고, 중방 역졸 너희 등은 우도右道로 용안龍安 함열咸悅 임피臨陂 옥구沃溝 김제金堤 만경萬頃 고부古阜 부안扶安 흥덕興德 고창高敞 장성長城 영광靈光 무장茂長 무안務安 함평咸平으로 순행하여 아무 날 남원읍으로 대령하고, 종사從事 불러 익산益山 금구金溝 태인泰仁 정읍井邑 순창淳昌 옥과玉果 광주光州 나주羅州 창평昌平 담양潭陽 동복同福 화순和順 강진康津 영암靈巖 장흥長興 보성寶城 흥양興陽 낙안樂安 순천順天 곡성谷城으로 순행하여 아무 날 남원읍으로 대령하라!"

분부하여 각기 분발分發하신 후에 어사또 행장을 차리는데 모양 보소. 숫사람을 속이려고 모자 없는 헌 파립破笠에 벌이줄 총총 매어 초사草紗 갓끈 달아 쓰고, 당[330]만 남은 헌 망건에 갓풀관자貫子[331] 노끈 당줄 달아 쓰고, 의뭉하게 헌 도복에 무명실 띠를 흉중에 둘러매고, 살만 남은 헌 부채에 솔방울 선추扇錘 달아 일광日光을 가리고 내려올 제 통새암 삼이[332] 숙소하고, 한내 주엽쟁이 가린내 싱금정[333] 구경하고, 숲정이 공북루拱北樓[334] 서문을 얼른 지나 남문에 올라 사방을 둘러보니 소강남小江南 여기로다. 기린토월麒麟吐月이며 한벽청연寒碧淸煙 남고모종南固暮鍾 건지망월乾止望月 다가 사후多佳射侯 덕진채련德眞採蓮 비비낙안飛飛落雁 위봉폭포威鳳瀑布335 완산팔경完山八景을 다 구경하고 차차로 암행暗行하여
_{전주 일대의 아름다운 여덟 경치를}
내려올 제 각읍各邑 수령들이 어사 났단 말을 듣고 민정民情
_{백성들의 사}
을 가다듬고 전공사前公事를 염려할 제 하인인들 편하리오?
_{정을 살피고   이전에 시행한 공무를}
이방 호장 실혼失魂하고, 공사회계公事會計하는 형방 서기書記

얼른하면 도망차로 신발하고, 수다한 각 청상靑裳이 넋을 잃
_{여차하면 도망가려고 짚신을 신고 발감개로 발을 감고   기생}
어 분주할 제, 이때 어사또는 임실 구홧뜰336 근처를 당도하

니 차시此時 마침 농절農節이라 농부들이 「농부가」農夫歌하며
_{이때}
이러할 제 야단이었다.

농부들

어여로 상사디요

천리건곤千里乾坤 태평시太平時에 도덕 높은 우리 성군聖君
_{멀리 넓게 뻗친 하늘과 땅}
강구연월 동요童謠 듣던 요임금 성덕聖德이라.
_{태평성대를 노래하는 동요를 듣던}

어여로 상사디요

순임금 높은 성덕으로 내신 쟁기 역산歷山에 밭을 갈고[337]

어여로 상사디요

신농씨神農氏 내신 따비[338] 천추만대千秋萬代 유전遺傳하니
_{신농씨가 만든 쟁기}
어이 아니 높으던가!

어여로 상사디요

하우씨夏禹氏 어진 임금 9년 홍수 다스리고

여여라 상사디요

은왕殷王 성탕聖湯 어진 임금 대한大旱 7년 당하였네.[339]
_{상나라 탕왕}

여여라 상사디요

이 농사를 지어내어 우리 성군 공세貢稅 후에
_{우리 임금께 세금을 바친 뒤에}
남은 곡식 장만하여 앙사부모仰事父母 아니하며 하육처
_{어버이를 우러러 섬기지 아니하며} _{아래로 아}
자下育妻子 아니할까?
_{내와 자식을 기르는 일 아니할까}

여여라 상사디요

백초百草를 심어 사시四時를 짐작하니 유신有信한 게 백
  온갖 풀을   믿음직한
　　초로다.

여여라 상사디요

청운공명靑雲功名 좋은 호강 이 업업을 당할쏘냐?
  벼슬길의 명예
여여라 상사디요

남전북답南田北畓 기경起耕하여 함포고복 하여 보세.
  남쪽의 밭과 북쪽의 논   논밭을 갈아
어럴럴 상사디요!

한참 이리할 제 어사또 주령 짚고 이만하고 서서 「농부
              지팡이   하던 일을 멈추고 서서
가」를 구경하다가

"거기는 대풍大豐이로고!"

또 한편을 바라보니 이상한 일이 있다. 중씰한 노인들이
                              중년이 넘은 듯한
낄낄이 모여 서서 등걸밭을 일구는데 갈멍덕 숙여 쓰고 쇠
끼리끼리   흙 속에 나뭇등걸이 많은 밭   갈대를 엮어 만든 삿갓
스랑 손에 들고 「백발가」白髮歌를 부르는데

등장等狀340가자 등장 가자
  하소연하러 가자
하느님 전前에 등장 갈 양이면 무슨 말을 하실는지?

늙은이는 죽지 말고 젊은 사람 늙지 말게

하느님 전에 등장 가세.

원수로다 원수로다 백발이 원수로다.

오는 백발 막으려고 우수右手에 도끼 들고 좌수左手에 가시 들고

오는 백발 두드리며 가는 홍안紅顔 끌어당겨

청사青絲로 결박하여 단단히 졸라매되

가는 홍안 절로 가고 백발은 시시時時로 돌아와

귀밑에 살 잡히고 검은 머리 백발 되니

조여청사모성설朝如青絲暮成雪[341]이라 무정한 게 세월이라.
아침에는 푸른 실 같더니 저녁에는 눈처럼 희어졌네

소년 행락行樂 깊은들 왕왕히 다라가니
　　　　　　끝없이　　　달려가니

이 아니 광음光陰인가!

천금준마千金駿馬 잡아타고 장안長安 대도大道 달리고저.

만고강산萬古江山 좋은 경개 다시 한번 보고지고!
　　　　　　　　경치

절대가인 곁에 두고 백만교태百萬嬌態 놀고지고!

화조월석花朝月夕 사시가경四時佳景 눈 어둡고 귀가 먹어
꽃 피는 아침과 달 밝은 저녁　　사철 아름다운 풍경

볼 수 없고 들을 수 없어 하릴없는 일이로세.

슬프다 우리 벗님 어디로 가겠는고?

구추九秋 단풍잎 지듯이 서나서나 떨어지고
9월　　　　　　　　　시나브로

새벽하늘 별 지듯이 삼오삼오 스러지니
　　　　　　　　　드문드문

가는 길이 어디멘고?

어여로 가래질이야!

아마도 우리 인생 일장춘몽인가 하노라.

한참 이러할 제 한 농부 썩 나서며

"담배 먹세, 담배 먹세."

갈멍덕 숙여 쓰고 두던에 나오더니 곱돌조대 넌짓 들어
꽁무니 더듬더니 가죽 쌈지 빼어 놓고 세우 침을 뱉어 엄지
가락이 자빠지게 비빗비빗 단단히 넣어 짚불을 뒤져놓고 화
로에 푹 질러 담배를 먹는데, 농군이라 하는 것이 대가 빡빡
하면 쥐새끼 소리가 났겄다. 양 볼태기가 오목오목, 코궁기
가 발심발심, 연기가 홀홀 나게 피워 물고 나서니 어사또 반
말하기는 공성이 났제.

"저 농부, 말 좀 물어보면 좋겠구만."

"무삼 말?"

"이 골 춘향이가 본관에 수청 들어 뇌물을 많이 받아먹고
민정民情에 작폐作弊한단 말이 옳은지?"

저 농부 열을 내어

"게가 어디 삽나?"

"아무데 살든지?"

"아무데 살든지라니? 게는 눈콩알 귀콩알이 없나? 지금
춘향이가 수청 아니 든다 하고 형장 맞고 갇혔으니, 창가娼
家에 그런 열녀 세상에 드문지라. 옥결 같은 춘향 몸에 자네
같은 동냥치가 누설陋說을 시키다는 빌어먹도 못하고 굶어

뒤어지리. 올라간 이도령인지 삼도령인지 그놈의 자식은 일거후一去後 무소식無消息하니 인사人事가 그렇고는 벼슬은커니와 내 좆도 못하제."

한번 떠난 뒤로 소식이 없으니

"어! 그게 무슨 말인고?"

"왜? 어찌 됩나?"

"되기야 어찌 되랴마는 남의 말로 구습口習을 너무 고약히 하는고."

말버릇

"자네가 철모르는 말을 하매 그렇제."

수작을 파하고 돌아서며

"허허, 망신이로고! 자, 농부네들, 일 하오."

"예."

춘향의 편지

하직하고 한 모롱이를 돌아드니 아이 하나 오는데 주령 막대 끌면서 시조時調 절반 사설辭說 절반 섞어 하되

"오늘이 며칠인고? 천 리 길 한양성을 며칠 걸어 올라가랴? 조자룡趙子龍이 월강越江하던 청총마靑驄馬³⁴² 가 있거드면
_{조자룡이 타고 강을 건너던 명마가 있다면}
금일로 가련마는. 불쌍하다! 춘향이는 이서방을 생각하여 옥중에 갇히어서 명재경각命在頃刻 불쌍하다. 몹쓸 양반 이
_{목숨이 경각에 달려 있으니}
서방은 일거一去 소식 돈절하니 양반의 도리는 그러한가?"

어사또 그 말 듣고

"이애, 어디 있니?"

"남원읍에 사오."

"어디를 가니?"

"서울 가오."

"무삼 일로 가니?"

"춘향의 편지 갖고 구관 댁에 가오."

"이애, 그 편지 좀 보자꾸나."

"그 양반 철모르는 양반이네."

"웬 소린고?"

"글쎄 들어 보오. 남의 편지 보기도 어렵거든 황況 남의
         하물며
내간內簡을 보잔단 말이오?"
부녀자의 편지를

"이애, 들어라. 행인行人이 임발우개봉臨發又開封343이란
              심부름꾼이 가는데 편지를 다시 열어 본다는
말이 있느니라. 좀 보면 관계하랴?"
            좀 본다고 해서 상관 있겠느냐

"그 양반 몰골은 흉악하구만 문자속은 기특하오. 얼풋 보

고 주오."

"호로자식이로고!"

편지 받아 떼어 보니 사연에 하였으되

일차 이별 후 성식聲息이 적조積阻하니 도련님 시봉체후
        소식이 오랫동안 끊기니   도련님이 어버이를 모시는
侍奉體候 만안萬安하옵신지 원절복모遠切伏慕하옵니다.
       몸으로서 평안하시온지   멀리서 간절히 사모하는 마음 그지없사옵니다
천첩 춘향은 장대뇌상杖臺牢上에 관봉치패官逢治捭하고
                형틀에서 매를 맞아 크게 상처를 입고 감옥에 갇혀
명재경각命在頃刻이라 지어사경至於死境에 혼비황릉지묘
           죽을 지경에 이르러   혼이 황릉묘로 날아가
魂飛黃陵之廟하여 출몰귀관出沒鬼關하니, 첩신妾身이 수유
              저승으로 가는 문을 드나드니   제가 비록 만 번 죽는다
만사雖有萬死나 단지 열불이경烈不二更이요, 첩지사생妾
   한들   저의 생사와
之死生과 노모 형상이 부지하경不知何境이오니, 서방님
        노모의 형편이   어떤 지경에 이를지 알지 못하오니   서방님께서
심량처지深諒處之하옵소서.
는 깊이 헤아려 처리해 주옵소서

편지 끝에 하였으되

거세하시군별첩去歲何時君別妾³⁴⁴고
작년 어느 때 님이 나와 이별하였던가?
작이동설우동추昨已冬雪雨動秋라.
겨울 눈 엊그제 같더니 가을비 내리네
광풍반야우여설狂風半夜雨如雪하니
한밤중 광풍 불며 눈처럼 비 내리니
하위남원옥중토何爲南原獄中土라.
어쩌다가 남원 옥중의 흙이 되었나?

혈서血書로 하였는데 평사낙안平沙落雁 기러기 격으로 그
모래밭에 내려앉은 기러기처럼
저 툭툭 찍은 것이 모두 다 '애고!'로다. 어사 보더니 두 눈
에 눈물이 듣거니 맺거니 방울방울이 떨어지니 저 아이 하
떨어지거니
는 말이

"남의 편지 보고 왜 우시오?"

"엇다, 이애! 남의 편지라도 설운 사연을 보니 자연 눈물
이 나는구나."

"여보! 인정 있는 체하고 남의 편지 눈물 묻어 찢어지오.
그 편지 한 장 값이 열닷 냥이오. 편지 값 물어내오."

"여봐라! 이도령이 나와 죽마고우 친구로서 하향遐鄕에
볼 일이 있어 나와 함께 내려오다 완영完營에 들렸으니 내일
전주의 전라 감영監營
남원으로 만나자 언약하였다. 나를 따라가 있다가 그 양반
을 뵈어라."

그 아이 방색防塞하며
가로막으며
"서울을 저 건너로 알으시오?"

하며 달려들어

"편지 내오."

상지相持할 제 옷 앞자락을 잡고 실난하며 살펴보니 명주
　　　서로 버틀 때　　　　　　　　　　　실랑이하며
전대纏帶를 허리에 둘렀는데 제기祭器 접시 같은 것이 들었
　　　　　　　　　　　　　　　마패가
거늘 물러나며

"이것 어디서 났소? 찬바람이 나오."

"이놈! 만일 천기누설 하여서는 성명性命을 보전치 못하
　　　　　　　　　　　　　　　　　　목숨
리라!"

다시 찾은 춘향 집

　　당부하고 남원으로 들어올 제 박석티³⁴⁵를 올라서서 사면
을 둘러보니 산도 예 보던 산이요, 물도 예 보던 물이라. 남
문 밖 썩 내달아

　　"광한루야, 잘 있더냐? 오작교야, 무사하냐?"

　　객사청청유색신客舍靑靑柳色新³⁴⁶은 나귀 매고 놀던 데요,
청운낙수靑雲洛水³⁴⁷ 맑은 물은 내 발 씻던 청계수淸溪水라. 녹
수진경綠樹秦京³⁴⁸ 너른 길은 왕래하던 옛길이요, 오작교 다
리 밑에 빨래하는 여인들은 계집아이 섞여 앉아

　　"야야!"

　　"왜야?"

　　"애고애고 불쌍터라, 춘향이가 불쌍터라! 모질더라 모질
더라, 우리 골 사또가 모질더라! 절개 높은 춘향이를 위력겁
탈威力劫奪 하려 한들 철석같은 춘향 마음 죽는 것을 헤아릴
까? 무정터라 무정터라, 이도령이 무정터라!"

　　저희끼리 공론하며 추적추적 빨래하는 모양은 영양공주
난양공주 진채봉 계섬월 백릉파 적경홍 심요연 가춘운도 같
다마는 양소유가 없으니 뉘를 찾아 앉았는고?

어사또 누樓에 올라 자상히 살펴보니 석양은 재서在西하
고 숙조宿鳥는 투림投林할 제 저 건너 양류목楊柳木은 우리 춘
  _{새가 잠자기 위해 숲으로 날아들 때}
향 근디 매고 오락가락 놀던 양을 어제 본 듯 반갑도다! 동편
  _{그네}
을 바라보니 장림長林 심처深處 녹림간綠林間에 춘향 집이 저
기로다. 저 안에 내동헌內東軒은 예 보던 고면故面이요, 석벽石
                _{지방 관아의 안채}   _{구면舊面}
壁의 험한 옥獄은 우리 춘향 우니는 듯 불쌍코 가긍可矜하다!
                                          _{가엽다}
일락서산日落西山 황혼시黃昏時에 춘향 문전 당도하니 행
  _{해가 서산에 지는}   _{저물녘에}
랑은 무너지고 몸채는 꾀벗었는데, 예 보던 벽오동은 수풀
                    _{벌거벗었는데}
속에 우뚝 서서 바람을 못 이기어 추레하게 서 있거늘 단장
                                          _{낮은 담}
短牆 밑에 백두룸은 함부로 다니다가 개한테 물렸는지 깃도
        _{백두루미는}
빠지고 다리를 징금 낄룩 뚜루룩 울음 울고, 비창扉窓 전前
                                      _{열어젖혀 여닫는 창문}
누렁개는 기운 없이 졸다가 구면객舊面客을 몰라보고 꽝꽝
짖고 내달으니

"요 개야, 짖지 마라! 주인 같은 손님이다. 너의 주인 어
디 가고 네가 나와 반기느냐?"

중문을 바라보니 내 손으로 쓴 글자가 '충성 충忠' 자 완
연터니 '가운데 중中' 자는 어디 가고 '마음 심心' 자만 남아
있고, 와룡장자臥龍壯字 입춘서立春書[349]는 동남풍에 펄렁펄렁
  _{누운 용처럼 힘 있는 글씨로 쓴}
이내 수심 돋아낸다. 그렁저렁 들어가니 내정內庭은 적막한
                                      _{안뜰은}
데 춘향의 모 거동 보소. 미음 솥에 불 넣으며

"애고애고 내 일이야! 모질도다 모질도다, 이서방이 모질도다! 위경危境 내 딸 아주 잊어 소식조차 돈절하네. 애고애고 설운지고! 상단아! 이리와 불 넣어라."
위태로운 처지의

하고 나오더니 울 안 개울물에 흰 머리 감아 빗고 정화수 한 동이를 단하壇下에 받쳐 놓고 복지伏地하여 축원祝願하되

"천지지신天地之神 일월성신은 화위동심和爲同心하옵소서.
조화를 이루어 한마음이 되어 주옵소서
다만 독녀獨女 춘향이를 금쪽같이 길러내어 외손봉사 바라더니, 무죄한 매를 맞고 옥중에 갇혔으니 살릴 길이 없삽네다. 천지지신은 감동하사 한양성 이몽룡을 청운靑雲에 높이
높은 벼슬에
올려 내 딸 춘향 살려지다."

빌기를 다한 후에

"상단아, 담배 한 대 붙여 다구."

춘향의 모 받아 물고 후유 한숨 눈물질 제, 이때 어사 춘향모 정성 보고

"나의 벼슬한 게 선영先塋 음덕蔭德으로 알았더니 우리 장
조상의 덕으로
모 덕이로다!"

하고

"그 안에 뉘 있나?"

"뉘시오?"

"내로세."

"내라니 뉘신가?"

어사 들어가며

"이서방일세."

"이서방이라니? 옳제! 이풍헌李風憲[350] 아들 이서방인가?"

"허허, 장모! 망령이로세. 나를 몰라? 나를 몰라?"

"자네가 뉘기여?"

"사위는 백년지객百年之客이라 하였으니 어찌 나를 모르는가?"

춘향의 모 반겨하여

"애고애고 이게 웬일인고! 어디 갔다 이제 와! 풍세대작風勢大作터니 바람결에 풍겨 온가? 하운기봉夏雲奇峰터니 구름 속에 싸여 온가? 춘향의 소식 듣고 살리려고 와 계신가? 어서 어서 들어가세!"
  바람이 세차게 불더니   왔는가   여름날 구름이 기이한 모양의 산봉우리처럼 솟아오르더니

손을 잡고 들어가서 촛불 앞에 앉혀 놓고 자세히 살펴보니 걸인 중에는 상걸인이 되었구나. 춘향의 모 기가 막혀

"이게 웬일이오?"

"양반이 그릇되매 형언形言할 수 없네. 그때 올라가서 벼슬길 끊어지고 탕진가산蕩盡家産하여 부친께서는 학장질 가시고 모친은 친가로 가시고 다 각기 갈리어서 나는 춘향에게 내려와서 돈천이나 얻어 갈까 하였더니, 와서 보니 양가
  훈장질하러
  적지 않은 돈이나

兩家 이력 말 아닐세."

춘향의 모 이 말 듣고 기가 막혀

"무정한 이 사람아! 일차 이별 후로 소식이 없었으니 그런 인사가 있으며, 후기後期인지 바랐더니 이리 잘 되었소! 쏘아 놓은 살이 되고 엎질러진 물이 되어 수원수구誰怨誰咎를 할까마는 내 딸 춘향 어쩔라나!"

홧김에 달려들어 코를 물어 떼려 하니

"내 탓이제 코 탓인가? 장모가 나를 몰라보네! 하늘이 무심無心태도 풍운조화風雲造化와 뇌성전기雷聲電氣는 있느니."

춘향모 기가 차서

"양반이 그릇되매 갈롱조차 들었구나!"

어사 짐짓 춘향모의 하는 거동을 보려 하고

"시장하여 나 죽겠네! 나 밥 한술 주소."

춘향모 밥 달라는 말을 듣고

"밥 없네."

어찌 밥 없을꼬마는 홧김에 하는 말이었다.

이때 상단이 옥에 갔다 나오더니 저의 아씨 야단 소리에 가슴이 우둔우둔, 정신이 월렁월렁, 정처없이 들어가서 가만히 살펴보니 전의 서방님이 와겨꾸나. 어찌 반갑던지 우루룩 들어가서

"상단이 문안이요! 대감님 문안이 어떠하옵시며, 대부인 기후氣候 안녕하옵시며, 서방님께서도 원로遠路에 평안히 행차하시니까?"

"오냐. 고생이 어떠하냐?"

"소녀 몸은 무탈하옵네다. 아씨, 아씨, 큰 아씨! 마오, 마오, 그리 마오! 멀고 먼 천 리 길에 뉘 보려고 와 계시관대 이 괄시가 웬일이오? 애기씨가 알으시면 지레 야단이 날 것이니 너무 괄시 마옵소서!"

부엌으로 들어가더니 먹던 밥에 풋고추 절이김치 양념 넣고 단간장에 냉수 가득 떠서 모반에 받쳐 드리면서

"더운 진지 할 동안에 시장하신데 우선 요기하옵소서."

어사또 반겨하며

"밥아, 너 본 지 오래로구나!"

여러 가지를 한데다가 붓더니 숟가락 댈 것 없이 손으로 뒤져서 한편으로 몰아치더니 마파람에 게 눈 감추듯 하는구나.

춘향모 하는 말이

"얼씨고! 밥 빌어먹기는 공성이 났구나."

이때 상단이는 저의 애기씨 신세를 생각하여 크게 울든 못하고 체읍涕泣하여 우는 말이
　　　　　눈물을 흘리며

"어찌할거나, 어찌할거나! 도덕 높은 우리 애기씨를 어

찌하여 살리시려오? 어찌꺼나요, 어찌꺼나요!"

실성으로 우는 양을 어사또 보시더니 기가 막혀

"여봐라, 상단아! 울지 마라, 울지 마라. 너의 아기씨가 설마 살지 죽을쏘냐? 행실이 지극하면 사는 날이 있느니라."

춘향모 듣더니

"애고! 양반이라고 오기는 있어서. 대체 자네가 왜 저 모양인가?"

상단이 하는 말이

"우리 큰아씨 하는 말을 조금도 괘념 마옵소서. 나 많아 노망한 중에 이 일을 당해 놓으니 홧김에 하는 말을 일분一分인들 노하리까? 더운 진지 잡수시오."

어사또 밥상 받고 생각하니 분기탱천하여 마음이 울적, 오장이 월렁월렁, 석반이 맛이 없어

"상단아, 상 물려라."

담뱃대 투툭 털며

"여보소, 장모! 춘향이나 좀 보아야제."

"그러지요. 서방님이 춘향을 아니 보아서야 인정이라 하오리까?"

상단이 여쭈오되

"지금은 문을 닫았으니 파루罷漏351 치거든 가사이다."

옥중 상봉

　이때 마침 바라를 뎅뎅 치는구나. 상단이는 미음상 이고 등롱 들고 어사또는 뒤를 따라 옥문간 당도하니 인적이 고요하고 사정이도 간 곳 없네. 이때 춘향이 비몽사몽간에 서방님이 오셨는데 머리에는 금관이요 몸에는 홍삼紅衫이라. 상사일념相思一念에 목을 안고 만단정회 하는 차라 "춘향아!" 부른들 대답이 있을쏘냐? 어사또 하는 말이

　"크게 한번 불러 보소."

　"모르는 말씀이오. 예서 동헌이 마주치는데 소리가 크게 나면 사또 염문廉問할 것이니 잠깐 지체하옵소서."

　"무에 어때. 염문이 무엇인고? 내가 부를 게 가만있소. 춘향아!"

　부르는 소리에 깜짝 놀래어 일어나며

　"허허, 이 목소리! 잠결인가 꿈결인가? 그 목소리 괴이하다."

　어사또 기가 막혀

　"내가 왔다고 말을 하소."

　"왔단 말을 하거드면 기절담락氣絶膽落 할 것이니 가만히

계옵소서."

춘향이 저의 모친 음성 듣고 깜짝 놀래어

"어머니, 어찌 와겼소? 몹쓸 딸자식을 생각하와 천방지
와 계시오   허둥지둥
방天方地方 다니다가 낙상落傷하기 쉽소. 일후日後일랑은 오
함부로
실라 마옵소서."

"날랑은 염려 말고 정신을 차리어라. 왔다!"

"오다니 뉘가 와요?"

"그저 왔다."

"갑갑하여 나 죽겠소! 일러 주오. 꿈 가운데 님을 만나 만단정회 하였더니, 혹시 서방님께 기별 왔소? 언제 오신단 소식 왔소? 벼슬 띠고 내려온단 노문路文 왔소? 애고, 답답
출장 통지 공문
하여라!"

"너의 서방인지 남방인지 걸인 하나가 내려왔다."

"허허, 이게 웬 말인가? 서방님이 오시다니! 몽중에 보던 님을 생시에 보단 말가?"

문틈으로 손을 잡고 말 못 하고 기색氣塞하며

"애고! 이게 뉘기시오? 아마도 꿈이로다! 상사불견 기룬
그리워하면서도 만나지
님을 이리 수이 만날쏜가? 이제 죽어 한이 없네! 어찌 그리
못하여 그리던 님을
무정한가? 박명하다, 나의 모녀! 서방님 이별 후에 자나 누우나 님 기루워 일구월심 한이더니 내 신세 이리 되어 매에

감겨 죽게 되니 날 살리려 와 계시오?"

한참 이리 반기다가 님의 형상 자세히 보니 어찌 아니 한심하랴?

"여보, 서방님! 내 몸 하나 죽는 것은 설운 마음 없소마는 서방님 이 지경이 웬일이오?"

"오냐, 춘향아! 설워 마라. 인명人命이 재천在天인데 설만들 죽을쏘냐?"

춘향이 저의 모친 불러

"한양성 서방님을 7년 대한大旱 가문 날에 갈민대우渴民待雨 기다린들 나와 같이 자진自盡턴가? 심은 나무 꺾어지고 공든 탑이 무너졌네! 가련하다, 이내 신세! 하릴없이 되었구나.
_{다린들} _{기진맥진 애가 탔던가}
_{목마른 백성이 비를 기}

어머님, 나 죽은 후에라도 원冤이나 없게 하여 주옵소서. 나 입던 비단 장옷 봉장鳳欌 안에 들었으니 그 옷 내어 팔아다가 한산세저韓山細苧 바꾸어서 물색 곱게 도포 짓고, 백방수주白方水紬 긴 치마를 되는대로 팔아다가 관망冠網 신발 사 드리고, 절병, 천은天銀 비녀, 밀화장도, 옥지환玉指環이 함 속에 들었으니 그것도 팔아다가 한삼汗衫 고의 불초不肖찮게 하여 주오. 금명간 죽을 년이 세간 두어 무엇할까? 용장 봉장 빼닫이를 되는대로 팔아다가 별찬別饌 진지 대접하오. 나 죽은 후에라도 나 없다 말으시고 날 본 듯이 섬기소서.
_{한산 모시} _{물빛}
_{갓과 망건}
_{죽절병} _{옥가락지}
_{속적삼 여름 홑바지 못나지 않게}
_{서랍장} _{특별한 반찬으로}

서방님, 내 말씀 들으시오. 내일이 본관 사또 생신이라 취중醉中에 주망酒妄 나면 나를 올려 칠 것이니, 형문刑問 맞은 다리 장독杖毒이 났으니 수족인들 놀릴쏜가? 만수운환漫垂雲鬟 흐트러진 머리 이렁저렁 걷어 얹고 이리 비틀 저리 비틀 들어가서 장폐杖斃하여 죽거들랑 삯꾼인 체 달려들어 둘러업고 우리 둘이 처음 만나 놀던 부용당芙蓉堂의 적막하고 요적寥寂한 데 뉘어 놓고, 서방님 손수 염습殮襲하되 나의 혼백 위로하여 입은 옷 벗기지 말고 양지 끝에 묻었다가 서방님 귀히 되어 청운에 오르거든 일시도 두려 말고 육진장포六鎭長布 개렴改殮하여 조촐한 상여 위에 덩그렇게 실은 후에 북망산천北邙山川 찾아갈 제 앞 남산 뒤 남산 다 버리고 한양으로 올려다가 선산先山 발치에 묻어 주고, 비문碑文에 새기기를 '수절원사춘향지묘守節冤死春香之墓'라 여덟 자만 새겨 주오. 망부석이 아니 될까? 서산에 지는 해는 내일 다시 오련마는 불쌍한 춘향이는 한 번 가면 어느 때 다시 올까? 신원伸冤이나 하여 주오.

애고애고, 내 신세야! 불쌍한 나의 모친 나를 잃고 가산을 탕진하면 하릴없이 걸인 되어 이 집 저 집 걸식다가 언덕 밑에 조속조속 졸면서 자진하여 죽거드면 지리산 갈가마귀 두 날개를 떡 벌리고 둥덩실 날아들어 까옥까옥 두 눈을 다

파먹은들 어느 자식 있어 '후여!' 하고 날려 주리?"

애고애고 설이 울 제 어사또

"울지 마라. 하늘이 무녀져도 솟아날 궁기(구멍이)가 있느니라. 네가 나를 어찌 알고 이렇듯이 설워하냐?"

작별하고 춘향 집에 돌아왔제.

춘향이는 어둠침침 야삼경에 서방님을 번개같이 얼른 보고 옥방에 홀로 앉아 탄식하는 말이

"명천明天은 사람을 낼 제 별로 후박厚薄(누구에게만 후하거나 박하게 함)이 없건마는 나의 신세 무삼 죄로 이팔청춘에 님 보내고 모진 목숨 살아 이 형문刑問 이 형장刑杖 무삼 일고(무슨 일인고)? 옥중 고생 삼사삭三四朔(서너 달)에 밤낮없이 님 오시기만 바라더니, 이제는 님의 얼굴 보았으니 광채 없이 되었구나. 죽어 황천黃泉에 돌아간들 제왕諸王(죽은 사람을 재판하는 저승의 대왕들) 전前에 무삼 말을 자랑하리?"

애고애고 설이 울 제 자진하여 반생반사半生半死(죽을지 살지 모를 지경에 이르렀구나)하는구나.

변사또 생일잔치

어사또 춘향 집에 나와서 그날 밤을 새려 하고 문안 문밖 염문할새 길청에 가 들으니 이방이 승발承發 불러 하는 말이
_{잡무를 맡아보던 하급 관원}

"여보소! 들으니 수의사또가 새문 밖 이씨라더니, 아까
_{어사} _{서대문}
삼경에 등롱불 켜 들고 춘향모 앞세우고 폐의파관弊衣破冠한
_{해진 옷을 입고 부서진 갓을 쓴}
손님이 아마도 수상하니 내일 본관 잔치 끝에 일습一襲을 구
_{행색}
별하여 생탈 없이 십분 조심하소."

어사 그 말 듣고

"그놈들, 알기는 아는디?"

하고 또 장청將廳에 가 들으니 행수군관 거동 보소.

"여러 군관님네, 아까 옥거리 바장이는 걸인 실로 괴이
_{감옥 주변 동네를 오락가락 거닐던}
하데. 아마도 분명 어사인 듯하니 용모파기容貌疤記 내어놓
_{용의자의 용모와 특징을 기록한 문서}
고 자상히 보소."

어사또 듣고

"그놈들 개개여신箇箇如神이로다!"
_{하나하나 모두 귀신 같도다}
하고 현사縣司에 가 들으니 호장 역시 그리 한다.
_{호장戶長이 사무를 보던 곳}

육방 염문 다 한 후에 춘향 집 돌아와서 그 밤을 샌 연후에 이튿날 조사朝仕 끝에 근읍近邑 수령이 모여든다. 운봉雲
_{관원들이 사또에게 아침 문안을 하고 나니}

峰 영장營將,354 구례 곡성 순창 옥과 진안 장수 원님이 차례로 모여든다. 좌편에 행수군관, 우편에 청령사령聽令使令, 한 가운데 본관本官은 주인이 되어 하인 불러 분부하되

"관청색官廳色 불러 다담茶啖을 올리라! 육고자肉庫子 불러 큰 소를 잡고, 예방禮房 불러 고인鼓人을 대령하고, 승발 불러 차일遮日을 대령하라! 사령 불러 잡인을 금하라!"

이렇듯 요란할 제 기치군물旗幟軍物이며 육각六角355 풍류 반공에 떠 있고, 녹의홍상綠衣紅裳 기생들은 백수나삼白袖羅衫 높이 들어 춤을 추고 지화자 둥덩실 하는 소리 어사또 마음이 심란하구나.

"여봐라, 사령들아! 너의 원 전前에 여쭈어라. 먼 데 있는 걸인이 좋은 잔치에 당하였으니 주효酒肴 좀 얻어먹자고 여쭈어라."

저 사령 거동 보소.

"어느 양반이간디 우리 안전案前님 걸인 혼금閽禁하니 그런 말은 내도 마오."

등 밀쳐 내니 어찌 아니 명관明官인가? 운봉이 그 거동을 보고 본관에게 청하는 말이

"저 걸인이 의관은 남루하나 양반의 후예인 듯하니 말석에 앉히고 술잔이나 먹여 보냄이 어떠하뇨?"

본관 하는 말이

"운봉 소견대로 하오마는."

하니 '마는' 소리 훗입맛이 사납겄다. 어사 속으로
　　　　　　　　뒷맛이

'오냐, 도적질은 내가 하마. 오라는 네가 져라!'
　　　　　　　　　　　오랏줄은

운봉이 분부하여

"저 양반 듭시래라."

어사또 들어가 단좌端坐하여 좌우를 살펴보니 당상堂上의

모든 수령 다담을 앞에 놓고 진양조가 양양揚揚할 제 어사또
　　　　　　　　　　　　　　　　유유히 울려퍼지는데

상을 보니 어찌 아니 통분하랴? 모 떨어진 개상판에 닥채
　　　　　　　　　　　　　　　　　　　개다리소반에 닥나무 가

저붐 콩나물 깍때기 막걸리 한 사발 놓았구나. 상을 발길로
지로 만든 젓가락   깍두기

탁 차 던지며 운봉의 갈비를 직신
　　　　　　　　　　　　지긋이 힘을 주어 누르며

"갈비 한 대 먹고지고!"

"달아도 잡수시오."

하고 운봉이 하는 말이

"이러한 잔치에 풍류로만 놀아서는 맛이 적사오니 차운

次韻356 한 수씩 하여 보면 어떠하오?"

"그 말이 옳다!"

하니 운봉이 운韻을 낼 제 '높을 고高' 자, '기름 고膏' 자 두

자를 내어놓고 차례로 운을 달 제 어사또 하는 말이

"걸인도 어려서 추구권推句卷357이나 읽었더니 좋은 잔치
　　　　　　　　『추구』推句 책 정도는 읽었으니

당하여서 주효를 포식하고 그저 가기 무렴無廉하니 차운 한
수 하사이다."
_{염치가 없으니}

운봉이 반겨 듣고 필연筆硯을 내어주니 좌중座中이 다 못
하여 글 두 귀를 지었으되 민정民情을 생각하고 본관 정체政
體를 생각하여 지었겄다.
_{사또의 다스림을}

    금준미주金樽美酒는 천인혈千人血이요
    옥반가효玉盤佳肴는 만성고萬姓膏라.
    촉루낙시燭淚落時 민루락民淚落이요
    가성고처歌聲高處 원성고怨聲高라.

이 글 뜻은

    금동이의 아름다운 술은 일만 백성의 피요
    옥소반玉小盤의 아름다운 안주는 일만 백성의 기름이라.
    촛불 눈물 떨어질 때 백성 눈물 떨어지고
    노랫소리 높은 곳에 원망 소리 높았더라.

이렇듯이 지었으되 본관은 몰라보고 운봉이 글을 보며
내념內念에
_{마음속으로}

'아뿔싸, 일이 났다!'

이때 어사또 하직하고 간 연후에 공형公兄 불러 분부하되
_{이방·호방·형방}

"야야, 일이 났다!"

공방 불러 보전 단속, 병방兵房 불러 역마驛馬 단속, 관청색 불러 다담 단속, 옥형리 불러 죄인 단속, 집사 불러 형구刑具 단속, 형방 불러 문부文簿 단속, 사령 불러 합번合番358 단속, 한참 이리 요란할 제 물색없는 저 본관이
_{바닥에 까는 온갖 기물}
_{옥형방}
_{집장사령}
_{숙직}

"여보! 운봉은 어디를 다니시오?"

"소피하고 들어오오."

어사출또

본관이 분부하되

"춘향을 급히 올리라!"

주광酒狂이 날 제 이때 어사또 군호軍號할 제 서리 보고
_{군졸들의 암호로 신호를 보내는데}
눈을 주니, 서리 중방 거동 보소. 역졸 불러 단속할 제 이리
가며 수군, 저리 가며 수군수군, 서리 역졸 거동 보소. 외올
_{한 올로}
망건, 공단 쓰개, 새 평립平笠 눌러 쓰고 석 자 감발359 새 짚
_{뜬 고급 망건, 공단 두건, 새 패랭이를}
신에 한삼 고의 산뜻 입고, 육모방치 녹피鹿皮 끈을 손목에
_{육모방망이 손잡이에 달린 사슴 가죽 끈을}
걸어 쥐고 예서 번듯 제서 번듯, 남원읍이 우군우군 청파靑坡
_{우끈우끈}
역졸360 거동 보소. 달 같은 마패를 햇빛같이 번듯 들어

"암행어사 출또야!"

외는 소리 강산이 무너지고 천지가 뒤눕는 듯, 초목금수
_{외치는}
草木禽獸인들 아니 떨랴? 남문에서 "출또야!" 북문에서 "출또
야!" 동서문 출또 소리 청천靑天에 진동하고 "공형 들라!" 외
는 소리 육방이 넋을 잃어

"공형이요!"

등채로 휘닥딱
_{무관이 쓰던 채찍}
"애고, 죽다!"
_{죽는다}

"공방, 공방!"

공방이 보전 들고 들어오며

"안 할라는 공방을 하라더니 저 불속에 어찌 들랴?"

등채로 휘닥딱

"애고, 박 터졌네!"

좌수座首 별감別監361 넋을 잃고, 이방 호장 실혼失魂하고, 삼색나졸三色邏卒362 분주하네. 모든 수령 도망할 제 거동 보소. 인궤印櫃 잃고 과줄363 들고, 병부兵符364 잃고 송편 들고, 탕건 잃고 용수365 쓰고, 갓 잃고 소반小盤 쓰고, 칼집 쥐고 오줌 누기, 부서지느니 거문고요, 깨지느니 북 장고라. 본관이 똥을 싸고 멍석 궁기 새앙쥐 눈 뜨듯 하고 내아內衙로 들어가서
_{군졸들은}
_{관인官印 보관함   과자}
_{생쥐가 멍석 밑에 숨어 멍석 구멍 사이로 바깥을 살피듯이 하고}

"어, 추워라! 문 들어온다, 바람 닫아라! 물 마르다, 목 들여라!"

관청색은 상床을 잃고 문짝 이고 내달으니 서리 역졸 달려들어 휘닥딱

"애고, 나 죽네!"

이때 수의사또 분부하되

"이 골은 대감이 좌정하시던 골이라, 훤화喧譁를 금禁하고 객사客舍로 사처하라!"
_{이도령의 부친 근무하시던   시끄럽게 하지 말고 객사에}
_{임시 거처를 두라}

좌정 후에

"본관은 봉고파직封庫罷職[366]하라!"
　　　　　창고를 봉하고 파직하라

분부하니

"본관은 봉고파직이요!"

사대문에 방榜 붙이고 옥형리 불러 분부하되

"네 골 옥수獄囚를 다 올리라!"
　　　　옥에 갇힌 죄인을

호령하니 죄인을 올리거늘 다 각각 문죄問罪 후에 무죄자無罪者 방송放送할새

"저 계집은 무엇인다?"
　　　　　　무엇이냐

형리 여쭈오되

"기생 월매 딸이온데 관정官庭에 포악한 죄로 옥중에 있삽네다."

"무삼 죄인다?"

형리 아뢰되

"본관 사또 수청으로 불렀더니, 수절이 정절이라 수청 아니 들려 하고 관정에 포악한 춘향이로소이다."

어사또 분부하되

"너만 년이 수절한다고 관정 포악하였으니 살기를 바랄쏘냐? 죽어 마땅하되 내 수청도 거역할까?"
　내까짓 년이

춘향이 기가 막혀

"내려오는 관장官長마다 개개箇箇이 명관이로구나! 수의사또 듣조시오. 층암절벽 높은 바위 바람 분들 무너지며, 청송녹죽 푸른 나무가 눈이 온들 변하리까? 그른 분부 마옵시고 어서 바삐 죽여 주오!"

하며

"상단아! 서방님 어디 계신가 보아라. 어젯밤에 옥문간에 와 계실 제 천만 당부하였더니, 어디를 가셨는지 나 죽는 줄 모르는가?"

어사또 분부하되

"얼굴 들어 나를 보라."

하시니 춘향이 고개 들어 대상臺上을 살펴보니 걸객乞客으로 왔던 낭군 어사또로 두렷이 앉았구나! 반 웃음 반 울음에

"얼씨구나 좋을시고! 어사 낭군 좋을시고! 남원 읍내 추절秋節 들어 떨어지게 되었더니, 객사에 봄이 들어 이화춘풍 날 살린다. 꿈이냐, 생시냐? 꿈을 깰까 염려로다!"

한참 이리 즐길 적에 춘향모 들어와서 가없이 즐거워하는 말을 어찌 다 설화說話하랴? 춘향의 높은 절개 광채 있게 되었으니, 어찌 아니 좋을쏜가?

어사또 남원 공사公事 닦은 후에 춘향 모녀와 상단이를 서울로 치행治行할 제 위의威儀 찬란하니, 세상 사람들이 누

가 아니 칭찬하랴?

이때 춘향이 남원을 하직할새 영귀하게 되었건만 고향을 이별하니 일희일비가 아니 되랴?

"놀고 자던 부용당아, 너 부디 잘 있거라. 광한루 오작교며 영주각도 잘 있거라. 춘초春草는 연년록年年綠하되 왕손王孫은 귀불귀歸不歸라367 날로 두고 이름이라."
봄풀은　　　해마다 푸르건만　　　왕손은 어느 때나 돌아올지?

다 각기 이별할 제

"만세무량萬歲無量하옵소서. 다시 보기 망연茫然이라!"
만수무강하옵소서　　　　　　　아득하구나

이때 어사또는 좌우도左右道 순읍巡邑하여 민정을 살핀 후에 서울로 올라가 어전御前에 숙배하니, 삼당상三堂上 입시
　　　　　　　전라도 모든 고을을 순시하여　　　　　　　　　　판서·참판·참의參議
入侍하사 문부를 사정査定 후에 상上이 대찬大讚하시고 즉시
　　　　보고서를 검토한 뒤에　　임금이　크게 칭찬하시고
이조참의 대사성을 봉하시고, 춘향으로 정렬부인貞烈夫人368을 봉하시니, 사은숙배하고 물러나와 부모 전에 뵈온대 성은聖恩을 축사祝謝하시더라.
임금의 은혜를 축원하고 감사하셨다

이때 이판吏判 호판戶判 좌우영상左右領相 다 지내고 퇴사
　　　이조판서　호조판서　삼정승을　　　　　　　　벼슬에
退仕 후에 정렬부인으로 더불어 백년동락百年同樂할새 정렬부
서 물러난 뒤에
인에게 3남 2녀를 두었으니 개개이 총명하여 그 부친을 압두壓頭하고 계계승승繼繼承承하여 직거일품職居一品으로 만세
압도하고　　　　　　　　　　　　　1품 최고 관직을 지내며
유전하더라.

춘향전

경판京板 30장본

미상

제일강산 광한루

화설話說[1] 아조我朝 인조조仁祖朝 때에 전라도 남원 부사府
　　　우리 왕조
使 이등[2] 자제子弟 이도령의 연광年光이 십육이요, 얼굴은 관
　　현임 사또　　　　　　　　나이가
옥관玉이요, 풍채는 두목지杜牧之요, 문장은 이태백李太白이
관冠을 장식하는 옥처럼 아름답고
라. 책방冊房에 있어 학업을 힘쓰더니, 이때는 방춘화류芳春
　　　　　　　　　　　　　　　　　　　　　　　꽃과 버들이 피는 아
花柳 호시절이라 초목군생지물草木群生之物이 개유이자락皆有
름다운 봄이라　　　초목과 모든 생물이　　　　　　모두 스스로 즐거워하
以自樂하여[3] 너구리는 넛손자 보고 두꺼비는 새끼를 칠 때라.
는 바가 있어　　　　　　　중손자
이도령이 춘흥을 못 이기어 화류차로 방자房子를 불러 분부
　　　　　　　　　　　　꽃구경하러　관아에서 심부름하던 사내종
하되

"네 고을 구경처가 어디어디가 좋은고?"
　　　　　　경치 좋은 곳이
방자 여쭈오되

"평양 부벽루浮碧樓, 해주 매월당, 진주 촉석루, 강릉 경
포대鏡浦臺, 양양 낙산사, 고성 삼일포三日浦, 통천 총석정叢石
亭, 삼척 죽서루竹西樓, 평해平海 월송정越松亭, 울진 망양정望
洋亭, 간성杆城 청간정淸澗亭[4]이 좋다 하오되 절승한 경개景槪
　　　　　　　　　　　　　　　　　　　　　　　경치
는 남원 광한루廣寒樓 경치를 따를 길 없삽기 팔도에 유명하
와 일컫기를 소강남小江南이라 하나이다."
　　　　　　작은 강남 땅이라
이도령 말이

"만일 네 말 같을진대 제일강산인가 싶으니 아무커나(아무렇거나) 광한루 구경차로 포진鋪陳(자리 등의 필요한 물품을 마련하는 일) 거행하라!"

하고 방자놈을 앞세우고 탄탄대로로 마음 너른 길에 '마음 심心' 자字 '갈 지之' 자로 세류춘풍細柳春風에 명매기 걸음[5](가녀린 버들에 부는 봄바람에 아장거리는 걸음으로)으로 뒷동뒷동 걸어 광한루에 다다라 뒷짐지고 배회하며 방자 불러 이른 말이

"악양루岳陽樓 봉황대鳳凰臺 풍광과 황학루黃鶴樓 고소대姑蘇臺[6] 경치가 이에서 더할쏘냐?"

방자놈이 속여 여쭈오되

"경개 이렇기로(경치가 이처럼 아름다우므로) 일기日氣 청명하면 운무雲霧가 잦아지고 종종 신선이 내려와 노나이다."

이도령 말이

"아마도 그럴시 분명하다."

그네 타는 춘향

이때 마침 오월 오일 천중지절天中之節이라 본읍本邑 기생
         단오   남원
춘향이 추천鞦韆차로 의복 단장 치레할새 아리따운 보흰 양
    그네 타러   뽀얀 모습
자樣子 팔자청산八字靑山 춘색春色으로 반분때[7]를 다스리고,
 미인의 고운 눈썹   화장을 엷게 하고
호치단순皓齒丹脣은 삼색도화미개봉三色桃花未開封이 하룻밤
흰 이와 붉은 입술은 아직 꽃봉오리가 터지지 않은, 세 가지 색의 복사꽃이
찬 이슬에 반만 핀 형상이요, 잇바대는 곧 이화梨花로다.
         가지런한 치열齒列은 배꽃
흑운黑雲 같은 흩은 머리, 반달 같은 화룡소畵龍梳로 웨
           용을 새긴 빗   위와
쇠려[8] 썰썰 흘리 빗겨 전반같이 넓게 땋아 자주 항라亢羅[9] 너
세로로   반듯하고 가지런하게
른 댕기 맵시 있게 드렸구나. 백저포白苧布 깎기적삼,[10] 보라
     드리웠구나 하얀 모시로 지은 깨끼적삼 보라색
대단大緞 속저고리, 물면주[11] 고장바지, 백방수화주白紡水禾紬
중국산 비단으로 지은 물명주로 지은 고쟁이 하얀 비단으로 만든 긴 속곳
너른바지,[12] 광월사光月紗 겻마이,[13] 남봉[14] 항라 대단 치마 잔
    중국 비단으로 지은 곁마기 얇고 폭이 넓은 남색 비단으로 지은 치
살 잡아 떨쳐 입고, 비단 낭자囊子, 삼승三升 버선, 자주 향직
마 잔주름 잡아 떨쳐 입고 주머니 몽골산 무명으로 지은 버선, 조선산 자
鄕織 수당혜繡唐鞋를 '날 출出'자로 제법 신고, 앞에는 민죽
주색 비단을 쓴 수놓은 가죽신을   장식 없
절竹節 뒤에는 금봉차金鳳釵, 손에 옥지환玉指環, 귀에는 월기
는 대나무 비녀 봉황의 형상을 새긴 금비녀   귀걸이
탄이요, 노리개 더욱 좋다.

  이궁전 대방전 인물향人物香 또애향[15] 산호수珊瑚樹 밀화
            풋과일 향 산호 노리개와 호박 노리개
가지,[16] 금사金絲오리 옥장도玉粧刀를 오색 당사唐絲실 끈을 하
  금줄을 단 오리 모양의 패물   중국산 명주실로 끈을 달아
여 양국대장兩局大將 병부兵符 차듯,[17] 남북 병사兵使 동개 차
  많은 물건을 주렁주렁 당당하게 흐드러지게 차고

듯¹⁸ 휘드러지게 차고, 만첩청산萬疊靑山으로 기엄둥실 올라
                일만 겹 푸른 산으로
가며 꽃도 주루룩 훑다가 맑고 맑은 구곡수九曲水에 풍덩
                                    아홉 굽이 흐르는 물에
띄워도 보며, 두 손으로 시내의 조약돌도 덤썩 쥐다가 양
                                    덤쩍
류간楊柳間에 훨훨 던져 꾀꼬리도 날려 보니, 그인들 아니 경
버들 사이로   그 모습인들 빼어난 경
景일쏘냐?
치가 아닐쏘냐

    더욱 흥에 겨워 심산深山으로 점점 들어가서 장장채승長
                                          오색의 긴 끈
長綵繩 긴 그넷줄을 섬섬옥수로 이리저리 갈라 잡고 몸을 날

려 올라서서 한 번 굴러 앞줄이 높고 두 번 굴러 뒷줄이 높

아 점점 높아 공중에 소소쳐 백릉白綾 버선 두 발길로 작작
                        솟구쳐   희고 얇은 비단 버선   찬란하
도화灼灼桃花 늘어진 가지를 툭툭 차니 날리느니 낙화로다.
게 핀 복사꽃
뒤에 지른 금봉차가 반석상盤石上에 떨어져 쟁그렁 쟁그렁

하는 거동 그 아니 경景일쏘냐? 한창 이리 노닐 적에 이도령

이 소창배회消暢徘徊하여 산천도 구경하며 잊은 글귀도 생각
    답답한 마음을 풀며 이리저리 돌아다녀
하다가 녹음간綠陰間에 어떤 일미인一美人이 추천하는 양을

문득 보고 심신이 황홀하여 급히 방자를 불러 이른 말이

    "저 건너 저것이 무엇인고?"

  방자 여쭈오되

    "어디 무엇이 뵈나이까?"

  이도령 이른 말이

    "업다! 저기 뵈는 것이 무엇인고? 아마도 선녀가 하강하

였는가 보고나!"

그제야 방자놈이 여쭈오되

"봉래蓬萊·방장方丈·영주瀛洲 삼신산三神山 아니어든 선녀가 어이 이곳에 있사오리까?"

이도령 말이

"그러면 무엇이뇨? 금이냐?"

방자 하는 말이

"금생여수金生麗水라 하오니 여수가 아니어든 금이 나리잇고?"
_{금은 여수麗水에서 난다고}

"그러면 옥이냐?"

"옥출곤강玉出崑岡이라 하오니 곤강崑岡[19]이 아니어든 옥이 어이 이곳에 있으리오?"
_{옥은 곤강崑岡에서 난다고   곤륜산崑崙山}

"그러하면 무엇인고? 해당화냐?"

"명사십리明沙十里 아니어든 해당화라 어이 이곳에 있사오리오?"
_{함경도 원산의 동해안 백사장}

"그러하면 귀신이냐?"

"북망산北邙山[20]이 아니어든 귀신이 어이 이곳에 있으리잇고?"

이도령이 역정내어 이른 말이

"그러하면 그 무엇이니?"

방자놈이 그제야 여쭈오되

"다른 것이 아니오라 본읍 기생 월매 딸 춘향이로소이다."

이도령 말이

"얼싸 좋을시고! 제 본디 창녀(娼女)면 한번 구경 못할쏘
냐? 방자야, 네 가 불러오너라."

방자놈이 입 쪽 쪼고라진 도리참나무를 웃동 찍고 아래
를 잘라 거꾸로 짚고 탄탄대로로 진 데 마른 데 혜지 아니
하고 이리저리 우두덩탕탕 걸어가서 헐떡이며 눈 위에 손을
들어

"춘향아! 춘향아!"

부르니 춘향이 깜짝 놀라 추천에 뛰어내려 묻는 말이

"그 뉘라서 부르나뇨?"

방자의 말이

"큰일났다! 어서 가자, 바삐 가자."

재촉하니 춘향의 이른 말이

"이 몹쓸 아이야! 사람을 그다지 놀래나뇨? 내 추천을
하든지 그네를 뛰든지 대수리? 춘향이니 사향(麝香)이니 계향
(桂香)이니 강진향(降眞香)이니 침향(沈香)이니 너더러 도련님께 일
러바치라 하더냐?"

방자놈 말이

"추천인지 그넨지 은근한 곳에서 할 것이지 광한루 가까운 요런 똑바라진 궁둥머리[21]에 매고 뛰라더냐? 사또 자제 도련님이 산천 경계 구경코자 하여 광한루에 올랐다가 녹음 중 추천하는 네 거동을 살펴보고 성화星火같이 불러오라 분부 지엄하니, 아니 가든 못하리라. 네 만일 가면 우리 도련님이 바로 신궁둥이[22]라, 네 향기로운 말로 초친 무렴[23]을 만든 후에 항라 속것 가래를 슬쩍궁 빠혀다가 돌돌 말아서 왼편 볼기짝 붙이면 남원 것이 다 네 것이 될 것이니 그 아니 좋을쏘냐?"

첫 만남 불망기

춘향이 하릴없어 삼단 같은 흗은 머리 제색諸色으로 집어
갖가지 물품으로
꼬고 남봉 항라 대단 치마를 섬섬옥수로 거두쳐 맵시 있게
걷어붙여
비껴 안고 방자놈을 따라 행심일경行尋一徑 비낀 길로 백모
좁은 길 따라   맵시를
래 마당 금자라 기듯 대명전大明殿[24] 대들보 위에 명매기 걸
내어 걷는 여성의 걸음걸이로   맵시 있게 아장거리며 걷는 걸음으로
음으로, 행똥행똥 바삐 걸어 계하階下에 이르러 문안을 아뢰
섬돌 아래에
니 이도령이 눈골이 다 틀리고 정신이 표탕飄蕩하여 두 다리
눈꼴   아득히 날아올라
를 잔뜩 꼬고 서서 하는 말이

"방자야, 네 하정下庭[25]이란 말이 되는 말이냐? 바삐 오
뜰에서 절을 하게 한다는 말이
르게 하라."

춘향이 마지못하여 당상堂上에 올라 예필禮畢 좌정坐定 후
마루 위에   인사를 마치고 앉은 뒤에
에 이도령이 묻는 말이

"네 나이 몇이며 이름이 무엇인다?"

춘향이 아리따운 소리로 여쭈오되

"소녀의 나이는 이팔이요, 이름은 춘향이로소이다."

이도령이 웃으며 하는 말이

"이팔이 십육이니 나의 사사四四 십육十六과 정동갑正同甲
나이가 꼭 같다
이다. 어찌 반갑지 않으며, 이름 춘향이라 하니 네 형용이

이름과 같도다. 절묘하고 어여쁘다! 매화월미梅花月微의 두
_{희미한 달빛 아래 매화나무 곁의}
루미도 같고, 썩은 나무에 앉은 부엉이도 같고, 줄에 앉은
초록 제비로다."

하고 또 묻되

"네 생일이 어느 땐고?"

춘향이 여쭈오되

"소녀의 생일은 하사월夏四月 초팔일 자시子時로소이다."
_{밤 11시에서 1시 사이}

이도령이 하는 말이

"4월이라 하니 나와 동년 동월이니 천정배필天定配匹이어
니와 다만 생일 생시가 틀리니 그것이 한이로다."

하고 앞에 앉히고 어루는 형상은 홍문연鴻門宴 잔치에 번쾌樊
_{홍문鴻門의 잔치에서}
噲가 항우項羽를 뮈워 보아 두발頭髮이 상지上指하고 목자진
_{밉게} _{머리카락이 하늘을 향해 치솟고} _{눈자위가 찢}
열목비진렬目眦盡裂하여 큰 칼을 빼어들고 검무劍舞하는 형상²⁶이요,
_{어질 듯이 성난 눈으로}
구룡소九龍沼 늙은 용이 여의주를 얻어 어루는 형상이요, 만
_{금강산 구룡폭포 아래의 못}
첩청산 백액호白額虎가 큰 개 잡아 앞에 놓고 흥에 겨워 어루
_{이마의 털이 허옇게 센 늙은 호랑이}
는 형상이라. 좌불안석하여 이른 말이

"너를 부른 뜻은 다름 아니라 나도 서울서 삼월춘풍화류
_{삼월 봄바람에 꽃과}
시三月春風花柳時와 구월추풍황국시九月黃菊丹楓時에 화조월석
_{버들이 피는 때와} _{구월 국화가 피고 단풍이 드는 때에} _{꽃 피는 아침}
花朝月夕 빈 날 없이 주사청루酒肆青樓에 만준향온萬樽香醞을
_{과 달 밝은 저녁} _{술집과 기생집에} _{일만 동이 향기로운 술을}
진취진취盡醉하고 절대가인絶代佳人을 결연結緣하여 청가묘무清歌
_{만취하고} _{맑은 노래와 기묘한}

妙舞²⁷로 세월을 소견消遣하였거니와 금일 너를 보매 세간世間
_{춤으로}   _{이 세상}
인물이 아니로다! 정신이 황홀하여 불승탕정不勝蕩情이라 탁
                                    _{방탕한 마음을 이기지 못하는지라}
문군卓文君의 거문고²⁸에 월로승月老繩 맺어 두고 백년가약을
                          _{월하노인月下老人이 부부의 인연을 맺어 준다는 끈을}
세세생생世世生生으로 누릴까 부름이라."
_{맺어 두고}

　춘향이 이 말을 듣고 아미 숙이고 여쭈오되

　"소녀의 몸이 비록 창가娼家 여자이오나 마음은 북극천
                                                _{뜻을 지극}
문北極天門²⁹에 턱을 걸어 남의 별실別室이 되지 말자 맹세를
_{히 높은 곳에 두어}   _첩
하였사오니, 오늘날 도련님 분부가 이러하시나 이는 봉행奉
                                                    _{받들어 행}
行치 못할소이다."
_{하지}

　이도령 말이

　"육례六禮는 비록 갖추지 못하나 혼인은 착실한 혼인이
　_{혼례의 여섯 가지 절차}
될 것이니 잡말 말고 허락하여라."

　춘향이 여쭈오되

　"만일 허락한 후에 사또께옵서 필경 갈리시면 도련님은

올라가서 고관대가高官大家에 성취成娶하여 금슬지락琴瑟之樂
            _{높은 벼슬을 하는 큰 가문에} _{혼인하여}   _{부부 사이의 두터운 사랑}
으로 세월을 보낼 적에 나 같은 천첩賤妾이야 생각할까? 속
_{으로}
절없는 나의 일신一身은 개밥에 도토리 되리니 아무리 하여

도 이 말씀은 시행치 못할소이다."

　이도령이 만단개유萬端改諭하여 이르되
　　　　　　_{여러 가지 말로 잘 타일러}
　"만일 불행하여 사또께서 경직京職으로 올라가실 터이면
                            _{서울 관아의 벼슬}

너를 설마 버리고 갈쏘냐? 우리 대부인大夫人은 삿갓가마[30]
　　　　　　　　　　　　　　　　　어머니
에 모실지라도 너는 향정자香亭子[31]에 데려갈 것이니 조금도
　　　　　　　　정자 모양의 작은 가마
염려 마라. 양반이 일구이언은 않으리니 바삐 허락하여라."

　　춘향이 여쭈오되

"그러할진대 먹의 찌는 삭는 일이 없삽고, 관가는 종문
　　　　먹물로 쓴 글씨는 변하는 법이 없고　　　관청에서는 문서에
권시행從文券施行이오니, 혹 실신지폐失信之弊 있은즉 후일 상
의거하여 일을 시행하오니　　　신의를 잃는 폐단이
고차相考次로 불망기不忘記[32]를 하여 주소서."
견주어 고찰할 목적으로

　　이도령이 희불자승喜不自勝하여 화전花箋을 펼쳐 놓고 용
　　　　　　기쁨을 이기지 못하여　　　　화전지를
연龍硯에 먹을 갈아 황모黃毛에 흠석 묻혀 일필휘지一筆揮之
용을 아로새긴 벼루　　　족제비 꼬리털로 만든 붓에 먹물을 흠씩 묻혀
하니, 하였으되

　　모년 모월 모일 춘향 전前 불망기라.

　　우불망기딴右不忘記段은 우연히 산천 구경코자 광한루
　이 불망기는
에 올랐다가 천생배필天生配匹을 만나매 불승탕정하여

백년가약을 맺기로 상약相約하되 일후 만일 배약背約하

는 폐 있거든 차문기此文記로 고관변정사告官辨正事라.
　　　　　　　　　이 문서를 관아에 고하여 옳고 그름을 따져 바로잡으라

하였더라.

　　춘향이 받아 이리 접고 저리 접쳐 금낭錦囊에 넣은 후에
　　　　　　　　　　　　　　　　　　비단 주머니에
또 여쭈오되

"무족지언無足之言이 비천리飛千里라 하오니, 만일 이 말
　　　　발 없는 말이　　　　　천 리 간다
이 누설하여 사또께서 아시면 소녀는 속절없이 죽을 터이오
니 부디 삼가소서."

이도령 말이

"사또 소시少時에도 씨큰동하사 주사청루에 다녀 계신지
　　　　　　　시큰둥하시어
모르거니와 각집 통직이³³ 방에 방귓내를 무수히 맡으러 다
　　　　　각 집의 외도하기 잘하는 여종의 방에
녀 계신지라 이런 일 안다손 관계하랴? 부디 염려 마라."

하며 이렇듯 담소하다가 춘향더러 묻되

"네 집이 어디뇨?"

춘향이 옥수를 번듯 들어 대답하되
　　　　　　　　번쩍
"이 산 너머 저 산 너머 한 모롱이 두 모롱이 지나가면
　　　　　　　　　　　　　　산모퉁이의 휘어 둘린 곳
죽림심처竹林深處 돌아들어 벽오동 선 곳이 소녀의 집이로소
대숲 깊은 곳
이다."

춘향을 그리워하는 이도령

이도령이 춘향을 홀연히 보낸 후 책방으로 돌아와서 정신이 산란하여 진정할 길이 없는지라 마지못하여 서책을 보려 하고 펼쳐 놓은즉 글줄마다 춘향이요 글자마다 춘향이라. 한 자가 두 자 되고 한 줄이 두 줄이 되어 모두 춘향이라. 이렇듯 성화하여 이 책 저 책 대문대문 읽어 보니
_{글의 특정 부분마다}

하늘 천, 땅 지, 검을 현, 누루 황.

천지지간天地之間 만물지중萬物之衆에 유인惟人이 최귀最
_{천지 사이에 있는   만물의 무리 가운데   오직 사람이 가장 귀하니}
貴하니.[34]

천황씨天皇氏는 이목덕以木德으로 왕王하야 세기섭제歲起
_{목덕으로   임금이 되어   '인'寅의 해를 원년}
攝提하야 무위이화無爲而化하니.[35]
_{元年으로 삼아 무위無爲로 교화하니}

이십삼년二十三年이라 초명진대부위사조적한건初命晉大
_{위열왕威烈王 23년에   처음으로 진나라 대부 위사魏斯·조적趙籍·한건韓虔}
夫魏斯趙籍韓虔하여 위제후爲諸侯하다.[36]
_{을 명하여   제후로 삼다}

원형이정元亨利貞은 천도지상天道之常이요, 인의예지仁義
_{천도의 떳떳함이요}
禮智는 인성지강人性之綱이라.[37]
_{인성의 벼리이다}

대학지도大學之道는 재명명덕在明明德하며 재신민在新民
_{대학의 도는   밝은 덕을 밝히는 데 있고 백성을 새롭게 하는 데 있으며}
하며 재지어지선在止於至善이니라.[38]
_{지극한 선에 머무르는 데 있다}

자왈子日 학이시습지學而時習之면 불역열호不亦說乎아.³⁹
　　　　　　배우고 수시로 그것을 익히면　　　　　기쁘지 않은가?
맹자孟子가 견양혜왕見梁惠王하신대 왕왈王日 수불원천
　　　　　양혜왕을 만났는데　　　　　　　　　　　　어른께서 천 리
리이래叟不遠千里而來하시니 역장유이리오국호亦將有以
를 멀다 하지 않으시고 오셨으니　　　장차 우리나라를 이롭게 하실 방법이 있
利吾國乎잇가?⁴⁰
습니까?
관관저구關關雎鳩 재하지주在河之洲로다. 요조숙녀窈窕淑
꾸르르 우는 물새 한 쌍　　물가 모래섬에 있고　　　　요조숙녀는
女 군자호구君子好逑로다.⁴¹
　　군자의 좋은 짝이로다
왈약계고제요日若稽古帝堯혼대⁴² 원元코 형亨코 이利코
아아, 옛날 요임금을 생각해 보건대　　　　원하고(만물을 생성하고) 형하고(형
정貞코라.⁴³
통하게 하고) 이하고(조화롭게 하고) 정하다(바르게 하다)

하다가 하는 말이

"이 글을 못 읽겠다. 글자가 다 뒤보이는고나! '하늘 천
　　　　　　　　　　　　　　　　　　헛보이는구나
天' 자 '큰 대大' 되고, 『사략』이 노략이 되고, 『통감』이 곶감
되고, 『논어』가 부어 되고, 『맹자』가 탱자 되고, 『시전』詩傳
　　　　　　　'붕어'의 방언
이 선전縇廛이 되고, 『서전』書傳이 딴전 되고, 『주역』이 누역
　　비단 가게　　　　　　　　　　　　　　　　　　　　　　도롱이
이 되어 뵈는 것이 다 춘향이라!

　보고지고! 7년 대한大旱의 빗발같이 보고지고! 구년지수
　　　　　　7년 동안의 큰 가뭄 끝에 내리는 빗줄기처럼　　　9년 동안의 홍
九年之水 햇빛같이 보고지고! 무월동방無月洞房에 불 켠 듯이
수 뒤에 비치는 햇볕처럼　　　　　　　달빛 없는 어두운 침실에
보고지고! 통인通引⁴⁴ 방자 군노 사령使令 별감別監 좌수座首
약정約正 풍헌風憲⁴⁵이 다 춘향으로 뵈고 왼 집안이 다 춘향
　　　　　　　　　　　　　　　　　　　　　　온
이라. 이를 어찌 하잔 말고? 보고지고! 잠깐 보고지고!"

하며 전전반측하여 소리나는 줄 깨닫지 못할 즈음에 동헌東軒에서 이 소리를 듣고 통인 불러 분부하되

"네 바삐 책방에 가서 도련님더러 글은 아니 읽고 무엇을 보고지고 하는고 자세히 알아 오라."

하니 통인이 책방에 가서 이 말을 전하니 이도령이 하는 말이

"다름아니라 글을 읽다가 『시전』 「칠월」편七月篇[46]을 보고지고 하더라 여쭈어라."

하고 연하여 "보고지고!" 하다가 방자를 불러 묻는 말이

"해가 얼마나 갔나니?"

방자가 하늘을 가리켜 여쭈오되

"이제야 백일白日이 도천중到天中하였나이다."
_{해가 하늘 한가운데 이르렀나이다}

이도령이 심중에 자탄하는 말이

"어제는 저 날이 뒷덜미를 치던지 그리 수이 가더니 오늘은 뉘라서 뒤를 결박하였는지 어이 그리 더디 가는고? 날이 용심用心도 불량하다."
_{마음 씀도}

이윽고 방자놈이 석반夕飯을 올리거늘 이도령이 하는 말이

"밥인지 무엇인지 해가 얼마나 남았나뇨?"

방자가 여쭈오되

"일락함지日落咸池하고 월출동령月出東嶺하나이다."
_{해가 서쪽으로 지고   달이 동산에 떠오르나이다}

이도령이 동헌 퇴등退燈하기를 기다려 몸을 숨겨 가만히
_{사또가 자려고 등불 끄기를}

성城을 넘어 방자놈을 따라 감돌아 풀돌아 훨쩍 돌아들어 춘
_{본래 돌던 방향과 반대로 돌아}
향의 집을 찾아가니라.

춘향 집 구경

이때 춘향이 만뢰구적萬籟俱寂한 때를 인하여 사창紗窓을
　　　　　　사방이 고요한　　　　　　　　　　비단 창을
반개半開하고 벽오동 거문고에 새 줄 얹어 무릎 위에 올려
반쯤 열고
놓고 「대인난」待人難 곡조를 자탄자가自彈自歌하여 당지덩 둥
　　　사람 기다리기 어려워라　　손수 악기를 연주하면서 노래하여
둥지덩 동당슬갱 이렇듯 노닐 적에 이도령이 문외에서 춘향

어미를 부르니 춘향 어미 나와 본즉 과연 책방 도련님이어

늘 가장 놀라는 체하여 이르는 말이

"이 어인 일이뇨? 사또께서 만일 아시면 우리 모녀 다 죽

을지니 바삐 돌아가라."

하거늘 이도령이 하는 말이

"관계치 아니하니 바삐 들어가자."

하거늘 춘향 어미 의뭉줌치[47]라 속으로 딴마음을 먹고 잠깐
　　　　　　　　　의뭉 주머니
다녀가라 하고 이도령을 앞세우고 들어갈 제 춘향의 집을

차례로 살펴보니, 사면四面 팔작八作[48] '입 구口'자로 고주대
　　　　　　　　'ㅁ'자 형태로 지은 팔작집에　　　　　솟을대문
문高柱大門, 안사랑에 안팎 중문中門 줄행랑이 즐비하고, 층
　　　　　　　　　　　　　　대문 좌우로 늘어선 행랑채
층벽장層層壁欌 초헌軺軒 다락[49]이며 대청 6간間, 안방 3간,
층층의 담벼락
건넌방 2간, 차방茶房 반 간, 부서[50] 한 간, 내외 분합分閤 물
　　　　　　　　　　　　아궁이　안팎 대청마루에 다는 문과 반 칸 너비의
림퇴에 구을도리[51] 선자扇子 추녀 완자창卍字窓[52] 가로닫이며
뒷마루에　굴도리　　부챗살 모양 추녀　'卍'자 모양 창살의 여닫이 창이며

부엌 3간, 고앙 4간, 마구馬廐 3간 근검하다. 백릉화白菱花 도
　　　　　광　　　　　　　　　　　　　　　　　　　흰 마름꽃 무늬 벽지로
배塗褙에 청릉화靑菱花 띠를 띠고, 소란小欄 반자에 장유지壯
도배하고 푸른 마름꽃 무늬 종이를 둘러 장식했으며, '井' 자 모양의 천장에 벽의 밑부분은 두
油紙 굽도리에 서화부벽書畫付壁 입춘서立春書가 분명하다.
꺼운 기름종이 바르고　벽에 붙인 글씨는

　　　동벽東壁에는 진晉 처사處士 도연명陶淵明이 팽택령彭澤令
　　　동쪽 벽에는　　　　　동진東晋의 처사

마다하고 추강秋江에 배를 띠워 청풍명월淸風明月에 흘리 저
그만두고

어 심양潯陽으로 향하는 경景53을 그렸고, 서벽西壁에는 삼국
　　　　　　　　　　　　　　　　　　　　　　　　　　　삼국이

풍진三國風塵 요란시擾亂時에 한漢 종실宗室 유현덕劉玄德이 적
전쟁을 벌이던　　요란한 시절에

로마駑盧馬를 바삐 몰아 남양南陽 초당草堂 풍설風雪 중에 와
유비劉備의 말

룡선생臥龍先生을 보려 하고 지성至誠으로 가는 형상54을 그
제갈량諸葛亮

렸고, 남벽南壁에는 강태공姜太公이 선팔십先八十 궁곤窮困하
　　　　　　　　　　　　　　　　80세 전까지

여 위수변渭水邊에 갈삿갓 숙여 쓰고 줄 없는 낚대를 물 위에
위수 물가에서　　갈대로 짠 삿갓을 기울여 쓰고

드리우고 주문왕周文王 기다리는 경55을 그렸고, 북벽北壁에

는 육관대사六觀大師의 제자 성진性眞이 팔선녀를 만나 육환
　　　　　　　　　　『구운몽』의 주인공　　　　　　　　수행승의

장六環杖을 백운간白雲間에 흩던지고 합장하여 뵈는 형상56을
지팡이

그렸고, 해학반도海鶴蟠桃 십장생十長生을 분명히 그려 횡축橫
　　　　선경仙境 그림에 나오는 바다와 학과 반도　　　　　　　가로로 거

軸으로 붙여 두고, 부엌문에 "문신호령門神戶靈 가금불상呵禁
는 족자로　　　　　　　　　　문을 지키는 신령이　　상서롭지 못한 것을

不祥"57이요, 고앙문에 "개문만복래開門萬福來 소지황금출掃地
막아 주네　　　광문　　　　　문을 여니 만복이 오고　　땅을 쓰니 황금이 나오

黃金出"58이요, 전후좌우에 "원득삼산불로초願得三山不老草 배
네　　　　　　　　　　　　　삼신산 불로초를 얻어

헌고당백발친拜獻高堂白髮親",59 또 "부모천년수父母千年壽 자
백발의 부모님께 드리고저　　　　　　　부모는 오랜 세월 장수하고

손만세영子孫萬歲榮"60이라 하고, 중문에는 "우순풍조雨順風調
자손은 영원히 영화롭네　　　　　　　　　　　　　때맞추어 비 내리고 바람

200

시화세풍時和歲豊"이요, 대문에는 "국태민안國泰民安 가급인
불어 화평한 시절에 풍년이 드네   나라가 태평하고 백성이 편안하며 집집

족家給人足"이요, 울지경덕尉遲敬德 진숙보秦叔寶를 분명히 그
마다 살림이 넉넉하네   당나라의 명장이자 개국공신

려 붙여 두고, "춘도문전증부귀"春到門前增富貴를 문 위에 가
                봄이 문 앞에 이르러 부귀를 더하네

로로 붙이고, 뒷동산에 산정山亭 짓고, 앞 연못에 연당蓮塘을

두렷하게 지어 두고, 숙석熟石으로 면面을 받쳐 층층계를 무
                     인공으로 다듬은 돌로   쌓아

어 두고, 쌍쌍 비오리 징경이며 대접 같은 금붕어는 물 위에
           수릿과의 새

둥실 떠서 이리로 출렁이며, 갖은 화초 다 피었는데 동편에

는 대설백大雪白, 서에는 백학령白鶴翎, 남에는 홍학령紅鶴翎,

북에는 금사오죽金絲烏竹, 가운데 황학령黃鶴翎, 어여쁠사 산

국화는 좌우에 벌여 있고, 노송 반송盤松 월사계月四季와 왜

철쭉 진달래 맨도람 인물일색人物一色 봉선화, 왜석류矮石榴
              맨드라미

들쭉 종려棕櫚 모란 작약 치자梔子, 키 같은 파초芭蕉 잎과 춘
                                                            곡식을 까부르는 키처럼 넓적한 파초 잎

매春梅 동매冬梅 분도[61] 포도 영산홍映山紅과 원추리 구기자는
                편도扁桃

휘드러져 굽이굽이 얽혀 있고, 집물什物 치레 볼작시면 쇄금
                                        세간   자물쇠

鎖金 들미장,[62] 좋은 머릿장[63]이며 자개함롱紫介函籠 반닫이[64]
                                                                                                                  달린

왜경대倭鏡臺며 가께수리[65] 계자鷄子 다리 옷걸이[66]며 철침鐵
일본산 경대

枕 퇴침退枕[67] 벼룻집 피행담皮行擔[68]과 쌍룡雙龍 그린 빗접 고

비,[69] 용두龍頭 머리 장목비[70]며 청동화로 전대야[71] 놋촛대며

광명두리[72]를 여기저기 벌여 놓고, 벽오동 거문고에 새 줄

얹어 세워 놓고, 샛별 같은 요강 타구唾具 발치발치 던져 두

춘향전 _ 201

고, 이층장二層欌 삼층탁자 귀목뒤주,⁷³ 당화기唐畵器며 동래東萊 기명器皿 실굽달이⁷⁴ 좌우에 즈렁즈렁 벌였는지라.

　　춘향이 계하階下에 바삐 내려 옥수玉手로 이도령 손을 잡고 방으로 들어가 좌정 후에 이도령이 방치레를 살펴보니

대병풍大屛風에 곽분양郭汾陽의 행화원杏花園 행락도行樂圖⁷⁵
큰 병풍에　　　　곽자의郭子儀 대가족의 잔치 그림이며
며 중병풍에 왕희지王羲之 난정연蘭亭宴⁷⁶이며 호렵도胡獵圖
중간 크기의 병풍에 왕희지가 난정蘭亭에서 벌인 잔치 그림이며　　오랑캐의 수렵 장면
곡병曲屛⁷⁷을 둘러치고, 돌돌 말아 봉족자鳳簇子며 원앙금침
을 그린 두 폭 병풍을　　　　　　봉황 그림 족자며
잣베개, 자주색 처네 더욱 좋다.
잣 무늬 베개　　　나들이할 때 머리에 쓰던 쓰개

권주가

춘향이 주찬酒饌을 갖추어 은근히 드리니 갖은 음식이 풍성한지라. 팔모 접은 대모반玳瑁盤[78]에 대양푼에 갈비찜, 소양푼에 제육초豬肉炒, 두 귀 발쪽 송편이며 먹기 좋은 꿀설기, 보기 좋은 화전花煎 산승 송기 조악 웃기[79]로 고여 놓고, 청술레 황술레며 깎은 생률, 저민 준시로다. 봉鳳전복[80] 염통산적 양볶이며 끽끽 푸드덕 생치生雉다리 연계軟鷄찜 곁들여 놓고, 청포도 흑포도 머루 다래 유자 감자柑子 능금 석류 참외 수박 실백자實柏子 개암 비자榧子 초장醋醬 겨자 생청生淸을 틈틈이 끼어 놓고, 각색 술병 곁에 놓았으되 꽃 그린 왜화병倭畫瓶,[81] 황유리병, 벽해수상碧海水上 거북병, 목 긴 거위병, 이태백의 포도주,[82] 도연명의 국화주,[83] 마고선녀麻姑仙女 천일주千日酒,[84] 산중처사山中處士 송엽주松葉酒, 일년주一年酒 계당주桂糖酒 백화주百花酒 이강고梨薑膏 감홍로甘紅露 자소주紫蘇酒 황소주黃燒酒[85]를 앵무배鸚鵡杯 노자작鸕鷀杓[86]에 가득 부어 이도령께 전할 적에 「권주가」勸酒歌를 부르니

잡으시오 잡으시오 이 술 한잔 잡으시오

이 술 한잔 잡으시면 천만 년이나 사오리이다.

이 술이 술이 아니오라 한무제漢武帝 승로반承露盤[87]에
<small>한나라 무제가 천상의 이슬을 받으려고 설치한 쟁반에</small>

이슬 받은 것이오니 쓰나 다나 잡으시오.

제 것 두고 못 먹으면 왕장군지고자王將軍之庫子[88]로다.
<small>재물을 쓰지는 못하고 지키기만 하는 왕장군의 창고지기로다</small>

한번 돌아가면 뉘 한잔 먹자 하리?

살았을 제 이리 노세.

상사하던 우리 낭군 꿈 가운데 잠깐 만나

만단정회萬端情懷 다 못 하여 날이 장차 밝았어라.
<small>온갖 정과 회포를   다 풀지 못했는데</small>

이도령이 술을 반취半醉하매 춘향더러 갖은 소리를 다하여 즐거운 흥을 도우라 하니 춘향이 잡소리를 하되

초당 뒤에 앉아 우는 솥적다새야 암솥적다 우는 샌다?
<small>소쩍새   새냐</small>

  숫솥적다 우는 샌다?

공산空山이 어디 없어 이 객창客窓에 와 앉아 우는 샌다? 저 솥적다 새야

공산이 하고 많은데 울 데 달라 우로라.[89]
<small>우는구나</small>

사랑 놀음

이도령이 술을 연하여 부어 진취盡醉토록 먹은 후에 횡설수설 중언부언하여 온가지로 힐난할 제 북두칠성이 이미 앵돌아졌는지라 춘향이 마음에 민망히 여겨 하는 말이

"이미 월락야심月落夜深하였으니 그만 자셔이다."

하거늘 이도령이 좋다 하고 춘향더러 먼저 벗고 누우라 하거니 춘향은 이도령더러 먼저 누우라 하며 서로 힐난할 제 이도령 말이

"내 아무리 취중이나 그저 자기 무미하니 글자 타령 하여 보자."

하고 합환주合歡酒[90]를 부어 서로 먹은 후에 이도령이 글자를 모으되

우리 둘이 만났으니 '만날 봉逢' 자 비점批點[91]이요
우리 둘이 마주 섰으니 '좋을 호好' 자 비점이요
백년가약 이뤘으니 '즐길 락樂' 자 비점이요
월침침月沈沈 야삼경夜三更에 둘이 벗으니 '벗을 탈脫' 자 비점이요

금일 침상 즐거우니 '잘 침寢' 자 비점이요

한 베개를 둘이 베고 누웠으니 '누울 와臥' 자 비점이요

두 몸이 한 몸 되어 안고 틀어졌으니 '안을 포抱' 자 관

　　주貫珠92요

두 입이 마주 닿았으니 '법즉 려呂' 자 관주요
_{법칙}

네 아래 굽어보니 '오목 요凹' 자 관주요

내 아래 굽어보니 '내밀 철凸' 자 관주로다.

남대문이 게궁기이요, 인정人定이 매방울이요, 선혜청宣
_{게구멍이요}

惠廳이 오 푼이요, 호조戶曹가 서 푼이요,93 하늘이 돈짝만 하
_{엽전 크기만큼}

고 땅이 매암돈다. 흥에 겨워 노닐 적에 춘향더러 이른 말이
_{작아 보이고 땅이 맴돈다}

"우리 둘이 '인연'因緣이 지중하여 서로 만났으니 '인'因

자字 타령 하여 보자."

하고 먼저 '인' 자를 모았으니

　　임하하증견일인林下何曾見一人94
　　　그윽한 산중에 한 사람도 본 적 없네
　　월명고루유여인月明高樓有女人
　　　달 밝은 높은 누각에 여인이 있네
　　금일번성송고인今日翻成送故人95
　　　오늘은 처지가 바뀌어 내가 벗을 보내네
　　비입궁장불견인飛入宮牆不見人96
　　　궁궐 안으로 날아드나 사람은 보이지 않네
　　천리타향봉고인千里他鄕逢故人
　　　천리 타향에서 친구를 만나네

양류청청도수인楊柳青青渡水人[97]
버들은 푸르디 푸른데 누군가 강 건너네
불견낙교인不見洛橋人[98]
낙교洛橋에 사람이 보이지 않네
풍설야귀인風雪夜歸人[99]
눈보라 치는 밤에 돌아오는 사람 있네
귀인貴人 병인病人 걸인乞人 노인老人 소인小人 등 '인'으로 인연因緣하여 양인兩人이 혼인하매 증인證人 되니
두 사람이
즐겁기도 그지없다.

춘향이 하는 말이

"도련님은 '인' 자를 달았으니, 나는 '연'緣 자를 달아 보사이다."

하고 '연' 자를 모았으되

우락중분미백년憂樂中分未百年[100]
근심과 즐거움 반반 인생 백 년이 채 못 되는데
호기장구오륙년胡騎長驅五六年[101]
오랑캐 기병 몰아친 지 오륙 년이 되었네
인로증무갱소년人老曾無更少年[102]
사람은 늙으면 다시 젊어질 수 없네
상빈명조우일년霜鬢明朝又一年[103]
귀밑머리 새하얀데 내일이면 또 한 살 더하네
적막강산금백년寂寞江山今百年
적막한 강산이 이제 백년이네
함양유협다소년咸陽遊俠多少年[104]
함양에는 유협遊俠 소년 많다네
경세우경년經歲又經年[105]
한 해 가고 또 한 해 가네
한진부지년寒盡不知年[106]
추위가 가도 해가 바뀐 줄 모르네

일 년 십 년 백 년 천 년 거년去年 금년

우리 둘이 우연히 결연하여

백 년을 인연하니 백 년이 천 년이라.

하니 이도령이 하는 말이

 "양인兩人 다정하니 천만세를 기약이라. 너는 죽어 새가 되고 난봉鸞鳳 공작 원앙 비취 앵무 두견 접동 다 버리고 일쌍一雙 청조靑鳥라 하는 새가 되고, 나는 죽어 물이 되되 황하수黃河水 폭포수 구곡수九曲水 다 버리고 음양수陰陽水라 하는 물이 되어 주야장천晝夜長川 물에 떠서 둥실둥실 놀자꾸나! 너는 회양淮陽 금성金城 들어가서 오리목이 되고, 나는 삼사월 칡넝쿨이 되어 밑에서 끝까지, 끝에서 밑까지, 나무 끝끝들이 한 곳도 빈틈없이 휘휘츤츤 감겨 있어[107] 일생 풀어지지 말자꾸나!"

하고 이렇듯 즐기다가 날이 새면 몸을 숨겨 돌아오고 어두우면 천방지방 다라가서 놀고 매양 자취 없이 다니기를 여러 날이 되었더라.[108]

이별

이때 남원 부사가 애민선치愛民善治함을 성상聖上이 들으
_{백성을 아껴 잘 다스린다는 말을}
시고 승품陞品으로 호조판서를 제수除授하시고 패초牌招하시
_{종3품 이상의 품계에 올려} _{임금 앞에 부르시}
는 문적文籍이 내려오니 남원 부사가 택일擇日 발행發行할새
_{좋은 날을 골라 길을 떠나려 하며}
이도령을 불러 이르되

"너는 내행內行을 모시고 먼저 올라가라."
_{네 어머니를}
하니 이도령이 이 말을 들으매 낙담상혼落膽喪魂하여 어찌할
_{낙심해서 넋을 잃고}
줄 몰라 목이 매어 대답을 겨우 하고 내아에 들어가 치행제
_{여행에 필}
구治行諸具를 분별하는 체하고 바로 춘향의 집으로 가니, 춘
_{요한 온갖 기구를}
향이 바삐 나와 이도령의 손을 잡고 목이 메어 울며 두 손으
로 가슴을 치면서 하는 말이

"이 일이 어인 일고? 이 설움을 어찌 하잔 말고? 이제는
_{일인고} _{말인고}
이별이 절로 될지라. 이별이야 평생의 처음이오! 다시 못 볼
님이로라. 이별마다 섧건마는 살아 생이별은 생초목에 불이
_{살아 있는 초목에 불이}
로다.¹⁰⁹ 차생此生 이별이야 이별이 원수로다. 남북의 군신君
_{난 형국이로다}
臣 이별, 역로驛路의 형제 이별, 만리에 처자 이별, 이별마다
_{역참 길}
섧다 하되 우리같이 설운 이별 또 어디 있을까? 답답한 이
설움을 어이하랴!"

이도령이 두 소매로 낯을 싸고 목이 메어 홀쩍홀쩍 울며 춘향더러 이른 말이

"울지 마라, 네 울음소리에 장부의 일촌간장一寸肝腸이 굽이굽이 다 끊어진다. 울지 마라. 우리 둘이 죽어 꽃이 되고 나비 되어 삼춘三春이 다 진盡토록 떠나 살지 말쟀더니, 인
봄 석 달이   다하도록
간人間에 일이 많고 조물이 시기하여 금일 이별을 당하나 이
인간 세상에   조물주가
이별이 설마 장이별長離別이 될쏘냐?"
                 긴 이별이

춘향 말이

"도련님 올라가시면 나의 일신 그 아니 가련한가? 눌 바
                                              누구를
라고 사잔 말고! 겨울밤 여름날에 이 설움을 어찌 하잔 말
       살자는 말인고
가? 도련님 날 죽이고 올라가오!"

이도령 말이

"사또께서 호조판서를 말으시고 바로 이 고을 풍헌風憲이나 하시더면 우리 둘이 이 이별이 없을 것을 내게는 이런 원수가 없다마는 울지 마라! 우리 연분은 청산녹수靑山綠水 같아 무너지고 끊어질 줄 없을지니 설마 후일 상봉하여 그리던 회포를 못 펴 볼까?"

애연지심哀然之心을 서리담고 마지못하여 이별할새 눈물
서글픈 마음을   깊이 간직하고
을 금치 못하는지라. 이도령이 금낭을 열고 면경面鏡[110]을 내어 춘향을 주며 이른 말이

"장부의 떳떳한 마음이 이 면경과 같을지라. 여러 백 년이 지나가도 변튼 아니하리라."
_{변하든}

춘향이 하는 말이

"도련님이 이제 가면 언제나 오랴시오? 절로 죽은 고목이 꽃이 피거든 오랴시오? 병풍에 그린 황계黃鷄 수탉 긴 목을 휘여다가 두 나래를 땅땅 치고 꼬끼오 울거든 오랴시오?¹¹¹ 금강산 상상봉上上峰이 평지 되어 물 밀어 배가 둥둥 뜨거든 오랴시오?"
_{오려 하시오}

하며 손에 꼈던 옥지환玉指環을 벗어 내어 이도령을 주며 하는 말이

"계집의 높은 절개 이 옥지환과 같을지라. 진토塵土 중에 천만 년이 지나간들 옥빛이야 변할쏘냐?"

이도령이

"우리 만날 날이 수이 있을 것이니 부디부디 잘 있거라."
하고 노래 하나를 지어 주니 하였으되

    좋이 있거라 좋이 다녀오마

    좋이 있거라.

    간들 아주 가며 아주 간들 잊을쏘냐

    잠 깨어 곁에 없으니 그를 슬허하노라.
_{슬퍼하노라}

춘향이 글을 보고 화답하니 하였으되

간다고 설워를 마오 보내는 내 안도 있소
　　　　　　　　　　　　　　　마음도
산첩첩山疊疊 수중중水重重한데 부디 평안히 가오
산과 강이 겹겹으로 길을 막았는데
가다가 긴 한숨 나거든 낸줄 아오.

하였더라.

　십 리 밖에 나와 이도령을 전송할새 춘향 하는 말이

　"떠나는 회포는 측량없거니와 나 같은 천첩賤妾은 잊으시
　　　　　　　　한이 없거니와
고 서울 올라가서 학업이나 힘써 입신양명하여 부모께 영화
뵈고 부디부디 나를 수이 찾아오시오. 머리 위에 손을 얹고
기다리이다."

　이도령 말이

　"그런 말이야 어찌 다 형언하리? 부디부디 신信을 지켜
나 오기를 고대하라."

하고 마지못하여 말에 올라 서울을 향할새 돌아보고 돌아보
니 한 산 넘어 오 리 되고, 한 물 건너 십 리 되매 춘향의 형
용이 묘연하니 할길없어 장우단탄長吁短歎 벗을 삼아 올라가
　　　　　　　　하릴없어　　긴 탄식과 짧은 한숨으로
니라.

　춘향이 이도령을 보내고 눈물을 이리 씻고 저리 씻고 북

천北天을 바라본들 이미 멀었는지라 아모려도 하릴없어 집
에 돌아와서 의복단장 전폐하고, 분벽사창粉壁紗窓 굳이 닫
고 무정세월無情歲月을 속절없이 보내더라.

신관 사또

이때 구관舊官은 올라가고 신관新官이 사은숙배하고 집에
임금의 은혜에 감사하며 절을 올리고
돌아와 신연新延 관속官屬 현신現身 받은 후에 이방 불러 분
사또를 맞으러 온 관리들의 인사를 받은 뒤에
부할 즈음에 춘향의 이름을 잊고 묻되

"네 고을에 '양'이가 있느냐?"

이방이 아뢰되

"소인 고을에 양은 없사와도 염소는 한 이십 마리가 있나
이다."

신관이 하는 말이

"업다, 이놈아! 기생의 '양'이가 있느냐?"
어따   기생 중에
이방이 그제야 알아듣고 여쭈오되

"기생 춘향이 있사오되 이름은 기생안妓生案에는 없나이다."
기생 명부名簿
신관이 이 말을 듣고 놀라 청전靑氈을 다그이 앉고 이르되
푸른색 털방석을 가까이 옮겨 앉고
"이 말이 어인 말인다?"
말이냐
이방이 여쭈오되

"다름이 아니오라 구관 사또 자제 도련님과 상약相約한
후 대비정속代婢定屬[112]하고 지금 수절하고 있나이다."
기생 신분에서 벗어나
신관이 하는 말이

"이 무삼 말고? 어린 자식들이 작첩作妾이란 말이 되는
    무슨 말인고   첩을 얻는다는
말가? 아직 물렸어라!"
말인가

하고 치행하여 떠날새 남대문 바삐 나서 칠패七牌 팔패八牌

청파靑坡 돌모로 동적이[113]를 얼풋 지나 신수원新水原[114] 숙소
                            얼핏
宿所하고, 상류천上柳川 하류천下柳川 죽믯 오뫼[115]를 지나 진

위振威 읍내 중화中火하고, 칠원七院 성환成歡 빗트리[116] 천안
평택   점심을 먹고
삼거리 숙소하고, 진계역[117] 바삐 지나 덕평德坪 인주원仁周院

광정廣程 몰원[118] 공주 감영監營 중화하고, 널티 경천敬天 노

성魯城[119] 숙소하고, 은진恩津 닥다리 여산礪山 능기울 삼례參

禮[120]를 지나 전주全州 들어 중화하고, 노고바위[121] 임실任實을

얼풋 지나 남원 오리정五里亭[122]에 다다르니, 일읍一邑 관속
                                                온 고을
이 위의威儀 차려 영접하되 청도淸道[123] 한 쌍, 홍문紅門[124] 한
      갖추어   청도기淸道旗   붉은색 문기門旗
쌍, 주작朱雀[125] 남동각南東角 남서각南西角[126] 홍초紅招.[127] 남
    주작기朱雀旗   홍초기紅招旗
문藍門 한 쌍, 황문黃門 한 쌍, 순시巡視[128] 한 쌍, 백문白門 흑
                                순시기巡視旗
문黑門 각 한 쌍, 금고金鼓 한 쌍, 호총號銃[129] 한 쌍, 나쟁 한
                  쇠북   작은 징
쌍, 저 한 쌍, 호적胡笛 두 쌍, 나발 두 쌍, 곤장 한 쌍, 영기
    피리   태평소   나팔   군령 깃발
令旗 열 쌍, 좌관이左貫耳 우영전右令箭[130] 앞세우고, 난후별대
                                                훈련도감의 특
欄後別隊 제집사장교諸執事將校 좌우에 벌였는데, 아이기생 녹
수 기병 부대 의식을 집행하는 관리와 장교들이   어린 기생은 연두저
의홍상綠衣紅裳, 어른 기생 착전립着氈笠하고, 늙은 기생 영솔
고리와 다홍치마를 입고, 어른 기생은 벙거지를 쓰고   늙은 기생이 앞에서 이
領率하여 모든 관속이 배행陪行하니 위의威儀 거룩하되 신관
들을 거느리고   사또 행차를 모시고 따라가니

춘향전 _ 215

의 속마음은 춘향만 오매불망이라.

도임 후에 환상還上 전결田結[131] 펴 줄 것을 묻지 아니하
_{백성들에게 곡식 빌려주는 일은}
고, 우선 기생 점고點考[132]하랴 기생안을 앞에 놓고 차례로
_{기생 인원 수를 하나하나 조사하러}
호명呼名하여 채련이 홍련이 봉월이 추월이 등이 다 나오되
춘향의 이름이 없거늘 이방을 불러 묻되

"춘향의 이름이 도안都案에 없으니 그 어인 일고?"
_{명부名簿}

이방이 대답하되

"춘향이 대비정속 후 지금 수절하고 있나이다."

신관의 말이

"계란 수절이 어이 있으리오? 바삐 잡아들이라!"
_{지가}

하니 군노사령 등이 우드덩퉁탕 바삐 가서 대문을 발로 차
며 춘향을 부르니, 춘향이 크게 놀라 나와 곡절을 물은즉 잡
으러 온 관차官差여늘 춘향이 울며 어미를 불러 우선 주안酒
_{관아에서 파견된 아전} _{술상을}
案을 차려다가 먹인 후에 돈 닷 냥을 주며 이른 말이

"이것이 약소하나 사양치 말고 주채酒債나 하라."
_{술값이나}

하니 군노 등이 거짓 사양하다가 받으며 하는 말이

"우리 난장결치亂杖決治를 당하여도 말없이 할 것이니 염
_{우리가 마구 매를 맞아 결딴나는 일을 당하더라도}
려 말라."

하고 돌아가서 관가에 아뢰되

"춘향이가 삼사삭三四朔 병이 들어 명재경각命在頃刻하였
_{서너 달} _{목숨이 경각에 달려 있기에}

기로 못 잡아 대령하였나이다."

신관이 대로하여 갔던 사령을 엄곤하옥嚴棍下獄하라 하고
_{엄하게 곤장을 쳐서 옥에 가두라 하고}
장차將差¹³³를 분부하여
_{체포 담당 관원에게 분부를 내려}

"잡아 대령하되 만일 더딘 폐 있으면 크게 속으리라!"
_{고생하리라}
하니

"뉘 영令이라 거스리오?"

모든 장차가 나가 춘향의 집에 가서 하는 말이

"너로 하여 다른 사람이 다 죽겠으니 인정 볼 길 없는지라 바삐 가자!"

재촉하거늘 춘향이 울며 이른 말이

"여러 오라버니, 들어 보오. 자과自過는 부지不知라 하거니
_{자기의 잘못은 자기가 알지 못한다고}
와 유죄 무죄 간 성화같이 잡아오라 하니 내 무삼 죄 있나뇨?"

차사差使 등의 말이

"네 형상이 비록 가긍가련可矜可憐하나 우린들 어찌하리?
_{가엽고 불쌍하나}
무가내하無可奈何라 바삐 감만 같지 못하니라."
_{달리 어찌할 수 없으니}

춘향이 하릴없어 머리를 싸매고 헌 저고리에 몽동치마
_{몽당치마}
두루치고 헌 짚신을 끌고 죽으러 가는 양의 걸음으로 가며 내내 울고 관가에 이르니, 신관이 뇌성같이 소리 질러

"잡아들이라!"

하거늘 계하에 섰던 나졸이 일시에 내달아 춘향의 머리를

선전緝廛 시정市井 통비단 감듯, 상전床廛 시정 연줄 감듯, 사
<small>비단 가게 상인이   잡화 가게 상인이</small>
공놈의 닻줄 감듯 휘휘츤츤 감아쥐고 동당이쳐 잡아들이니,
<small>　　　　　　　　　　　　　　　　내동댕이쳐</small>
신관이 춘향을 한 번 보매 심중에 혜오되
<small>　　　　　　　　　　　　　헤아리되</small>

　'형산荊山[134] 백옥이 진토塵土에 묻힌 형상도 같고, 밝은
　<small>형산에서 나는 가장 아름다운 옥이 흙속에 묻힌 모습 같고</small>
달이 떼구름 속에 숨은 형상도 같으니 더욱 수수하다!'

하며 침을 줄줄 흘리는지라. 이낭청李朗廳[135]을 돌아보며 하는 말이

　"듣던 말과 같은 줄 아는가?"

　이낭청 대답이 이현령비현령耳懸鈴鼻懸鈴으로 하여 신관
<small>　　　　　　　　귀에 걸면 귀걸이, 코에 걸면 코걸이로</small>
의 마음만 맞추더라.

매 맞는 춘향

신관이 분부하되

"네 본읍本邑 기생으로 도임到任 초초初에 현신 아니키를 잘
_{사또가 처음 부임했는데 인사하지 않은 것이 잘한 일}
하느냐?"
_{이냐}

춘향이 아뢰되

"소녀 구관 사또 자제 도련님 뫼신 후에 대비정속代婢定
屬 하온 고로 대령치 아니하였나이다."

신관이 증을 내어 분부하되
_{짜증}

"괴이하다! 너 같은 노류장화路柳墻花가 수절이란 말 고
_{창기娼妓가}
이하다! 네가 수절하면 우리 마누라는 기절할까? 요망한 말
말고 오늘부터 수청 거행하라!"

춘향이 여쭈오되

"만 번 죽사와도 이는 봉행치 못할소이다."

신관의 말이

"네 잡말 말고 분부대로 거행하여라."

춘향이 여쭈오되

"고언古言에 충신은 불사이군不事二君이요 열녀는 불경이
_{옛말에}　　　_{충신은 두 임금을 섬기지 않고}　　　_{열녀는 두 남편을 섬기}
부不更二夫라 하오니 사또께서는 응당 아실지라. 만일 국운
_{지 않는다}

이 불행하여 난시亂時를 당하오면 사또께서는 도적에게 굴
　　　　　　어지러운 때를
슬屈膝하시리이까?"
무릎을 꿇고 복종하시겠습니까

　　　신관이 이 말을 듣고 대로하여 강변에 덴 소 납뛰듯[136]
　　　　　　　　　　　　　　　　　불난 강변에 덴 소가 날뛰듯
하며 춘향을 바삐 형추刑推하라 하니 나졸이 내달아 춘향을
　　　　　　　　형장으로 때리며 신문하라
결박하여 형틀에 앉힌 후에 형방이 다짐[137] 사연辭緣을 읽혀
들이니 하였으되

　　　　살등여의신白等汝矣身[138]이 근본 창기지배娼妓之輩여늘
　　　　아뢰건대 너는　　　　　　　　　창기의 무리거늘
　　　　불고사체不顧事體하고 수절 기절이 하위지곡절何爲之曲切
　　　　사리와 체면을 돌보지 않고　　수절이니 기절이니 하는 것이 무슨 곡절이며
　　　　이며, 또한 신정지초新政之初에 관정官庭 발악하며 능욕
　　　　　　　　　　신임 사또가 고을을 다스리는 초기에 관아 뜰에서 발악하며 사또를
　　　　관장凌辱官長하니, 사극해연事極駭然이라 죄당만사罪當萬
　　　　능욕하니　　　　　　일이 지극히 해괴한지라　　그 죄가 만 번 죽어 마
　　　　死니 우선 엄형중치嚴刑重治하시는 다짐 사연이라.
　　　　땅하니　　엄하게 형벌하고 무겁게 다스리라고 하시는

하고 집장執杖[139] 분부하여
　　　곤장을 치는 군졸에게
　　"매우 치라!"

하는 소리에 춘향의 간장肝腸이 봄눈 스듯 할 제 군노 등이
　　　　　　　　　　　　　　　　녹듯
주장朱杖 곤장 도리매 다 버리고 형장刑杖을 눈 위에 들어 검
붉은 칠을 한 몽둥이　'곤장'의 옛말　　　신문할 때 쓰는 5척 길이의 몽둥이　　곤장
장檢杖 소리 발맞추어 한 번 후리치니, 청천백일에 벽력 소
치는 수를 세는 소리에
리 같은지라. 신관이 이르되

　　"이제도 분부 거역할쏘냐?"

춘향이 여쭈오되

"사또께서 이리 마시고 용천검龍泉劍 태아검太阿劍[140]으로 나의 일신을 둘해내어 아래 토막은 저미거나 오리거나 굽거나 지지거나 갖은 양념에 주무르거나 하고 싶은 대로 하시고, 목은 한양 성내城內에 보내어 주심을 바라나이다!"
<small>둘로 갈라</small>

신관의 말이

"저년, 요악妖惡한 년! 매에 승복하게 매우 치라!"

하니 집장이 매매 고찰하여 한 번 치고 두 번 치니 백옥 같은 다리에 솟아나느니 유혈流血이라. 보는 자 뉘 아니 가련히 여기리오?
<small>심하게 뜻을 살펴</small>

열 장杖부터 삼십 장에 이르러는 불성인사不省人事하여 죽은 듯한지라 분부하여 하옥하라 하니, 사장이 춘향을 앞세우고 영거領去하여 나갈새 춘향이 대성통곡 왈曰
<small>인사불성하여   옥사쟁이가</small>

"내 삼강오상三綱五常을 몰랐던가, 국곡國穀을 투식偸食하였던가? 형문刑問 일차一次도 지원至冤하거든 또 항쇄項鎖 족쇄足鎖하여 가두기는 무삼 일고? 우리 도련님 한 번 보고 죽어지면 한이 없으련마는 이같이 분골쇄신하여 죽기 이르니 이런 극통極痛한 일 또 있는가?"
<small>나라의 곡식을   훔쳐먹었던가   한 번 고문 받은 것만 해도   지극히 원통하거늘   죄인의 목에 씌우던 칼   무슨 일인고   지극히 고통스러운</small>

춘향 어미 하는 말이

"네 수절이란 무엇이니? 잔약한 몸에 중형을 당하니 불쌍도 하거니와 도리어 가증하도다! 내 말대로 수청을 들었던들 저 지경이 될 리 없고, 일읍一邑 권權을 모두 쥐어 남원
_{온 고을의 권세를}
것이 다 네 것이 될 것이어늘, 네 수절이란 것이 무엇인고? 너를 무남독녀로 금옥같이 길렀거늘 이 경상景狀을 보니 어
_{몰골을}
찌 애닯지 않으리오?"

하고 모녀가 서로 힐난할 즈음에 남원 한량들이 춘향의 소문을 듣고 여숙이 군평이 태평이 군빈이 사빈이 의중이 떠중이 털풍헌 안약정141 등물等物이 모두 와서 춘향의 경상을
_{등등의 유類가}
보고 혹 우는 이도 있고, 혹 위로도 하며, 혹 청심환淸心丸도 풀어 넣으며, 혹 동변童便142도 풀며, 혹 민강사탕 귤병橘餅143 등물도 권하여 한바탕 분분히 지저귀다가 무숙이는 춘향 업고, 군평이는 부채질하고, 떠중이는 칼머리를 받들고, 태평이 군빈이 등은 좌우로 옹위하여 머지 아니한 옥문을 천신만고하여 다다르니 그 창황분주蒼黃奔走하는 모양이 가히 보암직하더라.

춘향이 한량을 보낸 후 낙루차탄落淚嗟歎 왈
_{눈물을 흘리고 한숨을 쉬며}
"일구월심에 나의 설움을 어찌할꼬? 옛적 명현성덕明賢
_{어질고 성스러운 덕}
聖德 주문왕周文王도 유리옥羑里獄에 갇혔다가 고국으로 돌아
_{을 지닌} _{유리羑里의 감옥에}
가시고,144 정충대절精忠大節 중랑장中郎將도 철옹성에 갇혔다
_{순정한 충성과 큰 절개를 지닌 중랑장 소무蘇武도 흉노匈奴의 포로가 되었다가}
가 고향으로 돌아왔으니,145 이런 일을 볼작시면 나도 언제

나 옥중을 벗어나서 우리 도련님을 만나볼까?"

하며 거적자리에 칼머리를 베고 누워 정신이 혼미하더니, 춘향 어미 미음을 가지고 와서 춘향을 불러 왈

"춘향아! 죽었느냐, 살았느냐? 어찌 음성이 없나니? 이를 어찌하잔 말인고?"

하고 방성대곡放聲大哭할 즈음에 춘향이 놀라 정신을 차려 본즉 제 어미 미음을 권하거늘 춘향의 말이

"용미봉탕龍味鳳湯 팔진미八珍味[146]라도 먹기 싫을지라. 아
세상에서 가장 맛있는 음식이라도

모랴도 도련님을 다시 못 보고 죽겠으니 이 유한遺恨을 어찌
아무래도

하리오? 내 병은 편작扁鵲[147]이라도 할 길 없는지라. 만일 죽거든 육진장포六鎭長布[148]로 열두 막기[149] 즐끈즐끈 동여 아무
열두 번 매듭지어

명산대천이라도 묻지 말고 한양 경내境內 올려다가 도련님 다니는 길에 묻어 주면 도련님 왕래시에 음성이나 듣게 하여 주오."

하거늘 그 어미 하는 말이

"이것이 웬 말인고? 너를 부생모휵父生母慉하여 진자리
부모가 낳고 길러

마른자리 가리어 누이고 쥐면 꺼질까, 불면 날까 하여 길러 내었더니, 이제 원수의 몹쓸 놈을 철석같이 믿고 수절인지 정절인지 하다가 이 형벌을 받으니 그 어찌 원통치 않으리오? 너도 마음을 두루혀 생각하여 어미 간장을 태우지 말고
돌이켜

수청 거행하면 그 아니 기쁠쏘냐?"

춘향의 말이

"모친은 이런 말 두 번도 마오. 어느 하늘에 비가 올지 눈이 올지 사람의 일을 모르나니 죽을지언정 내 마음은 천지 같을지라. 모친은 부질없는 염려 말고 집에 돌아가오."[150]

꿈

 이러구러 여러 달이 되매 장우단탄長吁短歎으로 벗을 삼아 세월을 허송하더니, 일일은 비몽사몽간에 주유천하周遊天下하다가 집에 돌아오니 방문 위에 허수아비를 달았고, 뜰에다가 앵도화가 떨어지고, 보던 몸거울이 한복판이 깨어졌거늘, 놀라 깨달으니 남가일몽南柯一夢151이라. 혜오되
 '이 꿈이 괴이하다! 화서몽華胥夢152 칠원몽漆園夢153에 남양南陽 초당草堂 큰 꿈154인가? 이것이 무삼 일고? 내가 죽을 꿈이로다! 죽기는 섧지 않거니와 도련님을 다시 못 보고 죽으면 눈을 감지 못하리라.'
하고 한탄할 즈음에 건넌 마을 허봉사許奉事155란 판수156가 마침 지나가거늘 옥졸더러 판수를 부르되 죄수 춘향이 부른다 하니 허봉사가 옥길을 찾아갈새 길에 풀이 가득하매 옷을 거두쳐 안고 눈을 희번득이며 코를 찡끗거리고 막대를 휘저으며 입을 쉬파람 불며 오다가 쇠똥에 미끄러져 개똥에 엎더져 손을 짚으니 제 혼잣말로
 "이리 미끄러우니 쇠똥이로고!"
하면서 손을 뿌리치다가 옥담 모롱이에 부딪치니 아픔을 견

디지 못하여 입에 넣으니 어찌 가소롭지 않으리오? 옥문을 찾아가니 춘향이 들어오라 하거늘 봉사가 들어가 앉으며 하는 말이

"네 일이야 할 말 없다. 장처杖處나 만져 보자."
_{곤장을 맞은 자리나}

하거늘 춘향이 두 다리를 끌러 보라 한대 판수놈이 음흉陰譎하여 장처는 만져 보지 아니하고 두 손으로 종아리부터 치만지며 하는 말이
_{음흉하여}

"아뿔싸, 몹시 쳤고나! 네가 제 원수런가? 김패두金牌頭[157]가 치더냐, 이패두李牌頭가 치더냐? 똑바로 일러라. 내게 굿날 받으러 오거든 절명일絶命日을 가리어 줄 것이니 그 설치雪恥는 내가 하여 주마."
_{굿을 하는 날을   죽을 날을}

하고 이리 만지며 저리 만지며 점점 들어가다가 정작 두짐닷뭇곳[158]을 범하니, 춘향이 분을 못 이기어 바로 뺨을 치려다가 점을 잘 아니할까 하여 도리어 눅쳐 이른 말이

"봉사님, 혜여 보오. 우리 부형과 좋은 벗으로 다니더니 나의 운수 불행하여 부친이 먼저 돌아가시니 봉사님은 변시便是 부형과 다름이 없는지라 상常없이 그리 말고 점이나 잘 하여 달라."
<sub>헤아려   곧
                                 상스럽게</sub>

하니 판수놈이 말눈치를 알아듣고 어리숭하게 대답하되

"네 말이 옳다. 우리 사이가 세교世交[159]뿐 아니라 비슥
_{비슷하게}

척분戚分¹⁶⁰이 있나니, 우리 동리 이서방 팔촌형의 외손녀요, 어찌하면 복상服喪¹⁶¹ 칠촌이 되는 법하니라."

춘향이 알아듣고 하는 말이

"봉사님을 부모로 아니 점이나 잘하여 주오."

하고서 돈을 주니 판수 사양하며 왼손으로 받으면서 하는 말이

"우리 사이에 복채 없어든 관계할까? 꿈말이나 자세히 이르라."

하거늘 춘향이 수말首末을 다 이르니 봉사가 그제야 산통算
　　　　　　　　　처음부터 끝까지
筒¹⁶²을 높이 들어 축왈祝曰
　　　　　　　　축원하기를

천하언재天何言哉아 고지즉응叩之卽應하시나니 신기령의
하늘이 무슨 말씀을 하실까　두드리면 곧 응답하시리　　　영험하신 신령
神旣靈矣어시든 감이수통感而遂通하소서.¹⁶³
께서는　　　　　　감응하시어 통하게 하소서
모년 모월 모일에 유명有明 조선국 팔도 삼백육십주
　　　　　　　　명나라 시대
三百六十州¹⁶⁴ 내에 전라도 남원부 아무 면면 거居하는 곤
　　　　　　　　　　　　　　　　　　　　　　　여자
명坤命 아무 생生 양위兩位 부처夫妻 금년 신수 길흉 여부
　　　　　　　부부 두 사람의
와 모일 야간 몽사夢事가 여차여차如此如此하옵기 근복
　　　　　　　　꿈에 나타난 일이 이러이러하므로　　　삼가 엎
문근복문文謹伏問하오니, 복걸伏乞 소강절邵康節¹⁶⁵ 주소공周召公¹⁶⁶
드려 여쭈오니　　　엎드려 빌건대　　　　　　　주공周公과 소공召公
곽박郭璞 이순풍李淳風¹⁶⁷ 제갈공명 홍계관洪繼寬¹⁶⁸ 제위
　　　　　　　　　　　　　　　　　　　　　　　　　여러
諸位 선생은 의시상괘宜示上卦 이결길흉以決吉凶하소서!
　　　　　　가장 좋은 점괘를 보여　　길흉을 결정해 주소서

하고 점을 해제解題하여 이르는 말이
풀이하여

　　화락花落하니 능성실能成實이요
　　경파鏡破하니 기무성豈無聲가?
　　문상門上에 현허인懸虛人하니
　　만인萬人이 개앙시皆仰視라.

　　이 글 뜻은

　　꽃이 떨어지니 능히 열매를 이룰 것이요
　　거울이 깨어지니 어찌 소리 없으며,
　　문 위에 허수아비를 달았으니
　　일만 사람이 우러러 보리로다.

　　하였으니, 이는 반드시 이도령이 급제하여 수이 만나볼
　　　점괘라.

하거늘 춘향의 말이
　"어찌 그렇기를 바라리오?"
　봉사의 말이

"고름 맺고 내기할 것이니 조금도 염려 말고 그사이 잘
있으라."
　　옷고름

하고 가거늘 춘향이 혜오되

"만일 이 점괘 같을진대 그런 즐거운 일 어디 있으리오?"

하고 이렇듯 주야로 번뇌하더라.

장원급제

　　이때 이도령이 올라가서 주야로 학업을 힘쓰매 세사世事를 전폐하고, 상투를 복고개¹⁶⁹ 달고, 송곳으로 다리를 찌르며, 침 뱉어 손에 쥐고, 책상을 다그어 놓고 공부를 지성으로 할 제 『천자』千字 『유합』類合¹⁷⁰ 『동몽선습』 사서삼경 백가서百家書를 달통하여 이태백 유종원柳宗元 백낙천白樂天 두자미杜子美를 압두하니 어찌 당시 문장 아니리오?
　　이때 시화세풍時和歲豊하고 우순풍조雨順風調하여 강구康衢에 「격양가」擊壤歌를 화답하는지라 위에서 어진 선비를 빼시려고 태평과太平科¹⁷¹를 뵐새, 이도령이 시지試紙를 둘러메고 장중場中에 들어가 현제판懸題板을 바라보니 "강구康衢에 문동요聞童謠"라 하였거늘, 시지를 펼쳐 놓고 용미연龍尾硯¹⁷²에 먹을 갈아, 황모필黃毛筆에 묻혀 일필휘지一筆揮之하니 문불가점文不加點이라.
　　일천一天에 선장先場하니 상시관上試官이 받아 보니 문필이 무흠無欠이라 귀귀 관주貫珠요 자자字字 비점批點에 상지상上之上¹⁷³ 장원급제를 하니 고호명高呼名하니 이도령이 바삐 걸어 옥계玉階에 나아가 천은天恩을 사배四拜하고 물러 나올

적에 머리에 어사화御賜花요, 몸에 청삼靑衫이요, 허리에 야
대也帶요, 좌수左手에 옥홀玉笏, 우수右手에 홍패紅牌로다. 이
원梨園¹⁷⁴ 풍악이 전도前導하고 금안백마金鞍白馬에 비껴 앉아
대도상大道上으로 나아가니, 부르나니 선달先達이요, 진퇴進
퇴하나니 신래新來로다. 집에 도문到門하고 삼일유가三日遊街
후 산소에 소분掃墳하고 돌아와서 옥계에 숙배肅拜하온대 상
上이 하교下敎하시되

 "네 아비 국가의 주석지신柱石之臣이라 오늘날 네 얼굴과
문필을 보니 어찌 아름답지 아니하리오?"

하시고 소원을 물으시니 이도령이 여쭈오되

 "천하 태평하오매 구중궁궐이 깊고 깊사와 백성의 질고
疾苦를 살피지 못하오실지라 신이 각도各道에 순행하여 수령
의 선악과 백성의 우락憂樂을 염탐하와 성상聖上의 교화를
펴고자 원이로소이다."

상이 들으시고 가라사대

 "네 말이 가장 애군지심愛君之心이 간절하니 나의 고굉지
신股肱之臣이로다!"

하시고 즉시 삼남도三南道 어사御史를 하이시니 어사가 즉시
하직하고 물러 나가 치행할새, 마패馬牌를 고도리뼈에 차고
역졸驛卒로 약속하여 먼저 가서 탐문하라 하고, 행색을 차리

되 칠 푼짜리 헌 파립破笠에 편자[175] 터진 헌 망건 박쪼가리
　　　　　　　찢어진 낡은 갓에　　　　아래쪽이 찢어져 졸라맬 수 없는 헌 망건에다
관자貫子 달아 물렛줄로 당끈 하고, 헌 도포에 오 푼짜리 무
박 조각으로 만든 싸구려 관자를 달아　상투를 동여매는 당줄로 삼고
명 동다위를 양지머리에 진뜩 눌러 띠고, 칡것 미투리를 낙
단면이 둥근 무명 끈을　　　가슴살　　　　　　　　칡으로 만든 미투리를
복지落幅紙[176]로 들메고, 세살부채[177]로 차면遮面하고, 버선목
헌 종이로 발에 동여매고　　　찢어진 부채로　　얼굴을 가리고　　　사각형 주
주머니에 탄 담배 돌통대가 제법이라.
머니에　　　담배 꽁초와 짤막한 담뱃대가

　　가만히 숭례문 내달아서 칠패 팔패 돌모로 백사장[178] 동

적이를 바삐 건너, 승방뜰[179] 남태령 급히 넘어 과천 인덕원
　　　　　　　　　　　여우고개

仁德院 갈뫼 사그내 참나무정이[180]를 얼풋 지나 진위 칠원 소

새[181] 성환 빗트리 천안삼거리 진계역을 급히 지나 덕평 원
　　　　　　비트리　　　　　　　　김제역

터 인숙원 새술막[182] 지나, 공주公州 금강錦江을 얼풋 건너 은
　　　인주원

진 닥다리 여산 능기울 삼례를 지나, 전주 성안에 가만히 들

어가 여기저기 염문廉問하고 노고바위 임실任實을 다다르니,

이때는 삼춘 호시절이라.

변사또의 쇠코뚜레 공사

한곳을 바라보니 원산遠山은 중중重重, 근산近山은 첩첩疊疊, 태산泰山은 막막漠漠, 기암奇巖은 층층層層, 장송長松은 낙락落落,[183] 간수澗水는 잔잔, 비오리 둥둥, 두견 접동은 좌우
_{골물은}
에 넘노는데, 열없는 산山따오기는 이 산으로 가며 따옥, 저
_{쑥스러운}
산으로 가며 따옥 울음 울고, 또 한편 바라보니 수국새는 저
_{뻐꾸기는}
산으로 가며 수국, 이 산으로 가며 수국 울음 울고, 또 한편을 바라보니 마니산摩尼山 갈가마귀 돌도 차돌도 아무것도 바히 못 얻어먹고 태백산 기슭으로 이렇듯 울음 울고, 또 한
_{전혀}
곳 바라보니 층암절벽간에 홀로 우뚝 섰는 고양나무 겉으로
_{고욤나무}
벌레먹고 좀 먹어 속은 아무것도 없이 아주 텡 비었는데, 부리 뾰족, 허리 질룩, 꽁지 뭉둑한 따져구리 거동 보소. 크나
_{딱따구리}
큰 대부동을 한아름 들입다 흠석 안고 툭두덕 꿉벅거리며
_{아름드리 굵은 나무를}
툭두덕 꿉벅 구을리는 소리 그인들 아니 경景일쏘냐?
_{둥글게 깎는}
또 한곳 바라보니 각색各色 초목 무성한데, 천두목 지두목[184] 백자목栢子木 행자목杏子木 회양목, 늘어진 장송, 부러
_{잣나무} _{은행나무}
진 고목, 넓적 떡갈, 산유자 검팽 느릅 박달, 능수버들들은 한 가지 늘어져, 두 가지 펑퍼져 휘넘늘어져 굽이층층 맺혔

는데, 십 리 안에 오리나무, 오 리 밖에 십리나무, 마주섰다 은행나무,[185] 님 그려 상사나무,[186] 입 맞추어 쪽나무, 방귀 뀌어 뽕나무, 한 다리 전나무, 두 다리 들믜나무, 하인 불러 상나무,[187] 양반 되어 귀목나무,[188] 부처님 전前 고양나무[189]

들메나무

구경 다 한 후에 또 한 모롱이 돌아가니 상평전上坪田 하평전下坪田 농부들이 갈거니 심거니 「격양가」 노래하니

위아래의 논밭에서

시화세풍 태평시太平時에 평원광야平原曠野 농부네야

우리 아니 강구미복康衢微服으로 동요 들던 요임금의 버금인가?

우리가 태평성대의 거리에 미복 차림으로 나와 아이들의 노래를 듣던 요임금의 바로 아랫자리에 있는 사람들 아닌가

얼널널 상사대

함포고복含哺鼓腹 우리 농부 천추만세 즐거워라

부른 배를 두드리는

얼널널 상사대

순임금 만든 장기 역산歷山에 밭을 갈고[190]

쟁기

신농씨神農氏 만든 따비[191] 천만세 유전遺傳하니

그인들 농부 아니신가?

산승[192] 같은 혀를 물고 잠을 든다

웃기떡

얼널널 상사대

거적자리 치켜 덮고 연적硯滴 같은 젖을 쥐고

얼널널 상사대

234

노래를 부르거늘 어사가 부채 차면遮面하고 이 소리를 다
          부채로 얼굴을 가리고
들은 후에 농부더러 묻는 말이 반말로

"저 농부야! 말 좀 물어 보고지고."

여러 농부 섰다가 한 농부가 내달아 이른 말이

"꼴먹산이 어지럽고! 동떨어진 말 뉘게다가 하나뇨? 말
 꼬락서니 어지럽구나   높임말도 반말도 아닌 말을 누구에게 하는가
은 무삼 말고? 약계 모퉁이 헐고 병풍 뒤에서 잠 잘 자다가
  무슨 말인고   자다가 봉창 두드리나
왔삽나?"193

하고 욕설이 비경非輕할 제 그중 늙은 농부가 내달아 말리는
            가볍지 않은데
말이

"내 풍편風便에 들은즉 어사 났단 말이 있으니, 이 사람
       소문을
괄시 마소. 그도 바이 맹물은 아니기로 세폭자락194에 동떨
         전혀   아무지지 못하고 싱거운 사람 양반이랍시고 말을 반말 비슷
어진 말 하니, 괄시 마소."
하게 하니
하거늘 이도령이 이 말 듣고 혼잣말로

'인사은 늙어야 쓴단 말이 옳다!'
  사람
하고 또 묻되

"이 골 원님 정사政事가 어떠하며 민폐는 없으며 또 호색
하여 춘향을 수청 들였단 말이 옳은지?"

농부가 증내어 하는 말이
       성내어
"우리 원님이 공사公事는 잘하는지 못하는지 모르거니와

참나무 마주 휘운 듯이 하니 어떻다 하리오?"
         휘게 한

춘향전 _ 235

이도령 하는 말이

"그 공사 이름이 무엇이라 하더뇨?"

농부가 앙천대소 왈

"그 공사는 쇠코뚜레 공사[195]라 하느니라. 욕심은 있는지 없는지 민간의 미전米錢 목포木布를 다 고무래질하여 들이니
_{포목} _{바닥까지 싹싹 긁어}
어떻다 하리오? 또 원님이 음물淫物이라 철석같이 수절하는
_{음란하고 방탕한 물건이라}
춘향이 수청 아니 든다고 엄형엄수嚴刑嚴囚하였으되 구관의
_{엄중히 형벌하고 가두었으되}
아들인지 개아들인지 한 번 떠난 후 종무소식終無消息하니
_{끝내 아무 소식이 없으니}
그런 쇠자식이 어디 있을까 보오?"

하니 이도령이 서서 듣다가 하는 말이

"남의 일은 알지 못하거니와 욕은 과히 말라."

하고 돌아서서 혼잣말로

"대저 양반이 욕을 참혹히 보았도다."

하고 한 모롱이 돌아가니 단발촌동短髮村童들이 쇠스랑 호미
_{짧은 머리의 시골 아이들이}
둘러메고 「산유화」山有花 소리하며 나올 제 하는 말이
_{농부가의 하나인 「산유화가」山有花歌}

어떤 사람은 팔자 좋아 호의호식 염려 없고

어떤 사람은 사주四柱 기험崎險하여 일신이 난처한가
_{사주팔자가 사나워}
빈부고락貧富苦樂 들어 보세.

또 한 아이 소리하되

이 마을 처녀 저 마을 총각

남가여혼男嫁女婚 제법일다.
시집 장가   제법이로다

공변된 하늘 아래

세상일이 경위도지다.[196]
         사리에 맞도다

하거늘 이도령이 서서 보다가 혼잣말로

"조 아이는 의붓어미 손에 밥 얻어먹는 놈이요, 저 아이는 장가 못 들어 애쓰는 녀석이로다."

하고 또 한곳 바라보니 황하수 난하수灤河水 폭포수를 이리
                              하북성의 강
둘러 저리 둘러 한데 합류하였다가 굽이굽이 콸콸 워렁퉁텅 내려갈 제 꽃은 피었다가 절로 떨어지고 잎은 돋았다가 한 치 광풍에 떨어져 낙엽 되니 그인들 경이 아닐쏘냐?

또 한 모롱이 돌아드니 한 주막에 반백 노인이 한가히 앉아 청올치 노를 뷔며 「반나마」[197]를 부르니
  칡덩굴 속껍질로 노끈을 꼬며

반나마 늙었으니 다시 젊든 못하여도

이후나 늙지 말고 매양 이만 하였고저

백발이 제 짐작하여 더디 늦게 하여라.

하며 슬슬 뷔며 줄을 낙고거늘 이도령이 보다가
꼬거늘

"저 노인, 말 좀 물어보자니."

노인이 대답 않고 위아래 훑어보며 노래만 부르다가 그제야 하는 말이

"이보시오, 상담常談에 조정에는 벼슬이 제일이요, 향당
흔한 말로   시골에
鄕黨에는 나이 제일이라 하니, 보아하니 인사人事는 알 만한
서는
데 어찌 그리 미거용렬未擧庸劣하뇨?"
          사리에 어둡고 변변치 못하오

이도령 말이

"내 언제 반말하였다고? 그렇거니 저렇거니 들은즉 본
관本官이 호색하여 기생 춘향을 작첩作妾하여 호강한단 말이
이 고을 사또가
옳은지?"

노인이 증내어 하는 말이

"송백松柏 같은 춘향에게 그런 누명을 싯지 마소. 원님이
                                          씌우지
음탕하여 춘향이 수청 아니 든다 하고 엄형嚴刑하여 옥귀신을
                          엄한 형벌을 가하여
만들도록 이도령인지 난정의 아들인지 그런 계집을 버려두
            난장맞을
고 찾들 아니하니 그런 쥐아들 괴아들놈 또 어디 있으리오?"
                          고양이 아들놈
하거늘 이도령 이 말을 들은 후에 춘향 생각이 더욱 간절하
매 일시가 여삼추如三秋라.
        3년처럼 길게 느껴지더라

다시 찾은 춘향 집

바삐 오수獒樹를 지나 남원 성중에 들어가 저리 수근수근
_{전북 임실군 오수면}
이리 쑥덕쑥덕 염문할 제 아전들이 어사 내려온단 말을 풍
편에 듣고 관전官錢 목포木布 환상 전결 복수ト數 문서를 닦
_{관아의 돈} _{토지 면적}
을 적에 4결結에는 한 짐 열 못이요, 6결에는 석 짐 열닷 못
이요,[198] 동창東倉 서창西倉 미전 목포를 무턱으로 내입內入이
_{동쪽 창고와 서쪽 창고의} _{관아에 있는 것처럼 무턱대고}
라 꾸며 이방 호방놈이 부동符同하여 문서 고침을 탐지한 후
_{한통속이 되어 문서를 고치는 모습을}
에 춘향의 집을 급히 찾아가니, 장계長溪의 푸른 풀은 이한離
_{긴 시내의} _{이별의 한을}
恨을 띠어 있고, 동정東庭에 섰는 오동은 별루別淚를 머금었
_{동쪽 뜰에 서 있는} _{이별의 눈물을}
는데, 밧장원은 자빠지고 밧채는 쓰러지고 안채는 기울어져
_{바깥 담은} _{바깥채는}
서까래 고의 벗고 마당은 개똥밭이 되었으니 어찌 한심치
_{벌거벗고}
않으리오?

마당에서 살펴보니 춘향 어미 탕관湯罐에 죽을 쑤며 눈물
로 힐난하여 탄식하는 말이

"나의 팔자 기박하여 조상부모早喪父母하고 중년에 상부
_{남편을}
喪夫하고 말년에 딸 하나 바라더니, 원수 이도령만 믿고 저
_{여의고}
지경을 당하니 이를 어찌 하잔 말고? 바라느니 하느님, 살
피소서!"

하거늘 이도령이 이 말을 들으매 그 경상景狀이 가장 가련한지라 탄식 왈

"차역此亦 일시 액화厄禍니 네 좋을 날이 설마 없으랴!"
　　이 또한

하고 춘향 어미를 부르니 춘향 어미 대답하는 말이

"뉘라서 이 심란心亂 중에 와서 부르는고?"

하고 나와 닉이 보다가
　　　　익히

"거지는 눈도 없는가? 내 집 모양을 보다가 모를쏜가?
　　　　　　　　　　　　　　　　　　　보고도
막내딸 하나 두었다가 옥중에 갇혀 두고 옥바라지 하노라 가산을 탕진하였으니 동냥 줄 것 없는지라. 바삐 돌아가라!"

하거늘 이도령이 심중에 웃으며 또 부르니 춘향 어미 그리하여도 몰라보고

"그 뉘시오? 김권농金勸農199인지 환상還上 재촉하러 왔나보되 이 중에 할 수 없으니 죽이거나 살리거나 하라!"
　　이런 상황에 빚을 갚을 길이 없으니

하거늘 이도령이 어이없어 또 부르되

"전前 책방 도련님이로라."

하니 춘향 어미 그제야 알아듣고 두 눈을 이리 씻고 저리 씻고 자세히 보다가 깜짝 놀라 하는 말이

"얼굴은 도련님이 분명하나 의복은 종루鐘樓 상거지 모양
　　　　　　　　　　　　　　　종로 네거리의 종각
이니 무삼 일고? 전혀 무명실로 망얽이 하였으니 괴이하다!
　　　　　　　　옷이 심하게 해어져서 무명실로 짠 그물처럼 보이니
애고애고, 저 형상을 눌더러 말할꼬? 현순백결懸鶉百結인들
　　　　　　　누구더러　　　　　　　옷이 해어져서 백 군데나 기웠다 한들

분수가 있지 이것이 어인 일고? 벽해碧海가 상전桑田이 되고 상전이 벽해 된다 한들 어찌 저다지 변하였는고? 애고애고! 도련님 연고로 내 딸 춘향이 옥중에서 죽게 되었으매 우리 모녀가 주야로 바라느니 도련님이요, 기다리느니 도련님일 뿐일러니 이제 저 형상이 내려왔으니 이를 장차 어찌하리오?"

이도령이 모르는 체하고 그 곡절을 물으니 춘향 어미 울며 전후수말前後首末을 일일이 고하거늘 이도령이 거짓 놀라며 하는 말이
_{처음부터 끝까지 모든 일을}

"차역此亦 일시 운건運蹇한 탓이어니와 나도 운수 불행하
_{운수가 막힌}
여 급제도 못 하고 형세 이 지경 되었기로 저나 마지막 보고 가려 하여 불원천리不遠千里하고 왔으니 춘향에게로 가자."
_{천 리 길도 멀다 여기지 않고}
하니 춘향 어미 마지못하여 이도령을 앞세우고 갈새 헌 파립에 짚신 감발하고 대로변에 바람맞은 병인病人같이 비슥
_{짚신 위에 발감개를 하고}   _{풍병風病에 걸린}
비슥 걸어가는 거동이 보기 어려운지라.

옥중 상봉

옥문 밖에 가서 춘향을 부르며

"애고애고! 주야장천 기다리고 기다리더니 잘 되었다, 잘 되었다! 종루鐘樓 상거지 하나 왔으니 보아라, 요년! 보아라!"

하니 이도령이 역정내어 춘향 어미를 밀치고 앞에서 춘향을 부르니 춘향이 기운이 피곤하여 칼머리를 베고 조으더니 부르는 소리에 놀라 이른 말이
_{졸더니}

"그 뉘라서 날 찾는고? 영천수潁川水에 귀 씻던 소부巢父
_{왕위에 오르라는 말을 듣고 귀를 씻던}
허유許由가 진세사塵世事를 의논코자 날 찾는가? 주중군자
_{속세 일을} _{술의 군자}
酒中君子 유령劉伶이가 술 먹자고 날 찾는가? 수양산首陽山
_{절의를 지켜 수양산}
에 아사餓死하던 백이伯夷 숙제叔齊 충절사忠節事 물으려고
_{에서 굶어죽은}
날 찾는가? 아황娥皇 여영女英이 순임군을 찾으려고 날 찾
_{순임금의 두 비妃} _{순임금}
는가? 이태백 시부사詩賦事를 의논코자 날 찾는가? 상산사호
_{이백이 시 짓는 일을} _{상산商山에 은}
商山四皓 바둑 두려 날 찾는가? 천태산天台山 마고선녀가 숙
_{거한 네 고사高士가} _{천태산의 마고할미가 숙향淑香의 행방을}
낭자淑娘子를 물으려고 날 찾는가? 그 뉘라서 날 찾는가?"
_{물으려고}

하거늘 이도령이 또 부르니 춘향이 그제야 음성을 알아듣고 여취여광如醉如狂하여 칼머리를 비껴 안고 벌떡 일어서며
_{취한 듯 미치광이가 된 듯}

"이것이 웬 말고? 꿈인가 생신가? 명천明天이 감동하사
_{밝은 하늘이}

만나게 하심인가? 하늘로서 내려온가? 구름에 싸여 온가?
　　　　　　　　하늘에서　　　내려왔나　　　　　　왔나
그사이 벼슬에 분주하여 못 오던가? 하운夏雲이 다기봉多奇
　　　　　　　　　　　　　　　　여름 구름이 기이한 봉우리에 많으니
峰하니206 산이 막혀 못 오던가? 춘수만사택春水滿四澤하니207
　　　　　　　　　　　　　　　　봄 물이 사방의 못에 가득하니
물이 막혀 못 오던가? 어찌 그리 소식이 돈절頓絶하던고? 북
　　　　　　　　　　　　　　　　　　　　딱 끊어졌던가
망산천北邙山川에 가 다시 볼까 하였더니 금일 상봉하매 반
갑기도 한량없고 기쁘기도 측량없네. 7년 대한大旱에 비 본
　　　　　　　　　　　　한이 없네
듯, 9년 대수大水에 해 본 듯 즐겁기도 그지없다."
　　　　　큰 홍수에
하며 이른 말이

"도련님, 날 살려 내오! 족쇄나 벗겨 주면 걸음이나 걸어 보세. 옥문 밖에 내어 주면 세상 구경 하여 보세. 애고애고, 이 지원至冤함을 어찌하잔 말고? 도련님, 얼굴이나 보셔."
　　　지극한 원통함을　　　　　　　　　　　　　　　　봅시다
이도령이 가까이 나아가니 춘향이 옥문 틈으로 엿보고 낙루차탄 왈

"도련님 저 모양이 어인 일고? 무삼 연고로 저 지경이 되었는고? 도련님은 저리 되고 나는 옥귀신이 되었으니 하늘이 어찌 이다지 무이 여기시는고?"
　　　　　　　　　　　　　밉게
이도령의 말이

"나도 운수가 기험崎險하여 급제는 고사하고 이 모양 되었으니 누를 한하리오? 우리 언약이 지중至重하기로 불원천
　　　　　누구를
리하고 내려오매 고생하던 말이야 어찌 측량할꼬? 우리 둘

이 팔자가 불측하여 아직 이리 되었으니 필경 좋을 때 있을 것이니 조금도 설워 말고 안심하여라."

춘향이 하는 말이

"불쌍하고 불쌍하다! 저 지경으로 내려오니 그사이 오죽 주렸을까?"

하고 어미를 부르니 춘향 어미 하는 말이

"날 불러 무엇하랴나니? 주야장천 바라더니 이제는 바라던 길도 끊어지고, 기다리던 일도 허사로다. 이 설움을 눌더러 하잔 말고?" _{누구더러}

춘향이 대답하되

"아무 말도 다시 마오. 속담에 하늘이 무너져도 솟아날 궁기 있고 죽을병에도 사는 약이 있다 하니, 이런 사색辭色 _{구멍이} _{말과 얼굴빛} 말고 내 말대로 하여 도련님 모시고 집으로 가서 저녁을 덥게 잘하여 드리고, 자던 방에 내 금침衾枕 펴고 날 본 듯이 주무시게 하고, 내일 내 함롱函籠 속의 노리개 앞뒤 비녀 비단필 다 팔아다가 도련님 일습一襲 의복 하여 드리라." _{한 벌}

하고 이도령더러 하는 말이

"부디 내 집에 가서 평안히 쉬고, 명일은 사또 생일이라 잔치 끝에 필경 일이 있을 것이니 칼머리나 들어 달라."

하거늘 이도령이

"아무리 하든지 염려 말라."

하고 춘향 어미를 데리고 가더니, 한 모롱이 지나서며 춘향 어미 하는 말이

"도련님, 어디로 가랴나뇨?"

하거늘 이도령이 어이없어 대답하되

"자네 아무리 구박하여도 오늘 밤만 자고 내일 어디로 갈 것이니 염려 말라."

하고 춘향의 집 가서 밤을 지내고, 이튿날 평명平明에 관문官門 밖에 왕래하여 탐지하니 과연 본관本官의 생일이 적실的實한지라.

변사또의 생일잔치

포진 거동을 살펴본즉 동헌 난간을 이어 보계補階²⁰⁸를 매
_{좌판을 잇대고}
고, 구름차일遮日을 높이 치고, 산수병山水屛 인물병人物屛 모
_{하늘 높이 장막을 치고}　　　　　　_{산수·인물·모란꽃을 그린 병풍을}
란병牡丹屛을 둘렀는데, 화문석花紋席에 면단석綿單席과 만화
　　　　　　　　　　　　　　　　_{홑겹의 무명 돗자리와 온갖 꽃무}
방석滿花方席 초방석草方席을 줄로 친 듯이 펴고, 사롱紗籠 촛
_{늬를 놓아서 짠 방석, 풀로 결어 만든 방석을}　　　　　_{비단 초롱}
대 양각등羊角燈²⁰⁹과 요강 타구唾具 재떨이를 여기저기 벌여

놓고, 인근 읍 수령들이 차례로 앉은 후에 아이기생 녹의홍

상, 어른 기생 착전립着氈笠하고 늙은 기생 영솔領率하여 좌
　　　　　　　_{벙거지를 쓰고}
우에 시립侍立하고, 배반杯盤이 낭자하되, 양금 거문고 생황
　　　　　　　　　_{술상 위에 음식 담은 그릇이}
개약고 소리는 산호편珊瑚鞭 들어 옥반玉盤을 치는 듯, 입춤
_{가야금}　　　　_{산호로 꾸민 채찍}　　_{옥 쟁반}　　　　_{둘이 마주서서 추는 기생춤}
후 검무劍舞 보고, 거문고 남창男唱 듣고 해저에 여창女唱이
　　　　　　　　　　　　　　　　　　　_{해금과 피리}
라. 이도령이 들어가고자 하나 혼금閽禁이 지엄한지라 문밖
　　　　　　　　　　　　　　_{잡인의 출입을 금지하는 일이}
으로 다니면서 혼잣말로

　"이 노름이 고름이 되렷다! 저 놀음이 언마 오래리오?
　　　　_{놀음이}　　　　　　　　　　　　_{얼마나}
아무커나 잘 놀아라. 매우 잘 논다. 이따 가만 보아라. 내 솜
_{아무렇거나}
씨에 똥을 싸 보아라."

하며 문밖에서 기웃기웃하니 문지기가 윷놀이채찍으로 후
　　　　　　　　　　　　　　　_{문지기 군졸이 쓰던 채찍}
리쳐 치며 구박이 태심太甚하매 방황 주저할 즈음에 문군사
　　　　　　　　　　　　　　　　　　　　　　　_{문지기 군}

門軍士가 소피하러 간 사이에 주먹을 불끈 쥐고 돌입하여 동
졸이
헌 앞까지 들어가니 본관이 먼저 보고 대로하여 우선 문군
사를 부과附過하고 나졸 불러
관원 명부에 과실을 기록하고
　"저 걸인을 바삐 꼭뒤 질러 내치라!"
뒤통수의 한가운데를 눌러
하니 좌우 나졸이 일시에 달려들어 이도령을 덜미 잡아 끌어내니 이도령이 할 수 없어 분함을 참고 관문 근처로 다니면서 들어갈 궁리를 생각하더니, 한곳을 바라본즉 동헌 월랑月廊 뒤로 담이 무너져 거적으로 막았거늘 가마니 들치고
집의 좌우 끝에 줄지어 만든 건물
들어가 바로 청상廳上에 올라 하는 말이
대청 위에
　"내 마침 지나다가 오늘 성연盛宴에 음식이나 얻어먹을까
성대한 잔치에
하노라."

하거늘 본관은 미안히 여기고, 운봉 영장은 웃고 하는 말이
불편히
　"이 또한 예사니 좌석에 참예함이 무방하다."

하더라. 이도령이 한가에 앉았더니 이윽고 배반을 들일새
맨끝에
운봉이 통인을 분부하여

　"술상을 갖다가 저 양반께 부어 드리라."

하니 통인놈이 술을 부어 이도령께 드리니 이도령이 받지 아니하고 트집하는 말이

　"내 가만히 본즉 어떤 데는 기생으로 「권주가」하여 술을 드리고, 어떤 데는 떠꺼머리 아이놈 하여 얼넝뚱뚱하니, 어
시켜 　얼렁뚱땅 넘기니　어찌 된

찐 일이뇨? 대저 술은「권주가」없으면 무미無味하니 기생 중 묘한 년으로 하나 보내라."

하거늘 본관이 듣고 이른 말이

"고객苦客이로다! 내 운봉의 말을 듣기로 이런 고약한 꼴
　귀찮은 손님이로다
을 본다."

하고 운봉은 웃고 기생에게 분부하여

"아무 년이라도 가 보라."

하니 한 년이 마지못하여 내려가며 하는 말이

"아니꼬와라.「권주가」없으면 술이 목궁기 넘어 들어가
　　　　　　　　　　　　　　목구멍에
지 아니하나?"

하고 술을 부어「권주가」하되

　　잡으시오 잡으시오 이 술 한잔 잡으시오
　　이 술 한잔 잡으시면 천만 년이나 사오리이다.
　　이 술이 술이 아니라 한무제漢武帝 승로반承露盤에
　　이슬 받은 것이오니 쓰나 다나 잡으시오.

　　이도령 하는 말이

"매우 좋으니 더 하라."

하니 연하여 부르되

인간 이별 만사 중에 독숙공방 더욱 섧다

상사불견相思不見 이내 진정 저 뉘 알리 나뿐이라.
　　　그리워하면서도 만나지 못한

달아 달아 밝은 달아 이태백이 놀던 달아

태백이 죽은 후에 눌과 놀려 밝았나니?[210]
　　　　　　　　누구와

춘면春眠을 늦이 깨어 사창紗窓을 반개半開하니

정화庭花는 작작灼灼하여 가는 나비 머무는 듯
　화려하게 핀 뜰의 꽃에

양류楊柳는 의의依依하여 성기 내를 띠었어라.[211]
　한들한들 수양버들은　　　　　　옅은 안개를

설빈어옹雪鬢漁翁이 주포간주浦間하니 자언거수승거산自
　백발의 어부가　　　　갯가에 사니　　　　물에 사는 것이 산에 사는 것

　言居水勝居山을
　　보다 낫다고 스스로 말하네

배 띄워라 배 띄워라 조조재락만조래早潮纔落晚潮來
　　　　　　　　　　아침 조수 나가자마자 저녁 조수 들어오네

지국총 지국총 어사와 하니 의선어부일견고倚船漁父一肩
　　　　　　　　　　　　　　　　배에 기댄 어부 한 쪽 어깨 높아라

　高라.[212]

백구白鷗야 펄펄 나지 마라 너 잡을 내 아니로다.

성상聖上이 버리시니 너를 좇아 예 왔노라.

오류춘광五柳春光 경景 좋은 데 백마금편白馬金鞭 화류花
　버들 봄빛　　　　　　　　　　　백마 타고 황금 채찍 쥐고 꽃놀이 가자

　柳 가자.[213]

말 없는 청산이요 태態 없는 녹수綠水로다

값 없는 청풍이요 임자 없는 명월이라

그중에 병 없는 몸이 분별없이 늙으리라.[214]

북두칠성 하나 둘 셋 넷 다섯 여섯 일곱 분께

민망한 소지所志 발괄[215] 한 장 아뢰나이다
　　　　　청원서

그리던 님을 만나 정情의 말씀 채 못하여 날이 쉬이 새

　니 그로 민망하니

밤중만

삼태성三台星 차사差使 놓아 샛별 지지하게 하여 주소
삼태성을 차사로 보내

　서.[216]

노래를 파罷한 후에 큰 상을 차례로 들일 제 이도령이 받

아 놓고 보니 모 떨어진 헌 평반平盤에 국수 한 접시, 떡 한
　　　　　　　　　　　둥근 쟁반에

조각, 양지차돌 한 마디, 대초 하나, 밤 하나, 배 한 쪽 놓되
　　　양지머리뼈에 붙은 기름진 고기　　대추

면상面相[217]같이 하여 주거늘, 이도령이 심술을 내어 두 다리
거지 용모에 맞게 주거늘

로 상을 차 엎지르니 좌중이 다 미안히 여기거늘, 이도령이
　　　　　　　　　　　　　　　불편하게

일떠서 그 엎지른 것을 그러모아 소매에 뭇쳐다가 좌상을
기운차게 일어서서　　　　　　　　　　　뭉쳐다가

향하여 뿌리면서

　"아깝다!"

250

하니 본관의 얼굴에 튀었는지라, 본관이 상을 찡기고 하는 말이

"인사불상人事不祥이로고! 원래 운봉의 말을 듣다가 이런
돼먹지 않은 인간이로구나
욕을 보니 절통타!"

하더라. 이윽고 이도령 말이

"나도 부모 은덕으로 글자인지 배웠더니 이런 잔치에 음식 먹고 그저 가기 무미無味하니, 운韻을 부르면 글귀나 짓고 감이 어떠하뇨?"

하거늘 좌중座中 논란이 분분하다가 '기름 고膏' 자, '높을 고高' 자를 내고 지필묵紙筆墨을 주니 이도령이 응구첩대應口輒
거침없이 응대하여
對하여 지어내니 하였으되

금준미주金樽美酒는 천인혈千人血이요

옥반가효玉盤佳肴는 만성고萬姓膏라.

촉루낙시민루락燭淚落時民淚落이요

가성고처원성고歌聲高處怨聲高라.

하였거늘 좌중이 받아 보고 서로 면면상고面面相顧할 제 운
말없이 서로 얼굴을 돌아보는데
봉이 글을 이윽이 본즉 그 글 뜻이

금준의 아름다운 술은 일천 사람의 피요
_{황금 동이의}
옥반의 아름다운 안주는 일만 백성의 기름이라.
_{옥쟁반의}
촉루 떨어질 때 백성의 눈물이 떨어지고
_{촛농이}
노랫소리 높은 곳에 원망 소리 높다

는 말이다. 대저 원을 시비하고 백성을 위함이니 가장 수상하다. 삼십육계三十六計 중에 줄행랑이 제일이라 먼저 빼리라 하고 본관더러 이른 말이
_{사또를   내빼리라}

"내가 명일에 환상還上 시작하겠기로 종일 동락同樂 못하고 먼저 가로라."

하고 먼저 가더라.[218]

어사출또

이윽고 어사 역졸이 마패를 들고 삼문을 두드리면서

"암행어사 출도라!"

소리지르니 일읍이 진동하여 자중지란自中之亂이 되어 부러지느니 해금 저 피리요, 깨어지느니 장구 거문고 등물等物이라. 각읍 수령들이 서로 부딪치며 쥐 숨듯 달아날 제 임실 현감은 갓을 옆으로 쓰며

"이 갓 궁글 뉘가 막았는고?"
_{구멍을}

하며 발광나서 달아나고, 전주 판관判官은 분운紛紜 중에 말
_{종5품 벼슬} _{떠들썩하여 어지러운 중에}
을 거꾸로 타며 하인더러

"말 목이 어디로 갔느냐? 근본 없더냐? 아무커나 바삐
_{본래}
가자!"

하고 여산 부사는 어찌나 겁이 났던지 상투를 쥐궁게 박고
_{쥐구멍에}
하는 말이

"뉘가 날 찾거든 벌써 갔다 하여라!"

하고 뒤죽박죽이 되고 그적에 원님은 똥을 싸고, 이방은 기
_{그때}
절하고, 삼번관속[219]은 오줌 싸고, 내동헌內東軒에서도 똥을
_{향리·군교軍校·관노官奴는} _{지방 관아의 안채}
싼다 하니 원님이 떨며 이른 말이

"겁을 보고 너를 내랏마난 이 뚱에 우리는 뚱으로 망한다!"
겁을 먹어 뚱을 싸겠나마는

하며 한창 분주할 제 어사가 남원 부사를 우선 봉고파출封庫
파면하고

罷黜220하고 조정에 장계狀啓한 후에 동헌에 좌기坐起221를 차
문서로 보고한 뒤에   업무 자리를

리고 전후 공사를 처결하고, 관속의 죄상은 대분부待分付하
분부를 기다리라

라 하고, 우선 춘향을 올리라 하니, 옥사장이 춘향을 압령押
옥사쟁이가   데리고

領하여 들어올 제 춘향이 칼머리를 잡고 울며 하는 말이

"우리 도련님더러 오늘 칼머리나 들어 달라 천만 당부하였더니, 기한飢寒을 못 이기어 어디 갔도다! 오늘은 필경 사생결단이 날 것이어늘 우리 도련님 어디를 가고 이 경상景狀을 아니 보는고?"

하며 방성대곡하더라. 나졸이 춘향을 올린대 형방 아전이 이르되

"어사또 분부 내內에 오늘부터 너를 수청 드리라 하시니
분부에

그대로 거행하라!"

춘향이 여쭈오되

"소녀가 전등前等 사또 자제 도련님과 백년결약百年結約하
전임

였기로 분부 시행 못하겠삽네다."

어사가 이르되

"노류장화路柳墻花는 인개가절人皆可折이라222 너 같은 천
길가의 버들과 담장 밑의 꽃은 누구나 꺾을 수 있는지라

기賤妓로 어찌 이도령을 믿고 수절하리오? 바삐 수청 들라!"

하니 춘향이 여쭈오되

"아무리 천기온들 이미 맹약盟約한 후에 어찌 일구이언하리오? 사또께서 소녀를 만단에 내실지라도 마음을 변혁變革지 못하리로소이다!"
_{일만 토막을} _{바꾸지}

대단원

　어사가 가로되

"너 같은 절개 굳음이 어찌 아름답지 않으리오!"

하고 기생들을 분부하여 춘향이 쓴 칼을 이로 물어뜯어 벗기라 하니 뉘 영令이라 거역하리오? 모든 기생이 달려들어 물어뜯어 벗겨내니 어사가 춘향더러 이르되

　"네 얼굴 들어 나를 보라."

하거늘 춘향이 여쭈오되

　"보기도 싫삽고 말씀 대척(대꾸)하기도 어렵사오니 바삐 죽여 소녀의 원을 이루게 하소서."

　어사가 이 말을 듣고 도리어 가련히 여겨 가로되

　"아무리 싫어도 잠깐 눈을 들어 자세히 보라."

하니 춘향이 그 말을 듣고 의아하여 눈을 들어 살펴본즉 의심없는 이도령이라! 불문곡직不問曲直하고 뛰어올라가며

　"얼싸절싸 좋을시고! 이런 일도 고금에 또 있는가? 옛날 한신韓信(한나라의 개국공신)도 표모漂母(빨래하는 여인)에게 기식寄食(밥을 얻어먹고)하고 소년에 욕을 보다가 한나라 대장 된 줄223 뉘 알며, 강태공도 선팔십先八十(80세 전까지) 궁곤하여 위수변渭水邊에 낚대를 드리우고 있다가 주周나라 정승

될 줄 뉘 알며, 옥중에서 고생하다가 어사 서방 만나 세상 구경할 줄 뉘 알쏘냐? 얼씨고 좋을사! 어사 서방 좋을시고! 이것이 꿈인가 생시인가? 정말인가 거짓말인가? 즐겁기도 그지없네. 어사 서방 즐겁도다! 어제 걸인으로 나를 와 볼 제 오늘 수어사 될 줄 나는 몰랐네!"
수의어사繡衣御史, 곧 어사또

하며 이리 춤추며 저리 춤추어 만가지로 즐길새 춘향 어미 미음 그릇을 들고 오며 하는 말이

"저리 하면 네가 정절을 지켜 이름을 죽백竹帛에 올리
역사책에
느냐? 애고애고, 설움이야! 이 설움도 또 있는가? 만고충신 굴원屈原도 부득기지不得其志하매 멱라수汨羅水에 빠져 죽
뜻을 얻지 못하자
고,²²⁴ 불사이군不事二君 백이 숙제도 충절을 지켜 수양산에
두 임금을 섬기지 않은
주려 죽었으니, 이를 효칙效則하여 열녀가 되려거든 상강湘江
본받아   아황과 여영이
에 빠져 죽음이 그 아니 마땅한가?"
자결한 상수湘水

하며 울고 울 제 관속 등이 춘향 어미를 보고 치하하되

"그런 희한히 기쁜 일 어디 있으리오?"

하니 춘향 어미

"이 말이 어인 말인고?"

하며 삼문 틈으로 기웃이 디밀어 보다가 5리만치 뛰어나와 미음 그릇을 10리만치 흩더지고 손뼉 치며
흩던지고

"얼싸 좋을시고! 하늘 밑에 이런 귀한 격이 또 있는가?

삼대승두선三臺僧頭扇²²⁵에 이궁전이 제격이요, 밀화蜜花 갓끈
고급 접부채에   고급 향이   밀화 구슬을 꿴 갓끈
에 산호격자珊瑚格子가 제격이요, 노인 상투에 불구슬이 제
에 사이사이 꿰어 있는 산호 구슬이   상투를 치장하는 붉은 구슬
격이요, 터진 방앗공이에 보리알²²⁶이 제격이요, 독 틈에 탕
          방앗공이의 갈라진 틈새에 보리알 낀 것이   항아리들 사이에
관²²⁷이 제격이요, 안질眼疾에 노랑 수건이 제격이요, 기생
약탕관이   눈곱을 닦아 노랗게 된 수건
춘향에 어사 서방이 제격이요, 춘향 어미 어사 사위 과분하
다 과분하다! 그것이 참말인가 헷말인가? 어찌 즐겁지 않으
                              헷말인가
리오?"

하고 희불자승喜不自勝하여 궁둥춤을 추며 강동강동 뛰며
      기쁨을 이기지 못하여   엉덩이춤을
  "강동江東에 봄이 드니 길나래비가 훨훨!²²⁸ 얼싸 좋다 지
                    길앞잡이가
허자 좋을시고! 내 딸 춘향이를 두었다가 오늘 경사를 보니
지화자
기쁘기도 측량없고 반갑기도 그지없다. 저마다 딸을 두어
나같이 효도를 볼작시면 부중생남중생녀不重生男重生女²²⁹라
                          아들 낳기를 중히 여기지 않고 딸 낳기를 중히 여긴다고
하는 말이 헷말이 아니로다!"

하고 이리 놀며 저리 노는지라.

　　어사가 남원 예방禮房에게 분부하여 대연大宴을 배설하여

춘향과 동락同樂하며 어사가 공부하여 급제 후 어사를 자원

하여 내려온 말과 춘향의 자초지종自初至終히 고생하던 일을
                              처음부터 끝까지

서로 이르며 비환悲歡이 교집交集하여 종일 놀새, 허판수를
            슬픔과 기쁨이 뒤얽혀

불러들여 상급賞給을 많이 하여 점이 맞은 일을 칭찬하고,

옥졸 불러 식물食物을 주어 기간其間 수고함을 치사하고, 잔
              음식을   그사이

치를 파한 후에 이튿날 어사가 미진未盡한 공사를 다 처결하고, 이 연유로 나라에 세세細細 주달奏達하온대 상上이 들으시고 크게 칭찬하사 가라사대

"자고로 수절한 자가 많되 천기賤妓로 금석金石같이 수절한 자는 희한한 일이니 어찌 아름답지 않으리오?"

하시고 직첩職牒을 내리오사 정렬부인貞烈夫人[230]을 봉封하시고, 어사는 국사國事에 수고하다 하사 가자加資를 돋우시니, 어사가 국은國恩을 감축感祝하여 백배사은百拜謝恩 후에 춘향이를 데리고 올라와 유자생녀有子生女하여 백년해로하니라.

대저 여염 부녀도 수절하기 극난極難하거든 하물며 창가 여자로 정절을 지켜 필경 뜻을 이루니 고금에 희한한 일이매 대강 기록하여 이후 사람으로 충절지행忠節之行을 효칙케 하노니, 비록 장부라도 임군 섬기는 자는 반드시 두 마음을 두지 말지니라.

미주

열녀춘향수절가
완판完板 84장본

상권

1. 용양호위龍驤虎衛: 조선 시대의 중앙 군사 조직인 오위五衛 중 좌위左衛에 해당하는 용양위龍驤衛와 우위右衛에 해당하는 호분위虎賁衛.
2. 「격양가」擊壤歌: 요임금 시절에 태평성대를 누리던 백성들이 불렀다는 노래.
3. 여공女工: 길쌈질 등 여성이 하던 일.
4. 성참판成參判: '참판'은 판서判書 밑의 종2품 관직.
5. 정자산鄭子産: 춘추시대 정나라의 재상.
6. 경상도~계시사: 웅천(지금의 경남 창원시 진해구 일대)의 주씨朱氏가 웅산熊山 천자봉天子峰에 빌어 늦둥이 아들을 낳았는데, 그 아이가 훗날 명나라를 개국한 주원장朱元璋이라는 전설이 있다. '주천의'는 설화 속 주원장의 부친 이름인 듯한데, 실제 주원장의 부친은 강소성江蘇省 출신의 주세진朱世珍이다.
7. 오작교烏鵲橋: 남원 광한루廣寒樓에 있는 다리.
8. 장림長林: 남원 동문 밖의 숲인 동림東林.
9. 선원사禪院寺: 남원 만행산 萬行山에 있는 절.
10. 요천수蓼川水: 남원 동남쪽 요천蓼川의 물.
11. 낙포洛浦의 딸: 낙양洛陽 남쪽을 흐르는 낙수에 빠져 죽어 그곳의 신이 되었다는, 복희씨伏羲氏의 딸 복비宓妃.
12. 반도蟠桃~만나: '반도'는 3천 년에 한 번 열매 맺는다는, 신선 세계의 복숭아. '옥경'은 옥황상제가 사는 서울. '광한전'은 달나라에 있다는 궁전. '적송자'는 신농씨神農氏 때 비를 다스렸다는 신선.
13. 기린麒麟: 중국 고대 신화에 나오는 상상 속의 어진 동물.

| 14 | 삼청동三淸洞: 지금의 서울 종로구 삼청동.
| 15 | 이한림李翰林: '한림'은 예문관藝文館 검열檢閱의 별칭. '검열'은 사초史草를 작성하는 일을 담당하던 정9품 관직.
| 16 | 충효록忠孝錄: 충신과 효자의 행적을 기록한 책.
| 17 | 강구연월문동요康衢烟月聞童謠: 요임금이 미복微服 차림으로 거리에 나와 아이들의 태평성대 노래를 듣고 기뻐했다는 고사를 말한다. '강구연월'은 태평성대의 평화로운 풍경.
| 18 | 두목지杜牧之: 당나라의 풍류남아.
| 19 | 왕희지王羲之: 동진東晉의 서예가.
| 20 | 방자房子: 관아에서 심부름하던 사내종.
| 21 | 사마장경司馬長卿이~거스를 제: 한나라의 역사가 사마천司馬遷이 양자강과 회수 일대를 포함하여 중국 전역을 답사한 일을 말한다. '사마장경'은 한나라 무제武帝 때의 문인 사마상여司馬相如인데, '사마천'을 잘못 말한 것이다.
| 22 | 시중천자詩中天子~있고: 이태백, 곧 이백이 안휘성安徽省의 채석강에서 뱃놀이를 하던 중 술에 취해 물에 비친 달을 건지려다 죽었다는 전설이 있다.
| 23 | 적벽강赤壁江~있고: 소동파는 임술년(1082) 가을 7월 16일 호북성湖北省 황강현黃岡縣 적벽赤壁 아래의 강에 배를 띄우고 노닌 일을 소재로 삼아 「적벽부」赤壁賦를 지었다.
| 24 | 심양강潯陽江~있고: 백거이는 강주사마江州司馬로 좌천되어 심양(지금의 강서성江西省 구강九江)으로 갔다가 그곳에서 비파를 타는 한 여인을 만나 그 여인을 소재로 「비파행」琵琶行을 지었다.
| 25 | 보은報恩~노셨으니: 세조가 충청북도 보은 속리산의 법주사法住寺에 행차한 일을 이르는 말. '문장대'는 속리산의 고봉高峰.
| 26 | 자문紫門: 자하문, 곧 창의문彰義門. 서울 4소문小門 중 서북쪽 문으로, 북악산과 인왕산 사이에 있다.
| 27 | 칠성암七星庵 청련암靑蓮庵: '칠성암'은 서울 은평구의 진관사津寬寺 칠성각七星閣을 가리키는 듯하고, '청련암'은 서대문구 홍제동의 청련사靑蓮寺를 가리킨다.
| 28 | 영주각瀛洲閣: 광한루 남쪽의 누각.
| 29 | 청천삭출금부용靑天削出金芙蓉: 이백의 시 「여산 오로봉에 올라」(登廬山

五老峰) 중의 한 구절로, 높이 솟은 산의 아름다운 모습을 형용한 말.

30 **운목韻目**: 압운押韻(한시에서 짝수 구절의 마지막 글자에 같은 운韻에 속하는 글자를 넣는 일)할 수 있는 한자들을 한 묶음씩 묶어서 배열한 목록.

31 **홍영자공산호편紅纓紫鞚珊瑚鞭 옥안금천황금륵玉鞍錦韉黃金勒**: 당나라 잠삼岑參의 시 「위절도적표마가」衛節度赤驃馬歌에 나오는 구절. '가슴걸이'는 말의 가슴에 걸어 안장에 매는 가죽끈.

32 **주락상모珠絡象毛**: 벼슬아치가 타는 말의 갈기를 땋아 붉은 줄을 드리우고 붉은 털로 넓게 술을 달아 꾸민 치레.

33 **다래**: 말을 탄 사람의 옷에 흙이 튀지 않도록 가죽 같은 것을 말의 안장 양쪽에 늘어뜨려 놓은 기구.

34 **은엽등자銀葉鐙子**: 얇게 편 은으로 장식한 말등자. '말등자'는 말을 타고 앉아 두 발로 디디게 되어 있는 물건.

35 **전후걸이**: 말의 가슴걸이와 후걸이(말의 안장에 걸어서 말 궁둥이를 꾸미는 기구).

36 **전반**: 전판剪板. 종이의 가장자리를 가지런하게 베어낼 때 받치는, 좁다랗고 얇은 나무판.

37 **밀기름**: 밀랍과 참기름을 섞어서 끓여 만든 머릿기름.

38 **석황石黃**: 석웅황石雄黃. 붉은 갈색 빛깔의 장식용 돌. 댕기나 족두리 장식에 흔히 쓰였다.

39 **접동배**: 겹으로 된 동배. 동배, 곧 '등배'는 마고자 비슷한 저고리.

40 **상침上針 바지**: 실밥이 겉으로 드러나 보이게 박음질한 바지.

41 **극상세목極上細木**: 최고급 세목. '세목'은 올이 아주 가는 무명.

42 **남갑사藍甲紗**: 남빛 갑사. '갑사'는 얇게 짠 고급 비단.

43 **육사단六絲緞 겹배자**: 육사단을 사용해 겹으로 만든 배자褙子. '육사단'은 광택이 좋은 중국산 비단의 하나. '배자'는 저고리 위에 덧입는 조끼 모양의 옷으로, 겨드랑이 아래가 터져 있다.

44 **통행전筒行纏**: 통이 넓은 행전行纏. '행전'은 바짓가랑이를 좁혀 보행과 행동을 간편하게 하기 위하여 정강이에 감아 무릎 아래에 매는 물건, 곧 각반脚絆.

45 **모초단毛綃緞 도리낭**: '모초단'은 날은 가는 올로, 씨는 굵은 올로 짠 중국산 비단. '도리낭'은 두루주머니, 곧 허리에 차는, 둥근 모양의 작은

46 당팔사唐八絲: 중국산 팔사. '팔사'는 여덟 가닥으로 꼰 끈.

47 진동청津銅靑 중치막: '진동청'은 검붉은 빛을 띤 짙푸른 색. '중치막'은 소매가 넓고 옷 길이가 길며 겨드랑이 아래쪽이 터져 있는 겉옷.

48 육분당혜: 육분전六分廛, 곧 육의전에서 파는 당혜唐鞋가 아닐까 한다. '당혜'는 울이 깊고 앞코가 작은 가죽신.

49 통인通引: 고을 수령의 잔심부름을 하던 하인.

50 삼문三門: 궁궐이나 관청 앞에 세운 세 문, 곧 중앙의 정문正門과 좌우의 협문夾門.

51 관도성남官道城南: 당나라 왕발王勃의 시 「채련곡」採蓮曲 중 "성의 남쪽 큰길에서 뽕잎을 따니"(官道城南把桑葉)에서 따온 말.

52 취과양주醉過揚州하던 두목지杜牧之: 두목지, 곧 두목杜牧이 술에 취해 수레를 타고 양주 거리를 지나가면 기녀들이 그 풍채를 흠모하여 던진 귤로 수레가 가득 찼다는 고사가 전한다.

53 시시오불時時誤拂하던 주랑周郞의 고음顧音: '주랑', 곧 삼국시대 오나라의 주유周瑜가 음악에 정통해서 술 취한 뒤에도 연주의 미세한 착오까지 반드시 알아차려 연주자를 돌아보았다는 고사가 전한다.

54 향가자맥춘성내香街紫陌春城內요 만성견자수불애滿城見者誰不愛라: 잠삼의 시 「위절도적표마가」에서 따온 구절.

55 적성赤城~있다: 당나라 왕발의 시 「임고대」臨高臺에서 따온 말. 「임고대」의 해당 구절은 다음과 같다. "붉은 성에 아침 해 비치고/푸른 나무가 봄바람에 흔들리네."(赤城映朝日, 綠樹搖春風.)

56 자각단루분조요紫閣丹樓紛照耀요 벽방금전상영롱璧房錦殿相玲瓏: 왕발의 시 「임고대」에 나오는 구절.

57 임고대臨高臺: '높은 누대에 올라 아래를 굽어본다'라는 뜻의 시 제목인데, 여기서는 누대 이름인 것처럼 썼다.

58 요헌기구하최외瑤軒綺構何崔嵬: 왕발의 시 「임고대」에 나오는 구절.

59 악양루岳陽樓 고소대姑蘇臺: 각각 동정호洞庭湖와 소주蘇州에 있는 누각.

60 오초동남수吳楚東南水: 당나라 두보杜甫의 시 「악양루에 올라」(登岳陽樓) 중 "오 땅과 초 땅을 동남으로 가르고"(吳楚東南坼)에서 따온 구절로, 악양루에서 바라본 동정호의 드넓음을 형용한 말. '오'는 전국시대戰國時代 오나라가 있던 지금의 중국 강소성, '초'는 초나라가 있던 호

남성·호북성 일대.

61 **연자燕子**: 연자루. 강소성 서주시徐州市에 있는 누각 이름.

62 **팽성彭城**: 연자루가 있는 강소성 서주徐州의 옛 이름. 저본에는 "팽택" 彭澤(강서성 북부의 지명)으로 되어 있으나 바로잡았다.

63 **녹음방초승화시綠陰芳草勝花時**: 송나라 왕안석王安石의 시 「초하즉사」初 夏卽事에서 따온 말.

64 **자단紫檀**: 콩과의 상록 활엽 교목.

65 **타기황앵打起黃鶯**: 당나라 김창서金昌緒의 시 「춘원」春怨, 혹은 개가운 蓋嘉運의 시 「이주가」伊州歌라고 전하는 다음 시에 나오는 말. "꾀꼬리 를 쫓아내/가지 위에서 울지 못하게 하소./꾀꼬리 울면 꿈이 깨어/ 님 찾아 요서遼西 땅 이를 수 없네."(打起黃鶯兒, 莫敎枝上啼. 啼時驚妾 夢, 不得到遼西.)

66 **고마 수영水營 보련암**: '고마'는 본래 백제의 도성都城을 이르던 말. '수 영'은 조선 시대 수군절도사가 주재하던 병영으로, 보령시 오천면에 있었다. '보련암'은 미상.

67 **고몰고몰리**: '고몰'은 고물, 즉 우물마루 놓는 데에 귀틀 두 개 사이의 구역.

68 **유막황앵환우성柳幕黃鶯喚友聲**: 작자 미상의 당시 「봉황대괴화가」鳳凰臺 怪和歌에 "근심스레 꾀꼬리가 벗을 부르는 소리를 듣네"(愁聽黃鶯喚友 聲) 구절이 보인다.

69 **월궁月宮 항아姮娥**: 요임금 때 활 잘 쏘는 예羿가 서왕모西王母에게 불 사약不死藥을 청해서 받았는데, 예의 아내인 항아가 이를 훔쳐 달나라 로 갔다는 전설이 있다.

70 **미앙未央의 가는 버들**: 백거이의 시 「장한가」長恨歌 중 "태액지太液池의 부용꽃과 미앙궁의 버들"(太液芙蓉未央柳)에서 따온 말.

71 **첨지재전홀언후瞻之在前忽焉後**: 『논어』論語 「자한」子罕에 나오는 말.

72 **무산巫山 선녀~내리는 듯**: 초나라 회왕懷王이 양대陽臺(중국 중경시重 慶市 고도산高都山에 있던 누대)에서 낮잠을 자다가 꿈에 무산(호북성 서부에 있는 산)의 여신을 만났는데, 무산의 여신이 자신은 아침에는 구름이 되고 저녁에는 비가 된다고 말한 뒤 잠자리를 함께했다는 전설 이 있다.

73 **오호五湖에~없고**: 춘추시대 월나라의 재상 범려范蠡가 계략을 꾸며 서

시를 오나라 왕 부차夫差의 총희寵姬로 만들었다가 월나라가 오나라를 멸망시킨 후에 서시와 함께 동정호에 배를 띄우고 노닐었다는 고사가 있다.

74 해성垓城~없고: 항우項羽가 서초패왕西楚覇王이 되어 천하를 호령했으나, 안휘성 해하垓下에서 한나라 군대에 겹겹으로 포위되자 패배를 예감하고 장중帳中에서 마지막 주연을 베풀었는데 그 자리에서 항우의 비妃 우희虞姬와 이별을 슬퍼하며 눈물지었다는 고사가 있다.

75 단봉궐丹鳳闕~없고: 한나라 원제元帝 때 흉노匈奴의 군주가 한나라에 미인을 요구하자 원제는 화공畫工 모연수毛延壽가 박색으로 초상을 그린 왕소군을 보내기로 했는데, 흉노로 보내던 날에야 왕소군의 실물을 보고 절세미녀임을 알게 되었고, 왕소군은 한나라를 떠나면서 「출새곡」出塞曲을 비파로 타 자신의 한을 드러냈다는 고사가 전한다. '백룡퇴'는 신강성新疆省 로프노르 호수 인근의 사막. '독류청총'은 왕소군이 흉노 땅에서 원한을 품고 죽은 뒤 주변의 풀빛과 달리 그 무덤의 풀만 푸르렀다는 뜻이다.

76 장신궁長信宮~없고: 반첩여는 시와 부賦에 뛰어난 여성 문인으로, 한나라 성제成帝의 총애를 받아 첩여婕妤(후궁 중 제2위에 해당하는 지위)가 되었으나, 훗날 성제의 사랑이 조비연趙飛燕에게 옮겨가면서 버림받아 장신궁으로 물러났다. 「백두음」은 반첩여의 시가 아니라, 한나라 무제武帝 때의 문인 사마상여가 탁문군卓文君과 결혼한 뒤 다시 첩을 들이려 하자 탁문군이 이를 원망하며 결별의 뜻을 담아 지었다는 시이다.

77 소양궁昭陽宮~없고: 한나라 성제의 비妃 조비연은 본래 궁녀였는데, 성제의 총애를 받아 황후가 되었다. '소양궁', 곧 소양전昭陽殿은 한나라 성제가 조비연에 이어 총애한 후궁 조합덕趙合德(조비연의 동생)이 거처하던 궁전이다. 두보의 시 「강가에서 슬퍼하다」(哀江頭)에 "소양전의 제일 미인/황제의 수레 함께 타고 곁에서 모시네"(昭陽殿裏第一人, 同輦隨君侍君側)라는 구절이 있다.

78 방첨사方僉使: 방백方伯, 곧 관찰사觀察使와 첨사僉使, 곧 첨절제사僉節制使. 첨절제사는 절도사節度使 휘하의 3품 무관직.

79 병부사兵俯使: 병사兵使, 곧 병마절도사兵馬節度使와 부사府使.

80 엄지발가락이 두 뼘가웃: 엄지발가락이 두 뼘 반. 일 안 하고 놀고먹는

사람을 이르는 말.

81 장강莊姜의 색色과 임사姙姒의 덕행: '장강'은 춘추시대 위衛나라 장공莊公의 아내로, 성품이 어질고 용모가 아름다웠다고 한다. 태임太姙은 주周나라 문왕文王의 어머니이고, 태사太姒는 문왕의 비妃이자 무왕武王과 주공周公의 어머니이다. 두 사람 모두 현숙한 여성의 전형으로 꼽혔다.

82 이비二妃: 순舜임금의 두 비妃인 아황과 여영은 순임금이 죽자 상수湘水에서 울다 투신해 죽었는데, 그들이 죽은 후 피눈물 자국이 있는 대나무가 물가에 자라났다는 전설이 있다.

83 형산荊山: 호북성에 있는 산으로, 미옥의 산지이다. 유명한 화씨벽和氏璧이 이곳에서 나왔다.

84 여수麗水: 중국 운남성雲南省 영창부永昌府에 있는 강 이름. 금의 산지로 유명하다.

85 서왕모西王母 요지연瑤池宴: '서왕모'는 티베트 고원 북쪽의 곤륜산崑崙山에 산다는 선녀. '요지연'은 곤륜산에 있다는 연못 '요지'瑤池에서 서왕모가 반도蟠桃(신선 세계의 복숭아)를 내놓고 벌였다는 잔치를 말한다.

86 대명전大明殿 대들보에 명매기 걸음: 맵시 있게 아장거리며 걷는 걸음. '대명전'은 개성에 있던 고려의 궁전. '명매기'는 제빗과의 여름 철새.

87 월서시토성습보越西施土城習步: 서시는 월나라 재상 범려의 계략으로 오나라 왕 부차의 총희가 되었는데, 오나라로 가기 전에 절강성浙江省 소흥紹興의 토성에서 3년 동안 가무를 익히고 걸음걸이 연습을 했다고 한다.

88 기하상芰荷裳: 기하의芰荷衣. 연잎으로 만든 은자隱者의 옷.

89 오악五嶽이 조귀朝歸하니: 부를 이루고 복이 절로 온다는 관상. '오악'은 관상에서 얼굴의 우뚝한 다섯 부위를 가리키는 말로, 콧등을 중악中嶽, 좌우 광대뼈를 동악東嶽과 서악西嶽, 이마를 남악南嶽, 턱을 북악北嶽이라 한다. '조귀'는 동서남북의 네 산이 마치 신하로서 군주에 해당하는 중악을 향해 조회朝會하는 듯한 형상을 말한다.

90 불취동성不取同姓: 『예기』禮記 「곡례」曲禮에 나오는 말.

91 팔자청산八字靑山: '여덟 팔' 자 모양의 봄 산. 미인의 고운 눈썹을 비유하는 말.

92 아귀트나이다: '아귀트다'는 '싹이 나기 시작한다', '처음 벌어져 나온다'는 뜻.

93 일락함지日落咸池: '함지'는 고대 신화에서 해가 목욕하는 곳이라는 서쪽의 큰 못.

94 『통사략』通史略: 『통감절요』通鑑節要와 『십팔사략』十八史略. 『통감절요』는 송나라 신종神宗 때 사마광司馬光이 편찬한 294권의 중국 역사서 『자치통감』資治通鑑을 송나라 휘종徽宗 때 강지江贄가 50권으로 간추려 엮은 책. 『십팔사략』은 원나라의 증선지曾先之가 『사기』史記로부터 『송사』宋史에 이르는 중국 역대의 역사서 18종을 간추려 엮은 책. 삼황三皇 오제五帝로부터 송나라까지의 역사를 실었다.

95 관관저구關關雎鳩~군자호구君子好逑로다: 『시경』의 첫 구절.

96 대학지도大學之道는~재신민在新民하며: 『대학』의 첫 구절.

97 원元코~정貞코: 『주역』에서 말하는 건乾(천도天道)의 네 가지 근본 원리 원형이정元亨利貞을 우스꽝스럽게 읽은 대목.

98 남창南昌은~신부新府로다: 왕발이 지은 「등왕각서」滕王閣序의 첫 구절. '등왕각'은 강서성 남창南昌에 있는 누각.

99 그 글 되었다: 「등왕각서」의 '신부'新府를 신부新婦로 보아 하는 말.

100 맹자견양혜왕孟子見梁惠王하신대 왕왈王曰 수불원천리이래叟不遠千里而來 하시니: 『맹자』의 첫 구절.

101 태고太古라~일만팔천세一萬八千歲하다: 『십팔사략』 서두「태고」太古의 첫 구절 "천황씨는 목덕木德으로 임금이 되어 섭제攝提를 원년으로 삼아 무위無爲로 교화하니 형제 12인이 각각 1만 8천 년을 살았다"에서 '목덕'을 '쑥떡'으로 우스꽝스럽게 읽은 대목. '천황씨'는 중국 고대 전설 속의 제왕인 삼황三皇의 하나. '목덕'은 오행五行 가운데 목木의 덕. 만물을 생육하는 덕. '섭제'는 지지地支의 셋째인 '인'寅.

102 삼백육십주三百六十州: 조선 팔도를 삼백육십 고을로 나누었기에 하는 말.

103 임술지추칠월기망壬戌之秋七月旣望~불흥不興이라: 소동파가 지은 「적벽부」의 첫 구절.

104 양梁나라~'백수문'白首文이라: 주흥사가 양나라 무제武帝의 명을 받아 『천자문』을 지었는데, 하룻밤 안에 네 글자씩 중복된 글자 없이 250구의 시를 지으라는 명을 받았기에 고심하다가 머리가 허옇게 세었다는 고사가 전한다. '백수문'이라는 『천자문』의 별칭은 이 고사에서 유래

한다. 저본에는 '주홍사' 앞에 "주싯변"이 더 있으나 연문衍文으로 보인다.

105 오행五行 팔괘八卦: '오행'은 우주 만물을 이루는 근본 요소라고 하는 금金·수水·목木·화火·토土. '팔괘'는 복희씨가 우주의 모든 현상을 그려 나타냈다는 여덟 가지의 괘.

106 삼십삼천三十三天 공부공공空復空: '삼십삼천'은 불교에서 말하는 욕계欲界의 하나. 수미산須彌山 정상에 있는 제석천帝釋天을 중심으로 사방 봉우리마다 8천이 있어 33천을 이룬다고 한다. '공'空은 공적공적空寂, 텅 비어 고요함.

107 이십팔수二十八宿: 하늘의 적도를 따라 별들을 28개 구획으로 구분한 별자리.

108 옥우쟁영玉宇崢嶸: 김인후金麟厚의 시 「칠석부」七夕賦 중 "가을바람 부는 저녁에 옥으로 장식한 궁전이 높이 둘러서 있네"(秋風颯以夕起, 玉宇廓其崢嶸)에서 따온 구절.

109 연대국도흥성쇠年代國都興盛衰: '연대'는 '역대'歷代의 오기.

110 왕고래금往古來今: 『시자』尸子에 "사방과 상하를 '우'宇라 하고, 예로부터 지금까지의 시간을 '주'宙라 한다"라는 말이 보인다.

111 우치홍수禹治洪水 기자추의箕子推義 홍범구주洪範九疇: '홍범구주'는 하夏나라 우왕이 정했다는 아홉 조목의 정치·도덕 규범. 우왕이 중국 전역을 돌며 홍수를 다스릴 때 낙수洛水에서 나온 신귀神龜의 등에 쓰여 있었다는 낙서洛書에 의거해 만들었다고 전한다. 주나라 무왕武王이 상商나라 말의 현인 기자에게 선정의 방안을 묻자 기자가 홍범구주를 정치의 지침으로 삼게 했다고 한다.

112 삼황오제三皇五帝: 중국 고대 전설 속의 제왕들. '삼황'은 복희씨·신농씨神農氏·황제黃帝. '오제'는 소호少昊·전욱顓頊·제곡帝嚳·요堯·순舜.

113 하도河圖 낙서洛書: 복희씨 때 황하黃河에서 나온 그림과 우왕 때 낙수에서 나온 글씨. 팔괘와 홍범구주의 바탕이 되었다고 한다.

114 가련금야숙창가可憐今夜宿倡家: 왕발의 시 「임고대」에 나오는 구절.

115 임각: '임간'林間의 오기로 보인다.

116 『대전통편』大典通編: 1785년(정조 9) 『경국대전』經國大典과 『속대전』續大典 등 역대의 법전과 법령을 집성하여 편찬한 통일 법전.

117 차호嗟乎라~몽불견주공夢不見周公: 『논어』에 나오는, 공자孔子의 말.

'주공'은 주나라 문왕의 아들로, 조카인 성왕成王을 잘 보필하여 주나라의 기틀을 잡는 데 큰 공을 세웠다.

118 책방冊房: 고을 원에 의하여 사사로이 채용되어 비서 일을 맡아보던 사람, 혹은 그가 머무는 방.

119 목낭청睦郞廳: 목씨 성의 낭청. '낭청'은 조선 시대 임시 기구에서 실무를 맡아보던 당하관堂下官 벼슬. 여기서는 실제 벼슬과 무관하게 존칭으로 썼다.

120 고봉추석高峰墜石: 동진東晉의 위부인衛夫人이 지었다고 하는「필진도」筆陣圖에서 글자의 점(丶)을 찍는 높은 경지를 이른 말.

121 천리진운千里陣雲: 천 리에 진陣을 친 듯이 뻗은 구름의 형세.「필진도」에서 가로획(一)을 긋는 높은 경지를 이른 말.

122 붕랑뇌분崩浪雷奔:「필진도」에서 '불'(乀) 획을 긋는 높은 경지를 이르는 말.

123 노송도괘절벽老松到掛絶壁: 이백의 시「촉도난」蜀道難 중 "마른 소나무 절벽에 거꾸로 매달렸네"(枯松倒掛倚絶壁)에서 따온 말.

124 마른~같고:「필진도」에서 세로획(|)과 '포'(勹) 획을 긋는 높은 경지를 이르는 말.

125 어주자魚舟子는~모르던가: 도연명陶淵明의 글「도화원기」桃花源記에 어떤 어부가 길을 잃고 헤매다가 도원에 이르러 며칠을 묵고 돌아온 뒤 고을 수령에게 도원의 위치를 알렸으나 아무도 도원으로 들어가는 길을 찾을 수 없었다는 이야기가 있다.

126 남풍시南風詩:「남풍가」南風歌. 순임금이 손수 만든 오현금五絃琴으로 이 노래를 연주했다는 전설이 있다.

127 발막: 부잣집 노인이 신던 마른신의 하나. 넓은 코끝에 가죽 조각을 대고 흰 분칠을 했다.

128 봉미장鳳尾長: 봉황의 긴 꼬리. 파초 잎을 비유해 이르는 말.

129 어변성룡魚變成龍: 산서성山西省 황하黃河 상류의 용문龍門 아래 물살이 매우 빨라 물고기가 거슬러 올라갈 수 없기에 물고기가 이 물살을 거슬러 오르면 용으로 변한다는 전설이 있다.

130 급연삼봉岌然三峰 석가산石假山:『전등신화』剪燈新話「위당기우기」渭塘奇遇記에 나오는 말. '석가산'은 정원에 암석을 쌓아 인공적으로 만든 동산.

131 　상제고거강절조上帝高居絳節朝: 두보의 시 「옥대관」玉臺觀에 나오는 구절. '강절'은 옥황상제와 신선들이 지닌 의장儀仗.

132 　황학전黃鶴殿: 호북성 무한武漢의 양자강 기슭에 있는 황학루黃鶴樓. 이백이 황학루에 올라 아름다운 풍경에 흥취가 일어 시를 지으려다 누각에 걸려 있던 최호崔顥의 시보다 좋은 시를 지을 수 없어 포기했다는 고사가 유명하다.

133 　백옥루白玉樓~그림: '백옥루'는 문인이 죽은 뒤에 간다는 하늘 위의 누각. 당나라 이하李賀가 천상의 새로 지은 백옥루에 글을 쓰라는 옥황상제의 명을 받은 뒤 죽었다는 고사가 전한다. '장길'은 이하의 자字.

134 　부춘산富春山~경景: '자릉'은 엄광嚴光의 자. 엄광은 광무제 유수劉秀와 어린 시절 친구였는데, 광무제가 즉위한 뒤 거듭 불러 간의대부諫議大夫 벼슬을 주려 했으나 사절하고 절강성 부춘산에 은거하며 동강 칠리탄에서 양가죽 옷을 입고 낚시로 세월을 보냈다.

135 　목란木蘭: 남북조시대 북조北朝의 민가 「목란사」木蘭辭의 주인공. 여자의 몸으로 늙은 아버지를 대신해서 남장을 한 채 전쟁터에 나가 큰 공을 세우고 12년 만에 돌아왔는데, 그동안 그녀가 여성임을 아무도 몰랐다고 한다.

136 　영감令監: 종2품과 정3품의 관원을 높여 이르는 말.

137 　보후補後: 내직內職에 들어가기 전에 임시로 외관外官에 임명하던 일.

138 　수청守廳: 높은 벼슬아치가 시키는 대로 심부름하는 일. 여기서는 '기생 수청', 곧 기생이 벼슬아치에게 잠자리 시중을 드는 일.

139 　『소학』小學: 송나라 유자징劉子澄이 편찬한 아동용 학습서.

140 　육례六禮: 혼례의 여섯 절차. 중매인을 통해 신랑측의 혼인 의사를 받아들이는 납채納采, 신랑측에서 신부 외가의 계통을 알기 위해 신부 어머니의 성명을 묻는 문명問名, 신랑측에서 혼인의 길흉을 점쳐서 그 결과를 신부측에 알리는 납길納吉, 혼인이 이루어진 표시로서 폐물을 주는 납폐納幣, 신랑측에서 신부측에 혼인 날짜를 정해 줄 것을 요구하는 청기請期, 신랑이 신부집에 가서 신부를 맞이하는 친영親迎으로 이루어져 있다.

141 　지신知臣은~막여부莫如父: 『관자』管子에 나오는 말.

142 　대모玳瑁: 바다거북의 일종. 여기서는 '대모갑'玳瑁甲, 곧 대모의 등과 배를 싸고 있는 껍데기를 말한다.

143 구녁노리: 구멍노리. 꿰거나 끼우기 위해 어떤 물건에 뚫은 구멍 자리.
144 전안奠雁: 혼례 때 신랑이 기러기를 가지고 신부 집에 가서 상 위에 놓고 절하는 예.
145 맹상군孟嘗君: 식객 수천 명을 거느렸던, 전국시대 제齊나라의 왕족.
146 준시: 꼬챙이에 꿰지 않고 말린 감.
147 엽락금정葉落金井: 이백의 시 「강남으로 가는 아우 사인 대경에게 주다」(贈別舍人弟臺卿之江南) 중 "오동잎이 우물에 지네"(梧桐落金井) 구절에서 따온 말.
148 이적선李謫仙 포도주: 이백의 시 「양양가」襄陽歌에 "멀리 한수漢水를 바라보니 오리 머리처럼 푸르러/마치 새로 익은 포도주 같구나"(遙看漢水鴨頭綠, 恰似葡萄初醱醅)라는 구절이 보인다.
149 안기생安期生 자하주紫霞酒: '안기생'은 중국 고대의 신선. '자하주'는 신선이 마신다는 술.
150 과하주過夏酒: 소주와 약주를 섞어 빚은 술.
151 방문주方文酒: 약방문에 따라 빚은 술.
152 천일주千日酒 백일주百日酒: 천 일 동안, 백 일 동안 땅속에 묻었다가 거른 술.
153 일배일배우일배一杯一杯又一杯: 이백의 시 「산중대작」山中對酌에 나오는 구절.
154 금슬우지琴瑟友之: 『시경』 「관저」의 "요조숙녀를/거문고와 비파로 사랑하네"(窈窕淑女, 琴瑟友之)에서 따온 말.
155 개구녁서방: 개구멍서방. 정식 혼례를 올리지 않고 남몰래 드나들며 남편 행세를 하는 남자.
156 마누라: 중년이 넘은 여성을 허물없이 이르는 말.
157 잣베개: 색색의 헝겊 조각을 꿰매 붙여 잣 무늬가 생기게 만든 베개.
158 증경학무曾經學舞~차문취소借問吹簫하던: 당나라 노조린盧照隣의 시 「장안고의」長安古意 중 "묻노니 자줏빛 구름 향해 통소를 불고/춤을 배우며 꽃다운 시절 얼마나 보냈는지"(借問吹簫向紫煙, 曾經學舞度芳年)에 나오는 구절.
159 육관대사六觀大師~사랑: 『구운몽』에서 육관대사의 제자 성진과 여덟 선녀가 인간 세상에 태어나 나눈 사랑.
160 명사십리明沙十里: 함경도 원산의 동해안 백사장.

161 대붕조大鵬鳥: 하루에 9만 리를 날아간다는, 상상의 새.

162 인경: 밤 10시 무렵 통행 금지를 알리던 종.

163 길마재: 서울 서대문구 현저동과 홍제동 사이의 무악재. 가까이의 무악산 정상에 봉수대烽燧臺가 있었다.

164 경신년庚申年~조작造作: '방아 상량上樑'이라고 하는 일종의 주문呪文. 예전에는 디딜방아 따위를 만들고 고사를 지냈는데, 고사를 지내기 전 방아 몸통에 이 문구를 썼다. '경신'의 '경'庚과 '신'申은 모두 오행의 '금'金에 해당하여 '목'木의 기운을 누른다고 믿었다. '강태공'이 방아를 제작했다는 말은 「성주풀이」에 수목수首木手(으뜸 목수)로 등장하는 강태공과 관련된 믿음에서 유래하는 것으로 보인다.

165 담담장강수澹澹長江水 유유원객정悠悠遠客情: 당나라 위승경韋承慶의 시 「남쪽으로 가며 아우와 이별하다」(南行別弟)에 나오는 구절.

166 하교불상송河橋不相送 강수원함정江樹遠含情: 당나라 송지문宋之問의 시 「두심언을 전송하며」(送杜審言)에 나오는 구절. '하교'는 황하黃河의 다리.

167 송군남포불승정送君南浦不勝情: 당나라 무원형武元衡의 시 「악저에서 벗을 전송하며」(鄂渚送友)에 나오는 구절. '악저'는 호북성 무창현의 장강 가.

168 한태조漢太祖 희우정喜雨亭: '희우정'은 소동파가 봉상부鳳翔府(지금의 섬서성 보계시寶鷄市) 판관判官 재임 중에 지은 정자. 오랜 가뭄 끝에 비가 내린 것을 기념하여 정자 이름을 '희우'喜雨라 짓고 「희우정기」喜雨亭記를 썼다. '한태조'는 한나라 고조高祖 유방劉邦을 말하는바, '희우정'과 아무 관계가 없다.

169 월명성희月明星稀: 조조曹操의 시 「단가행」短歌行에 나오는 구절.

170 침향정沈香亭: 현종과 양귀비가 노닐던, 장안 궁궐 안의 정자.

171 『안택경』安宅經: 집안에 탈이 없도록 집을 다스린다는 성주신을 위로하며 읽는 무속 경문.

172 함양궁咸陽宮: 진秦나라의 수도였던 섬서성 함양의 궁궐. 『사기』「고조본기」高祖本紀에 의하면 고조는 낙양洛陽 남궁南宮에서 잔치를 열고 신하들에게 자신이 천하를 얻은 이유를 물었다.

173 그 곁에~장신궁長信宮: '장락궁'과 '장신궁' 모두 장안에 있던 한나라의 궁궐.

174 육출기계六出奇計 진평陳平: 한나라 고조의 개국공신 진평은 뛰어난 지략가로, 처음 유방의 막하에 들어가서부터 훗날 한나라가 중국을 통일한 뒤 안정기에 접어들기까지 중요한 고비마다 여섯 차례의 기묘한 계책을 내 고조를 도왔다.

175 범아부范亞父를~흩었으니: 진평이 유방의 승인 아래 황금 4만 근을 초나라 진영에 뇌물로 써서 항우와 범증을 이간질하는 데 성공한 일을 말한다.

176 이사李斯의~만들어서: 진시황이 중국을 통일한 뒤 화씨벽으로 옥새를 만들고, 재상 이사로 하여금 옥새에 '수명우천受命于天 기수영창旣壽永昌' 여덟 글자를 새기게 했다.

177 대모갑玳瑁甲~난간 하여: 『전등신화』「용당영회록」龍堂靈會錄의 "대모갑 병풍을 펴고/산호 난간 세웠네"(屛開玳瑁甲, 檻植珊瑚珠) 구절에서 따온 말.

178 광리왕廣利王 상량문: 『전등신화』「수궁경회록」水宮慶會錄에서 선비 여선문余善文이 광리왕, 곧 남해 용왕의 초청을 받아 남해 용궁에 가서 상량문을 지은 일이 있기에 하는 말.

179 요동백遼東伯: 광해군 때의 무신 김응하金應河를 말한다. 1619년 명나라와 후금後金의 사르후 전투에 강홍립姜弘立 휘하 장수로서 후금군에 대항해 싸우다가 전사했다. 이에 명나라 신종神宗이 김응하를 요동백(요동 지역의 제후)에 추봉追封했다.

180 직부주서直赴注書: '주서'는 승정원承政院의 정7품 관직.

181 부승지副承旨 좌승지左承旨 도승지都承旨: 모두 승정원의 정3품 관직.

182 대교待敎: 규장각의 관직. 정7품부터 정9품까지의 문신 중에서 한 사람을 뽑았다.

183 규장각: 규장각 제학提學을 말한다. '규장각 제학'은 종1품 문신이 맡은, 규장각의 으뜸 벼슬.

184 헌원씨軒轅氏~사로잡고: '헌원씨'는 중국 고대 신화에 나오는 임금 황제黃帝를 말한다. 전쟁의 여신 구천현녀九天玄女에게 병법을 전수받았으며, 탁록(하북성河北省의 지명) 전투에서 치우蚩尤가 안개를 일으켜 방향을 알 수 없게 하자 항상 남쪽을 가리키는 지남거를 이용하여 안개를 뚫고 치우의 군대를 물리쳤다고 한다.

185 구년지수九年之水: 요임금 때 9년 동안 큰 홍수가 이어졌다는 데서 유

래하는 말. 순임금의 명을 받은 우왕이 중국 전역을 돌며 다스려 마침내 치수治水에 성공했다고 한다.

186 육행승거陸行乘車: 우왕이 치수를 위해 중국 전역을 돌며 "육지를 다닐 때는 수레를 타고 물길로 갈 때는 배를 탔다"는 기록에 나오는 말.

187 이적선 고래 타고: 이백이 고래를 타고 날아올라 선계로 떠났다는 전설이 있기에 하는 말.

188 맹호연孟浩然 나귀 타고: 당나라의 시인 맹호연이 눈 속에 나귀를 타고 가는 모습을 그린 시와 그림이 전하기에 하는 말.

189 훈련대장訓鍊大將: 수도 방위의 임무를 맡은 훈련도감訓鍊都監의 수장. 종2품 무관.

190 구종驅從: 말을 타고 갈 때 고삐를 잡고 앞에서 끌거나 뒤에서 따르는 하인. 여기서는 '구종이 잡는 고삐'의 뜻으로 썼다.

191 동부승지同副承旨: 승정원의 정3품 관직.

192 눈구석 쌍가래톳 설: '눈구석'은 눈의 안쪽 구석. '쌍가래톳'은 양쪽 허벅다리 윗부분의 임파선이 부어 아프게 된 멍울.

193 백 년 삼만 육천 일: 이백의 시 「양양가」에 나오는 구절. "백 년 삼만 육천 일을/하루에 삼백 잔씩 마시리라."(百年三萬六千日, 一日須傾三百杯.)

194 시호시호부재래時乎時乎不再來: 『사기』「회음후 열전」淮陰侯列傳에 나오는 말.

195 사당祠堂: 조상의 신주神主를 모셔 놓은 집. 여기서는 '신주'.

196 창옷: 소매가 좁고 뒷솔기가 갈라진 웃옷.

197 요여腰輿: 신주나 중요한 기물을 운반할 때 쓰는 작은 가마.

198 부수소관첩재오夫戍蕭關妾在吳: 당나라 왕가王駕의 시 「고의」古意에 나오는 구절. '소관'은 감숙성甘肅省 서북쪽 변경의 요새.

199 정객관산로기중征客關山路幾重: 당나라 왕발의 시 「채련곡」採蓮曲에 나오는 구절.

200 녹수부용綠水芙蓉 채련녀採蓮女: 왕발의 시 「채련곡」에 나오는 말.

201 백마욕거장시白馬欲去長嘶하고 청아석별견의靑娥惜別牽衣로다: 신위申緯의 시 「백마청아」白馬靑娥에서 따온 말.

202 하량낙일수운기河梁落日愁雲起: '하량', 곧 다리는 송별의 장소를 뜻한다.

203 소통국蘇通國의 모자 이별: 한나라 소무蘇武가 흉노에서 억류 생활을 할

때 그곳 여성과의 사이에서 아들 소통국을 낳아 기르다가 19년 만에 고국으로 돌아올 때 아들만 데려왔기에 벌어진 모자 이별을 말한다.

204 오희월녀吳姬越女: 왕발의 시「채련곡」에서 남편을 변방으로 떠나보낸 여인.

205 편삽수유소일인遍揷茱萸少一人은~이별: '편삽수유소일인'은 당나라 왕유王維의 시「9월 9일 산동의 형제들을 추억하며」(九月九日憶山東兄弟)에 나오는 구절. '용산'龍山은 안휘성 당도현當涂縣에 있는 산으로, 9월 9일 중양절重陽節에 동진東晉의 환온桓溫이 이곳에서 막료들과 모임을 열었다.

206 서출양관무고인西出陽關無故人은~이별: 왕유의 시「안서安西로 가는 원이元二를 전송하며」(送元二使安西)에서 따온 말. '양관'은 감숙성 돈황敦煌 서남쪽의 관문. '위성'渭城은 섬서성 함양咸陽.

207 상사목相思木: 홍두수紅豆樹. 콩과에 속하는 교목. 전국시대 위魏나라의 여인이 출정한 남편을 그리워하다가 죽은 뒤 무덤에서 자란 홍두수의 가지와 잎이 모두 남편이 있는 곳을 향해 기울었기에 사람들이 이를 '상사목'이라 불렀다는 고사가 전한다.

208 노상행인욕단혼路上行人欲斷魂: 두목杜牧의 시「청명」淸明에 나오는 구절.

209 방초무처芳草無處: 저본에는 "방초무초"로 되어 있다.

210 녹수진경도綠樹秦京道: 송지문의 시「아침 일찍 소주를 떠나며」(早發韶州)에 나오는 구절. '진경', 곧 진나라 서울은 본래 함양인데 여기서는 '한양'을 가리킨다.

211 주목왕周穆王: 여덟 마리의 준마를 타고 와 요지에서 서왕모와 만나 노닐었다는 목천자穆天子.

212 한무제漢武帝~보냈으니: 한나라 무제 때 중랑장 소무가 흉노에 사신 갔다가 억류되어 북해北海 가에서 양을 치며 목숨을 부지하던 중 비단에 쓴 편지를 기러기 발에 묶어 날려 보낸 편지가 상림원에 있던 무제에게 전해져 19년 만에 고국으로 돌아왔다는 고사가 전한다. '상림원'은 장안과 함양 일대에 있던 거대한 궁중 정원.

213 백이伯夷 숙제叔齊: 고죽국孤竹國의 두 왕자 백이와 숙제. 주나라 무왕武王이 상商나라를 멸하자 상나라를 향한 절의를 지켜 주나라 땅에서 나는 곡식을 먹지 않겠다고 하여 수양산首陽山에서 고사리를 캐 먹으며 살다가 굶어 죽었다.

214 천산千山에 조비절鳥飛絶: 당나라 유종원柳宗元의 시「강설」江雪에 나오는 구절.

215 와병臥病에 인사절人事絶: 송지문의 시「두심언을 전송하며」(送杜審言) 중 "병들어 누워 인사가 끊겼는데/아아 그대는 만 리 길을 떠나네"(臥病人事絶, 嗟君萬里行)에 나오는 구절.

216 황애산만풍소삭黃埃散漫風蕭索이요 정기무광일색박旌旗無光日色薄이라: 백거이의 시「장한가」에 나오는 구절.

하권

217 꿈에~보리: 기녀 명옥明玉의 시조에서 따온 구절.

218 설심조군爇心竈君: 심향心香을 사르며(정성을 다해) 조군竈君에게 빎. '조군'은 부엌의 신으로서 불을 관장하며 길흉을 판단한다는 조왕신竈王神을 말한다.

219 자하골: 자하문 근처 종로구 청운동과 부암동 일대의 고을.

220 사증邪症: 멀쩡한 사람이 때때로 미친 듯이 행동하는 증세.

221 신연新延: 고을 관아의 장교와 이속吏屬들이 새로 부임하는 감사監司나 수령을 그 집에 가서 맞아 오던 일.

222 철육: 철릭. 무관이 입던 공복公服.

223 통영갓: 경남 통영에서 만든 고급 갓.

224 경기전慶基殿: 조선 태조太祖의 영정을 봉안한 전각으로, 전주 완산구에 있다.

225 좁은목~넘어: '좁은목'은 전주 완산구의 지명. '만마관'은 전주에서 임실로 넘어가는 곳에 있던 관문. '노구바위'는 전북 완주군 상관면의 지명.

226 오리정五里亭: 5리마다 둔 정자. 여기서는 전북 남원시 사매면 월평리에 있는 정자.

227 청도도淸道圖: 대장청도도大將淸道圖. 행군할 때 깃발·악기·친위병 등의 정렬 순서를 그린 그림.

228 청도清道: 청도기清道旗. 행군할 때 앞에서 길을 치우는 데 쓰던 군기軍旗.
229 홍문紅門: 붉은색 문기門旗. 이하 '남문'藍門과 '황문'黃門 모두 문기이다. '문기'는 진문陣門 밖에 세우던 군기軍旗로, 동서남북과 중앙의 다섯 방위마다 두 개씩 세웠다.
230 주작朱雀: 남쪽의 주작기朱雀旗. 이하 동쪽의 '청룡', 중앙의 '등사'螣蛇(용 비슷한 모양의 동물), 서쪽의 '백호', 북쪽의 '현무'玄武까지 통틀어 대오방기大五方旗라고 한다. '대오방기'는 동서남북과 중앙의 다섯 방위를 나타내 진문 앞에 세우던 큰 군기.
231 남동각南東角 남서각南西角: 남동쪽과 남서쪽을 표시하는 각기角旗. 이하 '서남각'·'북동각'·'북서각'도 모두 각기에 해당한다. '각기'는 진중陣中에서 방위를 표시하던 군기.
232 홍초紅招: 홍초기紅招旗, 곧 붉은색 고초기高招旗. 이하 '남초'藍招와 '흑초'黑招 모두 고초기이다. '고초기'는 군대를 지휘하고 호령하는 데 쓰던 군기.
233 순시巡視: 순시기巡視旗. 군대 안에서 죄를 범한 자를 순찰하여 잡아 올 때 쓰던 군기.
234 영기令旗: 진중에서 군령을 전할 때 쓰던 군기.
235 기패관旗牌官: 조선 후기 중앙과 지방의 군영에 배치된 장교. 활쏘기와 진법 등으로 선발하여 당직과 군사 훈련을 담당하게 했다.
236 군노: 군뢰軍牢. 군영軍營과 관아에 소속되어 죄인을 다스리는 일을 맡았던 군졸.
237 삼현육각三絃六角: 거문고·가야금·향비파의 세 가지 현악기와 북·장구·해금·피리 및 태평소 한 쌍의 여섯 악기.
238 점고點考: 명부名簿에 일일이 점을 찍어 가며 사람의 수를 조사함.
239 어주축수애산춘漁舟逐水愛山春에~춘색春色: 왕유의 시 「도원행」桃原行 중 "고깃배 타고 물길 따라 봄산 즐기니/양쪽 물가 복사꽃이 옛 나루를 끼고 있네"(漁舟逐水愛山春, 兩岸桃花夾古津)에서 따온 구절.
240 좌부左符 진퇴進退: 사또의 명에 따라 나오고 물러감. '좌부'는 본래 부절符節의 왼쪽 조각.
241 화씨和氏: 화씨벽和氏璧. 춘추시대 초楚나라 형산荊山에서 발견되었다는 천하제일의 옥.
242 운담풍경오천雲淡風輕近午天: 송나라 정호程顥의 시 「봄날 우연히 짓

243 송하송下에~소식: 당나라 가도賈島의 시 「심은자불우」尋隱者不遇에서 따온 말. 시 전문은 다음과 같다. "소나무 아래서 동자에게 물으니/'선생님은 약 캐러 가셨습니다./이 산 안에 계실 텐데/구름이 깊어 가신 곳을 알 수 없어요.'"

244 차문주가하처재借問酒家何處오? 목동요지牧童遙指 행화杏花: 두목杜牧의 시 「청명」淸明 중 "술집이 어딘가 물으니/목동은 저 멀리 행화촌杏花村을 가리키네"에서 따온 말.

245 아미산월반륜추蛾眉山月半輪秋 영입평강영입平羌: 이백의 시 「아미산월가」蛾眉山月歌에 나오는 구절. '아미산'은 사천성 성도에 있는 산. '평강강'은 아미산 동북쪽의 강.

246 사근내: 여러 곳에 있는 지명.

247 등내等內: 벼슬아치가 벼슬 살고 있는 동안. 여기서는 '벼슬아치'의 뜻.

248 김번수金番手: 김씨 성의 사령使令. '번수'는 대궐에 번을 들어서 호위하는 기수旗手. 여기서는 사령을 높여 부른 말.

249 날진~보라매: '날진'은 야생의 매. '수진'은 3년 이상 길들인 매. '해동청'은 우리나라에서 나는 사냥용 매. '보라매'는 새끼를 잡아 길들여서 사냥에 쓰는 매.

250 풍우風雨도~가지: 『청구영언』 등에 실린 사설시조에서 따온 구절.

251 낙수춘빙洛水春氷: 당나라 저광희儲光義의 시 「낙양도」洛陽道에 나오는 구절.

252 삼일점고三日點考: 고을 수령이 부임한 뒤 사흘 되는 날에 관속을 점고하던 일.

253 선천宣川 기생: 평안도 선천의 나이 어린 기녀가 선조宣祖 때의 문신 노진盧禛이 가난하던 시절 공부를 이어 가도록 돕고 암자에서 절개를 지키다가 암행어사로 내려온 노진과 재회하여 인연을 이룬 이야기가 『계서잡록』溪西雜錄 등에 전한다.

254 평양 기생 월선이: 한글소설 「임진록」에서 왜장倭將 조섭(고니시 유키나가小西行長의 심복 소서비小西飛를 모델로 한 캐릭터)을 살해한 기생.

255 정경貞敬: 정1품과 종1품 관원의 아내에게 주던 봉작封爵.

256 맹분孟賁: 어떤 맹수와 마주쳐도 두려워하지 않는 용기가 있고, 교룡蛟龍과의 싸움도 피하지 않았다고 하는 전국시대의 용사.

257 소진蘇秦 장의張儀: 전국시대 말의 정치가. 뛰어난 변설로 전국시대 군주들을 설득하여 각각 합종책合縱策과 연횡책連衡策을 시행하게 했다.

258 공명孔明 선생~빌었으되:『삼국지연의』三國志演義 적벽대전赤壁大戰 장면에서 촉蜀나라 제갈량諸葛亮이 북쪽의 조조曹操 휘하 수군에게 화공火攻을 펼치기 위해 동남풍을 불러 일으키고자 제사 의식을 치르던 일을 말한다.

259 기산箕山의 허유許由는 부족수요거천不足受堯擧薦하고: 요임금이 기산에 살던 허유를 찾아와 왕위를 물려주려 하자 허유는 더러운 말을 들었다며 강물에 귀를 씻었다는 고사가 전한다.

260 수계나형: '수계나핵'囚繫拿覈의 오기로 보인다.

261 다짐: 관청의 판결과 죄인의 승복 과정.

262 이십오현탄야월二十五絃彈夜月에 불승청원不勝淸怨: 당나라 전기錢起의 시「귀안」歸雁에 나오는 구절.

263 초혼조楚魂鳥: 초나라 왕의 원혼이 변하여 된 새. 전국시대 초나라 회왕懷王이 진秦나라 소왕昭王의 속임수에 빠져 진나라 수도에 억류되어 있다가 죽은 뒤 원한이 사무쳐 새가 되어 고향으로 돌아갔다는 전설이 있다.

264 서울집: 춘향이 이도령과 결혼했으니 시댁이 서울에 있다고 여겨서 부르는 말.

265 「내칙」內則편:『예기』禮記의 편篇 이름. 규방 여성의 예절과 의식이 기록되어 있다.

266 곽거郭巨와 맹종孟宗: '곽거'는 후한 사람으로 몹시 가난했는데, 식사 때마다 밥을 덜어 손자에게 나누어 주는 노모를 염려하여 아이는 다시 얻을 수 있으나 어머니는 그럴 수 없다며 아이를 죽이려고 구덩이를 팠다가 황금 한 솥을 얻었다. '맹종'은 삼국시대 오나라 사람으로, 겨울날 어머니가 먹고 싶어하는 죽순을 구할 길이 없어 대숲에서 슬피 울자 땅속에서 죽순이 솟아났다는 고사가 전한다.

267 삼강수는~일장지一張紙에: 이백의 문집에는 없으나 이백의 시라고 전하는 "오로봉을 붓으로 삼고/삼상三湘을 벼룻물 삼아/푸른 하늘 한 장 종이에/내 뱃속의 시를 쓰네"(五老峯爲筆, 三湘作硯池, 靑天一張紙, 寫我腹中詩)에서 따온 말. 이에 따르면 '삼강수'는 '삼상수'三湘水의 잘못이다. '삼상'三湘은 호남성에 있는 상수湘水를 구역별로 나눈 소상

소상瀟湘·증상烝湘·원상沅湘을 아울러 부르는, '상수'의 별칭이다.

268 상산초商山草: 진나라 말 한나라 초에 섬서성 상산商山에 은거한 네 명의 고사高士가 캤다는 지초.

269 하대옥夏臺獄: 하남성 우주禹州에 있던 하나라의 감옥. 걸왕이 당시 추앙받던 제후인 탕왕을 감옥에 가두었다가 재물을 받고 석방한 일이 있다.

270 유리옥羑里獄: 하남성 안양시安陽市에 있던 상나라의 감옥. 상나라의 제후였던 주나라 문왕이 참소를 입어 유리의 감옥에 갇혔다가 주왕紂王에게 미녀와 준마를 바쳐 풀려났다.

271 만고성현萬古聖賢~갇혔더니: 공자孔子가 광匡 땅을 지나다가 그곳 사람들이 공자를 양호陽虎로 오인하는 바람에 억류되어 곤욕을 겪은 일을 말한다. 양호, 곧 양화陽貨는 노魯나라 계환자季桓子의 가신家臣으로 국정을 전횡하며 여러 악행을 저질렀는데, 공자와 외모가 흡사했다고 한다.

272 하운夏雲은 다기봉多奇峰하니: 도연명의 시「사시」四時에 나오는 구절.

273 병풍에~오려신가:『청구영언』등에 실린「황계사」黃鷄詞에서 따온 구절. '점'點은 1경更을 다섯으로 나눈 시간 단위로, '4경 1점'은 새벽 1시 15분 무렵이다.

274 호접胡蝶이~되어: 장자莊子가 꿈에 나비가 되어 날아다니다가 깬 뒤 자기가 꿈에 나비가 되었던 것인지 나비가 꿈에 된 장자가 된 것인지 모르겠다고 했다.『장자』「제물론」齊物論에 나온다.

275 침상편이춘몽중에枕上片時春夢中에 행진강남수천리行盡江南數千里라: 당나라 잠삼의 시「춘몽」春夢에 나오는 구절.

276 황릉지묘黃陵之廟: 황릉묘黃陵廟. 아황과 여영의 사당祠堂으로, 호남성 소상강 가 황릉산黃陵山에 있다.

277 석숭石崇의 애첩 녹주綠珠: 서진西晉의 부호 석숭의 애첩이었던 기녀 녹주. 손수孫秀라는 권세가 석숭에게 녹주를 달라고 했으나 석숭이 응하지 않자 이에 손수는 조왕趙王 사마륜司馬倫을 부추겨 석숭을 죽이려 했는데, 이 사실을 안 녹주가 투신하여 스스로 목숨을 끊었다는 고사가 전한다.

278 우리 순군舜君~원한이라: 순임금이 중국 남쪽 지방을 순시하다가 호남성 남부의 창오산에서 죽자 순임금의 두 비빈인 아황과 여영이 슬피 울다 상수湘水에 몸을 던져 수신水神이 되었는데, 그 뒤로 상수 가에

눈물 자국으로 얼룩진 반죽이 돋아 자랐다는 전설이 있다.

279 창오산붕상수절蒼梧山崩湘水絶이라야 죽상지루내가멸竹上之淚乃可滅을: 이백의 시 「원별리」遠別離에 나오는 구절.

280 농옥弄玉: 춘추시대 진秦나라 목공穆公의 딸로 퉁소를 잘 불었던 소사蕭史와 결혼했다. 두 사람이 퉁소를 불면 봉황이 날아오곤 했는데, 어느 날 두 사람이 그 봉황을 타고 하늘로 올라갔다는 전설이 있다.

281 태화산太華山~되어: 태화산(섬서성의 서악西岳 화산華山)의 주인인 소사蕭史가 옥황상제의 명을 받아 농옥과 결혼해서 퉁소 곡조를 가르친 뒤 부부가 용과 봉황을 타고 승천했다는 이야기가 『동주열국지』東周列國志에 보인다.

282 곡종비거부지처曲終飛去不知處하니 산하벽도춘자개山下碧桃春自開라: 당나라 허혼許渾의 시 「구산묘」緱山廟에 나오는 구절.

283 한궁녀漢宮女 소군昭君: 한나라 원제元帝 때의 궁녀 왕소군王昭君. 흉노의 군주가 한나라에 미인을 요구하자 원제는 화공畵工 모연수毛延壽가 박색으로 초상을 그린 왕소군을 보내기로 했는데, 흉노로 보내던 날에야 왕소군의 실물을 보고 절세미녀임을 알게 되었고, 왕소군은 한나라를 떠나면서 「출새곡」出塞曲을 비파로 타 자신의 한을 드러냈다는 고사가 전한다.

284 화도성식춘풍면畵圖省識春風面이요 환패공귀월야혼環珮空歸月夜魂이라: 두보의 시 「영회고적」詠懷古跡에 나오는 구절.

285 척부인戚夫人: 한나라 고조의 후궁. 고조가 척부인의 소생 여의如意를 태자로 삼으려 할 정도로 총애 받았으나 고조가 죽은 뒤 고조의 비妃 여태후呂太后에게 보복을 당해 눈알이 뽑히고 수족이 잘리는 등 온몸이 훼손된 채 측간에 버려졌다.

286 옥창玉窓 앵도화櫻桃花: 이백의 시 「구별리」久別離 중 "이별한 뒤 몇 해 던가 집에 못 가고/옥창 너머 앵두꽃을 다섯 번 봤네"(別來幾春未還家, 玉窓五見櫻桃花)에서 따온 말.

287 암급급唵急急~진언眞言: '진언'은 본래 산스크리트어로 외는 주문呪文을 말한다. '암급급 여율령 사파쇄'는 진언 끝에 붙이는 상투어로 통상 '옴급급 여율령 사바하'(서둘러 율령대로 원만하게 이루소서)라 한다.

288 가이태서유상假爾泰筮有常: '태서'泰筮는 점칠 때 쓰는 시초蓍草.

289 주공周公 소공召公: 주나라 문왕의 아들. 두 형제가 조카인 성왕成王을

잘 보필하여 주나라의 기틀을 잡는 데 큰 공을 세웠다.

290 오대五代 성현聖賢 칠십이현七十二賢: '오대 성현'은 공자, 안회顔回, 증자曾子, 자사子思, 맹자. '칠십이현'은 공자의 뛰어난 제자 72인.

291 성문십철聖門十哲: 공자의 뛰어난 제자 10인, 곧 안회, 자건子騫, 백우伯牛, 중궁仲弓, 자유子有, 자공子貢, 자로子路, 자아子我, 자유子遊, 자하子夏.

292 이순풍李淳風: 당나라 초의 역술가로, 천문·풍수·관상에 모두 밝았다. 원천강袁天綱과 함께 『추배도』推背圖라는 예언서를 지었다고 한다.

293 소강절邵康節: 송나라의 학자 소옹邵雍을 말한다. '강절'은 그 시호. 『주역』에 정통하여 우주 만물의 변화를 수학으로 나타내는 상수학象數學을 발전시켰다.

294 정명도程明道 정이천程伊川: 송나라의 성리학자 정호程顥와 정이程頤 형제. 형제가 모두 『주역』의 이치를 풀어 만물의 변화를 설명하는 학문인 역학易學에 밝았다.

295 주염계周濂溪: 송나라의 성리학자 주돈이周敦頤. 「태극도설」太極圖說을 저술했다.

296 엄군평嚴君平 사마군司馬君: 한나라의 점술가들. '엄군평'은 한나라 때의 은사隱士로 초야에 은거하며 사람들의 점占을 봐주는 것으로 생계를 유지했다. '사마군'은 한나라의 점술가 사마계주司馬季主를 가리키는 듯하다.

297 귀곡鬼谷 손빈孫賓: '귀곡'은 귀곡자鬼谷子. '손빈'은 전국시대 제나라의 병법가. 귀곡자는 전국시대 말 합종책合縱策과 연횡책連衡策을 편 정치가인 소진과 장의의 스승으로, 도가 신선술에 능했으며 병법의 대가여서 손빈의 스승이라는 전설도 있다.

298 왕보사王輔嗣: 삼국시대 위나라의 학자 왕필王弼을 말한다. '보사'는 그 자字이다. 『노자주』老子注와 『주역주』周易注를 저술했다.

299 구천현녀九天玄女: 황제黃帝에게 병법을 전해 주었다는 전쟁의 여신.

300 육정六丁 육갑六甲: 도교에서 천제天帝가 부리는 신. '육정'은 정묘丁卯·정사丁巳·정미丁未·정유丁酉·정해丁亥·정축丁丑의 여섯 음신陰神이고, '육갑'은 갑자甲子·갑술甲戌·갑신甲申·갑오甲午·갑진甲辰·갑인甲寅의 여섯 양신陽神이다.

301 배괘동자排卦童子 척괘동랑擲卦童郎: 괘를 늘어놓아 점치는 동자와 시초

蓍草나 동전 따위를 던져 괘를 이루는 동자.

302 **곤명坤命**: 축원문이나 점술에서 여자 또는 여자가 태어난 해를 이르는 말.

303 **칠간산七艮山**: 『주역』의 팔괘 중 일곱째인 간괘艮卦를 이르는 말. 성취의 결말이자 시작에 해당해서 결실을 이룬다고 한다.

304 **유명**: '유면'有面의 오기로 보인다.

305 **태평과太平科**: 나라에 경사가 있을 때 특별히 실시하던 과거.

306 **춘당춘색春塘春色**: '춘당', 곧 '춘당대'春塘臺는 창덕궁 후원의 영화당暎花堂 동쪽 앞에 있는 넓은 대臺. 조선 후기에 이곳에서 문무과 시험을 보였다.

307 **당황모唐黃毛 무심필無心筆**: '황모'는 족제비의 꼬리털. '무심필'은 다른 종류의 털로 심지를 박지 않은 붓.

308 **조맹부趙孟頫**: 원나라의 서예가. 해서·행서·초서에 모두 뛰어났으며, 왕희지 서법을 계승하면서 독자적인 영역을 개척해 '송설체'松雪體를 정립했다.

309 **비점批點**: 한문으로 지은 시문을 비평하여 매우 훌륭한 구절의 글자마다 오른쪽에 찍는 점.

310 **관주貫珠**: 시문을 비평하여 매우 훌륭한 구절의 글자마다 오른쪽에 치는 동그라미.

311 **휘장揮場**: 금방金榜을 들고 과장科場을 돌아다니며 과거에 합격했다고 외치던 일.

312 **삼일유가三日遊街**: 과거에 급제한 사람이 사흘 동안 시험관, 선배 급제자, 친척을 방문하던 일.

313 **역졸驛卒**: 역참驛站에 소속되어 정보 전달, 공물 운반, 군사 업무 등을 수행하던 노비.

314 **청파역靑坡驛**: 서울 용산구 청파동에 있던 역참.

315 **칠패七牌 팔패八牌 배다리**: 남대문과 용산 일대의 지명. '칠패'는 서소문 밖, 지금의 남대문 시장 자리에 있던 난전亂廛. '팔패'는 지금의 서울 중구 봉래동 숭례문 왼쪽의 지명. '배다리'〔舟橋〕는 서울역·청파로를 따라 흐르던 만초천蔓草川을 건너던 다리.

316 **밥전거리**: 둔지방屯之坊. 지금의 용산공원 부근에 있던 식당 거리.

317 **동적이**: 동재기나루, 곧 동작나루. 지금의 동작대교 남단에 있던 나루터.

318 **남태령**: 여우고개. 지금의 동작구 사당동에서 과천으로 넘어가는 사이

에 있는 고개.

319 사그내 미륵당이: '사그내'는 사근평肆覲坪으로, 지금의 경기도 의왕시 고천동 일대. '미륵당이'는 미륵당彌勒堂으로, 경기도 수원시 장안구 파장동에 있다.

320 대황교大皇橋~진위읍振威邑: 수원에서 평택 가는 길의 지명. '대황교'는 수원시 권선구 대황교동에 있던 다리 이름. '떡전거리'는 지금의 경기도 화성시 병점餠店. '진개울'은 화성시 향남읍 증거리 일대. '중미'는 오산 중미 고개. '진위읍'은 평택의 지명.

321 칠원七院~성환역成歡驛: 평택에서 천안 가는 길의 지명. '칠원'은 지금의 평택시 칠원동. '소사'는 평택시 소사동. '애고다리', 곧 아교牙橋는 경기도와 충청도의 경계인 안성천을 건너는 다리. '성환역'은 충남 천안시 성환읍에 있던 역참.

322 상류천上柳川 하류천下柳川 새술막: '상류천'(윗버드내)과 '하류천'(아랫버드내)은 지금의 수원시 권선구 세류동에 속한 마을 이름. '새술막', 곧 새숯막은 지금의 천안시 두정동 일대에 있던 마을.

323 도리티 김제역金蹄驛: '도리티'는 천안삼거리에서 목천읍으로 넘어가는 고개. '김제역'은 지금의 세종시 소정면에 있던 역참.

324 신구新舊 덕평德坪: 천안시 광덕면 일대.

325 원터: 천안시 광덕면 원덕리.

326 팔풍정~모란: 모두 공주시 정안면의 지명. '팔풍정', 곧 팔풍정이는 정안면 인풍리. '화란', 곧 활원은 장원리. '광정'은 광정리. '모란'은 모란마을.

327 높은행길 고개: 공주시 소학동의 지명.

328 무너미 널티 경천敬天: 모두 공주시 계룡면의 지명. '무너미' 곧 '널티'는 기산리와 월암리 사이의 고개. '경천'은 경천리.

329 노성魯城~지함이고개: 모두 논산의 지명. '노성'은 논산시 노성면. '풋개'는 광석면 풋개마을. '사다리', 곧 사교沙橋는 은진면의 다리 이름. '간치당이'는 은진면 시묘리. '황화정'은 연무읍에 있던 정자. '지함이고개'는 연무읍 마전리의 고개.

330 당: 머리 윗부분을 조이는, 망건網巾의 윗부분. 상투에 동여매는 당줄을 꿰게 되어 있다.

331 갓풀관자貫子: 아교풀(갓풀)로 만든 관자. '관자'는 망건에 달아 당줄을

거는 작은 고리.

332 **통새암 삼이**: '통새암', 곧 통샘은 전북 완주군 봉동읍의 지명. '삼이', 곧 삼례는 완주군 삼례읍.

333 **한내~싱금정**: 완주와 전주의 지명. '한내'는 전북 완주군 삼례읍 남쪽의 하천. '주엽쟁이', 곧 쥐엽정은 전주시 덕진구 평리마을. '가린내', 곧 가리내는 덕진구 팔복동 앞을 흐르는 하천. '싱금정', 곧 승금정勝金亭은 지금의 덕진구 화수각花樹閣.

334 **숲정이 공북루拱北樓**: '숲정이'는 전주시 덕진구 진북동의 지명. '공북루'는 덕진구 팔복동에 있는 누각.

335 **기린토월麒麟吐月이며~위봉폭포威鳳瀑布**: 완산팔경完山八景. '기린토월'은 기린봉의 달 뜨는 풍경. '한벽청연'은 한벽당寒碧堂에 안개가 서린 풍경. '남고모종'은 남고사南固寺의 저녁 종소리, '건지망월'은 건지산乾止山의 달구경. '다가사후'는 다가산多佳山의 활터 풍경. '덕진채련'은 덕진연못에서 연밥 따는 풍경. '비비낙안'은 한내 앞 비비정飛飛亭 주변에 기러기가 내려앉은 풍경. '위봉폭포'는 완주군 위봉산威鳳山의 폭포.

336 **구핫뜰**: 임실군 오수면 국평마을.

337 **순임금~갈고**: 순임금이 임금이 되기 전까지 역산에서 농사를 지었다는 고사가 『서경』書經과 『묵자』墨子 등에 전한다. 쟁기는 신농씨가 만들었다고 하는바, 순임금이 쟁기를 처음 만들었다는 것은 착오다.

338 **신농씨神農氏 내신 따비**: 농업의 창시자라는 신농씨가 나무로 쟁기를 만들었다는 기록이 『주역』「계사전」繫辭傳과 『예기』 등에 보인다. '따비'는 쟁기보다 조금 작고 보습이 좁은 농기구.

339 **은왕殷王~당하였네**: '은왕 성탕'은 상나라 탕왕을 말한다. 탕왕 즉위후 7년 동안 가뭄이 들자 탕왕이 자신을 희생으로 삼아 기우제를 지내자 큰비가 내렸다는 고사가 전한다.

340 **등장等狀**: 여러 사람이 이름을 잇대어 써서 관청에 올려서 하소연하는 일.

341 **조여청사모성설朝如青絲暮成雪**: 이백의 시 「장진주」將進酒에 나오는 구절.

342 **조자룡趙子龍이 월강越江하던 청총마青驄馬**: 『삼국지연의』의 장판파長坂坡 전투에서 조운趙雲이 필마단기로 적진을 누비며 유비劉備의 아들 아두阿斗를 구출해 품에 안고 홀로 적진을 뚫고 나온 장면을 두고 하는 말. '청총마'는 갈기와 꼬리가 푸르스름한 백마.

343 행인行人이 임발우개봉臨發又開封: 당나라 장적張籍의 시 「추사」秋思에 나오는 말로, 객지에서 집으로 편지를 보내며 할 말을 다 못 했나 싶어 편지 전할 사람을 붙잡고 봉한 편지를 다시 열어 본다는 뜻.

344 거세하시군별첩去歲何時君別妾: 이백의 시 「변경을 그리며」(思邊)에 나오는 구절.

345 박석티: 남원 사매면에 있는 고개.

346 객사청청유색신客舍青青柳色新: 왕유의 시 「안서로 가는 원이를 전송하며」(送元二使安西)에 나오는 구절.

347 청운낙수青雲洛水: 당나라 송지문宋之問의 시 「아침 일찍 소주를 떠나며」(早發韶州)에 나오는 구절. '낙수'는 낙양 남쪽을 흐르는 강 이름.

348 녹수진경綠樹秦京: 송지문의 시 「아침 일찍 소주를 떠나며」에 나오는 구절.

349 입춘서立春書: 입춘에 벽이나 문에 써 붙이는 글.

350 이풍헌李風憲: '풍헌'은 본래 지방 수령을 보좌하던 자문 기관인 유향소의 관원인데, 실제 풍헌이 아닌 이들에게도 존칭으로 썼다.

351 파루罷漏: 새벽 4시 무렵 통행 금지 해제를 알리던 종.

352 육진장포六鎭長布: 함경도 육진六鎭에서 나는 베. 다른 곳의 베보다 길이가 훨씬 길다. '육진'은 두만강 하류 남안의 요충지, 곧 종성鐘城·온성穩城·회령會寧·경원慶源·경흥慶興·부령富寧.

353 북망산천北邙山川: 사람이 죽어 묻히는 곳. '북망산'은 본래 중국 낙양洛陽 북쪽에 있는 산 이름으로, 후한後漢 이래로 유명 인물들의 묘가 많았다.

354 운봉雲峰 영장營將: '운봉'은 전라도의 현縣 이름으로, 지금의 남원군 운봉면 일대. '영장'은 각 도의 지방 군대를 관할하기 위하여 설치한 진영鎭營의 지휘관. 중앙에서 파견하기도 하고, 관찰사가 휘하 고을 수령 중 적임자를 임명하기도 했다. 본래 남원에 있던 전라도 좌영左營을 1708년(숙종 34) 운봉으로 옮기면서 운봉 현감이 영장을 겸임했다.

355 육각六角: 북·장구·해금·피리 및 태평소 한 쌍의 여섯 악기.

356 차운次韻: 다른 사람이 지은 시의 운자韻字에 맞춰 시를 짓는 일.

357 추구권推句卷: 『추구』推句. 오언五言 대구對句를 묶은 아동용 학습서.

358 합번合番: 큰일이 있을 때 관원들이 함께 숙직하던 일.

359 감발: 먼 길을 갈 때 발에 감는, 좁고 긴 무명천.

360 **청파靑坡 역졸**: 청파역靑坡驛에서 차출해 온 역졸.

361 **좌수座首 별감別監**: '좌수'는 조선 시대 지방 수령을 보좌하던 자문기관인 유향소留鄕所의 우두머리. '별감'은 유향소에서 좌수에 버금가는 직책으로 좌수를 보좌하여 풍속 교정, 향리 규찰, 지방 관아의 행정 일부를 담당했다.

362 **삼색나졸三色邏卒**: 지방 관아의 군뢰·사령 등 하급 군졸을 통틀어 이르는 말.

363 **과줄**: 밀가루 반죽에 꿀을 섞어 부친 과자.

364 **병부兵符**: 군대를 동원하는 표지로 쓰던 나무패.

365 **용수**: 싸리 따위로 만들어 술이나 장을 거르는 데 쓰는, 둥글고 긴 통.

366 **봉고파직封庫罷職**: 관찰사나 암행어사가 지방관의 비위 사실을 적발한 뒤 증거 보존을 위하여 관서의 창고를 봉하고 지방관을 파면하는 일.

367 **춘초春草는~귀불귀歸不歸라**: 왕유의 시 「산중송별」山中送別에 나오는 구절.

368 **정렬부인貞烈夫人**: 조선 시대에 정조와 지조를 굳게 지킨 부인에게 내리던 칭호.

춘향전
경판 30장본

1. 화설話說: 소설에서 이야기를 시작할 때 쓰는 상투어.
2. 이등: 전임 사또를 가리키는 말인 '전등 사또'에 대응되는 말.
3. 초목군생지물草木群生之物이 개유이자락皆有以自樂하여: 『한서』漢書「문기」文紀에 나오는 말.
4. 강릉~청간정清澗亭: 강원도 동해안의 여덟 명승지인 관동팔경關東八景.
5. 명매기 걸음: 맵시 있게 아장거리며 걷는 걸음. '명매기'는 제빗과의 여름 철새.
6. 악양루岳陽樓~고소대姑蘇臺: 중국 강남의 명승지. '악양루'는 중국 호남성 동정호洞庭湖의 동쪽 물가에 있는 누각. '봉황대'鳳凰臺는 남경南京의 봉황산에 있던 누각. '황학루'黃鶴樓는 호북성 무한武漢의 양자강揚子江 기슭에 있는 누각. '고소대'는 강소성 소주蘇州 고소산姑蘇山에 있던 누대樓臺.
7. 반분때: 반분대半粉黛. 살짝 칠한 엷은 화장. '분대'는 분 바른 얼굴과 먹으로 그린 눈썹.
8. 웨 쇠려: '웨'는 '우에', 즉 '위에'이고, '쇠려'는 '세로', 즉 '세로로'의 뜻인 듯하다.
9. 항라亢羅: 명주 따위로 짠 여름 옷감.
10. 깍기적삼: 깨끼적삼. '깨끼'는 겉감과 안감 사이에 시접이 밖으로 비치지 않도록 가늘게 처리하여 바느질하는 방식. '적삼'은 홑으로 만든 웃옷.
11. 물면주: 엷은 남빛 명주실로 짠 비단.
12. 백방수화주白紡水禾紬 너른바지: '백방수화주'는 흰 누에고치만으로 실을 켜서 만든 고급 비단. '너른바지'는 여자가 한복을 입을 때 단속곳 위에 입는 속옷.
13. 겻마이: 곁마기. 견마기. 초록 바탕에 자주색으로 겨드랑이를 막은 저고리.
14. 남봉: 남방사藍紡紗.
15. 이궁전~또애향: '이궁전'과 '대방전'은 중국에서 수입한 향香의 하나. '인물향'은 향을 넣은, 사람 모양의 패물. '또애향'은 '또애기', 곧 풋과일의 향.

16 산호수珊瑚樹 밀화가지: '산호수'는 나무처럼 가지가 퍼진 산호 노리개. '밀화가지'는 밀화불수蜜華佛手, 곧 부처님 손 모양의 호박琥珀 노리개.

17 양국대장兩局大將 병부兵符 차듯: '양국대장', 곧 훈련대장訓鍊大將과 어영대장御營大將이 군대를 동원할 수 있는 병부를 차듯이. 물건을 주렁주렁 많이 차고 있는 모습.

18 남북~차듯: 남북의 병마절도사가 동개를 차듯이. '동개'는 활과 화살을 넣어 등에 지도록 만든 물건.

19 곤강崑岡: 티베트 고원 북쪽의 곤륜산崑崙山. 곤륜산의 낭풍전閬風巓이 미옥의 산지로 유명하다.

20 북망산北邙山: 낙양洛陽 북쪽에 있는 산. 후한後漢 이래로 유명 인물들의 묘가 많아 사람이 죽어 묻히는 곳을 뜻하게 되었다.

21 궁둥머리: 궁둔전宮屯田 앞. '궁둔전', 곧 '궁방전'宮房田은 조선 시대 궁에서 조세를 받던 논밭.

22 신궁둥이: 여색을 좋아하는 사람.

23 초친 무럼: 흐늘흐늘 힘이 없거나 줏대 없는 사람을 놀려 이르는 말.

24 대명전大明殿: 개성에 있던 고려의 궁전.

25 하정下庭: 하정배下庭拜. 지체 높은 사람을 뵐 때 뜰에서 절하는 일.

26 홍문연鴻門宴~형상: 한나라의 명장 번쾌樊噲가 홍문鴻門(섬서성陝西省의 지명)의 잔치에서 항우項羽의 모사 범증范增이 유방劉邦을 죽이려는 음모를 눈치 채고 분노하여 성난 눈으로 항우를 노려보며 검무를 추어 유방을 보호했다는 고사를 말한다.

27 청가묘무淸歌妙舞: 당나라 송지문宋之問의 시 「유소사」有所思에 "지는 꽃 앞에서 맑은 노래 부르고 기묘한 춤 추었네"(淸歌妙舞落花前)라는 구절이 보인다.

28 탁문군卓文君의 거문고: 한나라 무제武帝 때의 문인 사마상여司馬相如가 촉蜀의 임공臨邛 땅을 지나다가 그곳 부호의 딸로 과부가 되어 친정에 머물던 탁문군을 거문고 연주로 유혹해 함께 달아났다는 고사가 전한다.

29 북극천문北極天門: 북쪽 하늘 끝에 있다는 옥황상제의 궁궐.

30 삿갓가마: 사방에 흰 휘장을 두르고 위에 큰 삿갓을 덮어서 꾸민 가마. 초상 중에 상제가 탔다.

31 향정자香亭子: 향합香盒과 향로 등의 제구祭具를 싣는, 정자亭子 모양

의 가마.
32 불망기不忘記: 훗날 잊지 않도록 적어 놓은 문서.
33 통직이: 통지기. 서방질을 잘하는 여종.
34 천지지간天地之間~최귀最貴하니:『동몽선습』童蒙先習의 첫 구절.『동몽선습』은 조선 중종中宗 때 박세무朴世茂가 지은 아동용 학습서.
35 천황씨天皇氏는~무위이화無爲而化하니:『십팔사략』의 첫 구절. '천황씨'는 삼황三皇의 하나. '목덕'은 오행五行 가운데 목木의 덕으로, 만물을 생육하는 덕에 해당한다. '섭제'攝提는 지지地支의 셋째인 '인'寅을 가리키는 말.
36 이십삼년二十三年이라~위제후爲諸侯하다:『통감절요』의 첫 구절.
37 원형이정元亨利貞은~인성지강人性之綱이라:『소학』제사題辭의 첫 구절.
38 대학지도大學之道는~재지어지선在止於至善이니라:『대학』의 첫 구절.
39 자왈子曰~불역열호不亦說乎아:『논어』의 첫 구절.
40 맹자孟子가~역장유이리오국호亦將有以利吾國乎잇가:『맹자』의 첫 구절.
41 관관저구關關雎鳩~군자호구君子好逑로다:『시경』의 첫 구절.
42 왈약계고제요曰若稽古帝堯혼대:『서경』의 첫 구절.
43 원元코~정貞코라:『주역』에서 말하는 건乾(천도天道)의 네 가지 근본 원리 원형이정元亨利貞을 우스꽝스럽게 읽은 것.
44 통인通引: 고을 수령의 잔심부름을 하던 하인.
45 군노~풍헌風憲: '군노'는 군뢰軍牢, 곧 군영軍營과 관아에 소속되어 죄인을 다스리는 일을 맡았던 군졸. '사령'은 관청에 딸린 하졸. '별감'別監은 조선 시대 지방 수령을 보좌하던 자문기관인 유향소留鄕所에서 좌수를 보좌하여 풍속 교정 등의 임무를 담당하던 직책. '좌수'는 유향소의 우두머리. '약정'은 풍속 교화의 임무를 맡은, 향약 조직의 임원. '풍헌'은 징세와 권농勸農 등의 업무를 감독하던 유향소의 관원.
46 「칠월」편七月篇:『시경』빈풍豳風의 편篇 이름. 백성들의 생업 관련 풍속을 노래했다.
47 의뭉줌치: 겉으로는 어리석은 것처럼 보이면서 속으로는 엉큼한 사람.
48 팔작八作: 팔작집. 네 귀에 모두 추녀를 달아 지은 집.
49 초헌軺軒 다락: 고위 관료의 수레를 걸 수 있게 솟을대문에 만든 다락.
50 부서: 부석, 곧 아궁이. 아궁이가 있는 곳을 부엌과 구별하고 이곳에

곡식과 찬거리 등을 저장하기도 했다.

51 구을도리: 굴도리, 곧 둥글게 만든 도리. '도리'는 서까래를 받치기 위하여 기둥 위에 건너지르는 나무.

52 완자창卍字窓: '卍'(만)의 중국어 발음 '완'을 취하여 '완자'라고 했다.

53 진晉 처사處士~향하는 경景: 동진東晉의 도연명이 팽택彭澤 현령을 지낼 때 지방을 감찰하는 상관이 공손히 영접할 것을 요구하자 적은 녹봉 때문에 보잘것없는 자에게 허리를 굽힐 수 없다며 사직하고 고향인 시상柴桑으로 돌아갔다는 고사를 그린 광경. '심양'과 '시상' 모두 지금의 강서성 구강시九江市의 지명.

54 삼국풍진三國風塵~가는 경: 유비가 제갈량을 초빙하기 위해 남양南陽(호북성 양양襄陽)에 있는 제갈량의 초당을 세 번 찾아갔다는 삼고초려三顧草廬의 고사를 그린 광경.

55 강태공姜太公이~기다리는 경: 강태공이 섬서성의 위수에서 낚시로 소일하며 곤궁하게 지내다가 80세에 주周나라 문왕文王을 만나 높은 벼슬에 오른 고사를 그린 광경.

56 육관대사六觀大師의~뵈는 형상: 『구운몽』에서 성진이 스승 육관대사의 분부를 받아 용궁에 다녀오는 길에 팔선녀와 만나 수작하는 장면. '육환장'은 머리 부분에 주석朱錫으로 만든 큰 고리를 끼우고, 큰 고리에 여섯 개의 작은 고리를 끼워 만든 지팡이.

57 문신호령門神戶靈 가금불상呵禁不祥: 한유韓愈의 글 「송궁문」送窮文과 「송이원귀반곡서」送李愿歸盤谷序에 나오는 말.

58 개문만복래開門萬福來 소지황금출掃地黃金出: 『추구』推句에 나오는 말.

59 원득삼산불로초願得三山不老草 배헌고당백발친拜獻高堂白髮親: 가사 『초당문답가』草堂問答歌에 나오는 말.

60 부모천년수父母千年壽 자손만세영子孫萬歲榮: 『추구』에 나오는 말.

61 대설백大雪白~분도: '대설백'은 꽃송이가 작고 흰 국화. '백학령'은 흰색 국화 품종. '홍학령'은 붉은색 국화 품종. '금사오죽'은 작은 점이 박힌 대나무. '황학령'은 노란색 국화 품종. '월사계'는 장미과의 월계화月季花. 월계화의 별칭이 사계화四季花. '왜석류'는 키가 작은 석류나무의 한 종류. '분도', 곧 편도扁桃는 복숭아나무와 비슷한 장미과의 나무.

62 들미장: 문을 들어 열게 되어 있는 장.

63 머릿장: 머리맡에 놓는 단층장.

64 반닫이: 앞면의 위쪽 절반을 문짝으로 만들어 아래로 젖혀 여는 장.

65 가께수리: 여닫이문 안에 여러 개의 서랍을 설치한 단층장 형태의 금고金庫.

66 계자鷄子 다리 옷걸이: 닭다리 모양의 다리가 달린 옷걸이.

67 철침鐵枕 퇴침退枕: '철침'은 쇠로 만든 접이식 베개. '퇴침'은 서랍이 있는 목침.

68 피행담皮行擔: 가죽으로 만든 행담行擔. '행담'은 여행할 때 가지고 다니는 작은 상자.

69 빗접 고비: 빗꽂이와 편지꽂이.

70 용두龍頭 머리 장목비: 손잡이에 용머리를 조각한, 꿩의 꽁지깃으로 만든 실내용 빗자루. '장목'은 꿩의 꽁지깃을 말한다.

71 전대야: 위쪽 가장자리가 약간 넓고 평평한 놋대야.

72 광명두리: 광명두. 나무나 무쇠, 놋쇠 따위로 만든 등잔걸이.

73 귀목뒤주: 느티나무로 만든 뒤주.

74 당화기唐畵器며~실굽달이: '당화기'는 그림이 그려진 중국산 사기그릇. '동래 기명'은 동래에서 만든 유기鍮器. '실굽달이'는 밑바닥에 받침이 가늘게 둘려 있는 그릇.

75 곽분양郭汾陽의 행화원杏花園 행락도行樂圖: '곽분양', 곧 곽자의郭子儀가 노년에 호화로운 저택에서 많은 가족과 생일잔치를 벌여 즐기는 모습을 그린 그림 「곽분양 행락도」郭汾陽行樂圖를 말한다. 곽자의는 당나라의 명장이자 재상으로, 안록산安祿山의 난 등 여러 차례의 변란을 진압하여 분양왕汾陽王의 봉호를 받고, 평생 부귀영화를 누리며 100여 명에 달하는 손자를 두었다. '행화원', 곧 살구꽃 동산은 곽자의 고사와의 관련은 알 수 없고, 문인이나 문신들의 고상한 모임을 그린 「행원아집도」杏園雅集圖 등의 그림이 유행했기에 한 말로 보인다.

76 왕희지王羲之 난정연蘭亭宴: 왕희지를 비롯한 동진東晉의 명사들이 절강성浙江省 소흥紹興에 있는 난정蘭亭에서 벌인 잔치.

77 호렵도胡獵圖 곡병曲屛: 북방 오랑캐의 수렵 장면을 그린 두 폭 병풍. '곡병'은 일반 병풍보다 폭을 넓게 하여 두 폭으로 만든 병풍.

78 팔모 접은 대모반玳瑁盤: 여덟 모서리를 접은, 대모玳瑁로 장식한 소반. '대모'는 바다거북의 일종으로, 여기서는 '대모갑'玳瑁甲, 곧 대모의 등

과 배를 싸고 있는 껍데기를 말한다. 저본에는 '접은'이 "접시"로 되어 있으나 『남원고사』에 따랐다.

79 산승 송기 조악 웃기: '웃기'는 웃기떡, 곧 흰떡에 물을 들여 여러 모양으로 만든 떡. '산승'은 찹쌀가루를 반죽하여 얇게 밀어 모지거나 둥글게 만들어 기름에 지진 웃기떡. '송기'는 송기가루와 멥쌀가루를 버무려 찐 떡. '조악'은 '주악', 곧 찹쌀가루에 대추를 이겨 섞고 꿀에 반죽하여 팥소를 넣어 송편처럼 만든 다음 기름에 지진 웃기떡.

80 봉鳳전복: 마른 전복을 봉황 모양으로 오려 꾸민 것.

81 왜화병倭畵甁: 그림이 그려진, 일본산 병.

82 이태백의 포도주: 이백의 시 「양양가」에 "멀리 한수漢水를 바라보니 오리 머리처럼 푸르러/마치 새로 익은 포도주 같구나"(遙看漢水鴨頭綠, 恰似葡萄初醱醅)라는 구절이 보인다.

83 도연명의 국화주: 도연명의 시 「음주」飮酒에 "가을 국화 색이 고와/이슬 젖은 꽃잎 땄네./근심을 잊게 하는 술에 띄우니/세상 버린 마음 더 멀어지네"(秋菊有佳色, 裛露掇其英. 汎此忘憂物, 遠我遺世情)라는 구절이 보인다.

84 마고선녀麻姑仙女 천일주千日酒: '마고'는 도교 신화에 나오는 여선女仙. '천일주'는 담근 뒤에 천 일 동안 땅속에 묻어 두었다가 거른 술.

85 일년주一年酒~황소주黃燒酒: '일년주'는 담근 지 한 해 만에 뜨는 술. '계당주'는 계피와 당귀를 넣어 빚는, 평안도의 술. '백화주'는 동백꽃, 살구꽃, 국화 등을 송이째 따서 말린 뒤 자루에 담아 항아리 바닥에 넣고 빚는 술. '이강고'는 배와 생강을 주원료로 하는, 전주全州의 명주. '감홍로'는 약재를 넣고 고아 만든, 평양의 명주. '자소주'는 차조기·계피 등을 우려 만든 술. '황소주'는 누런빛의 소주.

86 앵무배鸚鵡杯 노자작鸕鶿杓: 앵무새 부리 모양으로 만든 술잔과 가마우지 모양으로 꾸민 술구기. 이백의 시 「양양가」에 "노자작 앵무배로/인생 백년 삼만 육천 일/하루에 모름지기 삼백 잔은 마셔야지"(鸕鶿杓 鸚鵡杯, 百年三萬六千日, 一日須傾三百杯)라는 구절이 보인다.

87 한무제漢武帝 승로반承露盤: 한나라 무제가 불로장생을 꿈꾸며 하늘에서 내리는 감로수甘露水를 받아 먹기 위해 장안長安의 건장궁建章宮 서쪽에 높이 설치했다는 금동金銅 쟁반.

88 왕장군지고자王將軍之庫子: 『전등신화』剪燈新話 「삼산복지지」三山福地志

에서 어떤 도사가 은인을 인색하게 대한 목군繆君이라는 사람을 두고 재물을 마음대로 운용하지 못하고 지키기만 하는 '왕장군의 창고지기'라고 했는데, 훗날 그 예언대로 목군은 원나라 말 농민반란군의 수장이었던 장사성張士誠 군대의 왕장군에게 살해되고 재산을 모두 빼앗겼다.

89 초당~우로라:『청구영언』 등에 전하는 사설시조. '솥적다새'는 '소쩍새'의 방언. 소쩍새 우는 소리가 '솥 적다'로 들리면 풍년이 든다는 속설이 있었다.

90 합환주合歡酒: 혼례 때 신랑 신부가 서로 잔을 바꾸어 마시는 술.

91 비점批點: 한문으로 지은 시문을 비평하여 매우 훌륭한 구절의 글자마다 오른쪽에 찍는 점.

92 관주貫珠: 시문을 비평하여 매우 훌륭한 구절의 글자마다 오른쪽에 치는 동그라미.

93 남대문이~서 푼이요: 취흥이 일어나 세상 모든 것이 하잘것없게 느껴지는, 호기로운 상태를 뜻하는 말. '남대문이 게궁기'는 남대문이 게구멍처럼 작게 보인다는 말. '인정이 매방울'은 커다란 인정종人定鐘이 매의 꽁지에 다는 방울처럼 작게 보인다는 말. '선혜청이 오 푼이요, 호조가 서 푼이요'는 조선 후기의 재정 담당 기관 선혜청과 호조가 다섯 푼, 세 푼짜리로 보잘것없게 느껴진다는 말.

94 임하하증견일인林下何曾見一人: 당나라의 승려 영철靈徹의 시「동림사에서 위단 자사에게 수창하다」(東林寺酬韋丹刺史) 중 "만나면 모두 사직하는 게 좋겠다고 말하지만"(相逢盡道休官好)에 이어지는 구절.

95 금일번성송고인今日翻城送故人: 당나라 사공서司空曙의 시「골짜기 어귀에서 친구를 전송하며」(峽口送友人)에 나오는 구절.

96 비입궁장불견인飛入宮牆不見人: 당나라 유우석劉禹錫의 시「버드나무 가지」(楊柳枝詞)에 나오는 구절.

97 양류청청도수인楊柳靑靑渡水人: 당나라 시인 왕유王維의 시「한식에 사수汜水 강가에서 짓다」(寒食汜上作)에 나오는 구절.

98 불견낙교인不見洛橋人: 당나라 송지문宋之問의 시「길에서 한식을 맞아」(途中寒食)에 나오는 구절. '낙교'는 낙양에 있는 천진교天津橋를 말하는데, 봄날 남녀들이 운집하는 명승지였다.

99 풍설야귀인風雪夜歸人: 당나라 유장경劉長卿의 시「눈을 만나 부용산 주인 집에 묵다」(逢雪宿芙蓉山主人)에 나오는 구절.

100 우락중분미백년憂樂中分未百年: 『청구영언』에 실린 시조에 나오는 구절.
101 호기장구오륙년胡騎長驅五六年: 두보의 시 「한별」恨別에 나오는 구절.
102 인로증무갱소년人老曾無更少年: 아동용 한시 학습서 『백련초해』百聯抄解에서 "꽃은 시들어도 다시 필 날 있지만"(花衰必有重開日)에 이어지는 구절.
103 상빈명조우일년霜鬢明朝又一年: 당나라 고적高適의 시 「제야에 짓다」(除夜作)에 나오는 구절.
104 함양유협다소년咸陽遊俠多少年: 당나라 왕유의 시 「소년행」少年行에 나오는 구절.
105 경세우경년經歲又經年: 당나라의 기녀 유채춘劉采春의 시 「나홍곡」囉嗊曲에 나오는 구절.
106 한진부지년寒盡不知年: 당나라 태상은자太上隱者의 시 「산에 살며 쓰다」(山居書事)에 나오는 구절.
107 너는 회양淮陽~감겨 있어: 영조英祖 때의 문신 이정보李鼎輔의 시조 중 "님으람 회양淮陽 금성金城 오리나무가 되고 나는 삼사월 츩넝쿨이 되어/그 나무에 그 츩이 납거미 나비 감듯 이리로 츤츤 저리로 츤츤 외오 풀러 올히 감아 얽히져 틀어져 밑부터 끝까지 조금도 빈틈없이 찬찬 구비 나게 휘휘 감겨 주야장상晝夜長常 뒤틀어져 감겨 있어"에서 따온 구절.
108 되었더라: 저본에는 "되었더니"로 되어 있다.
109 생초목에 불이로다: 살아 있는 나무와 풀에 불이 붙어 탄다. 뜻밖의 재난을 당한 경우를 비유해 이르는 말.
110 면경面鏡: 얼굴을 비추어 보는 작은 거울.
111 병풍에~오랴시오: 육당본 『청구영언』에 실린 「황계사」黃鷄詞에 "병풍에 그린 황계 수닭이 두 나래 둥덩 치고 잘은 목을 길게 빼어 긴 목을 후리여 사경四更 일점一點에 날 새라고 꼬꾀오 울거든 오랴는가" 구절이 보인다.
112 대비정속代婢定屬: 관아의 여종이나 기생이 다른 사람을 사서 자기 대신에 관아에 속하게 함으로써 천인 신분에서 벗어남.
113 칠패七牌~동적이: 남대문·용산·동작 일대의 지명. '칠패'는 지금의 남대문 시장 자리. '팔패'는 숭례문 왼쪽의 지명. '청파'는 지금의 용산구 청파동. '돌모로', 곧 석우石隅는 숭례문과 용산 사이 지금의 원효로

	부근의 지명. '동적이'는 동작나루.
114	신수원新水原: 수원 화성華城 일대. 정조 때 조성한 수원 신읍新邑.
115	상류천上柳川~오뫼: 수원에서 오산 가는 길의 지명. '상류천'(윗버드내)과 '하류천'(아랫버드내)은 지금의 경기도 수원시 권선구 세류동에 속한 마을 이름. '죽밋', 곧 '중미'中彌는 경기도 오산 중미 고개. '오뫼'는 경기도 오산.
116	칠원七院 성환成歡 빗트리: 평택에서 천안 가는 길의 지명. '칠원'은 지금의 평택시 칠원동. '성환'은 천안시 성환읍. '빗트리', 곧 '비트리'는 천안시 부대동 일대.
117	진계역: 김제역金蹄驛. 지금의 세종시 소정면에 있던 역.
118	덕평德坪~몰원: 천안과 공주 정안면의 지명. '덕평'은 지금의 천안시 광덕면 행정리. '인주원'은 공주시 정안면에 있던 원院. '광정'은 공주시 정안면의 지명. '몰원', 곧 '모로원'毛老院은 지금의 공주시 정안면 모란마을.
119	널티 경천敬天 노성魯城: '널티'와 '경천'은 모두 공주시 계룡면의 지명. '노성'은 논산.
120	은진恩津~삼례參禮: 논산에서 전주 가는 길의 지명. '은진 닥다리'는 논산시 은진면의 사교沙橋. '여산'은 전북 익산시 여산면. '능기울'은 익산시 왕궁면 수경리의 옛 이름. '삼례'는 전주시 완주군 삼례읍.
121	노고바위: 노구바위, 곧 노구암爐口巖. 전북 완주군 상관면 용암리의 지명.
122	오리정五里亭: 5리마다 둔 정자. 여기서는 전북 남원시 사매면 월평리에 있는 정자.
123	청도淸道: 청도기淸道旗. 행군할 때 앞에서 길을 치우는 데 쓰던 군기軍旗.
124	홍문紅門: 이하 '남문'藍門·'황문'黃門·'백문'白門·'흑문'黑門 모두 문기門旗이다. '문기'는 진문陣門 밖에 세우던 군기軍旗로, 동서남북과 중앙의 다섯 방위마다 두 개씩 세웠다.
125	주작朱雀: 남쪽의 주작기朱雀旗. 동서남북과 중앙의 다섯 방위를 나타내 진문 앞에 세우던 큰 군기인 대오방기大五方旗의 하나. 동쪽의 청룡, 서쪽의 백호, 북쪽의 현무, 중앙의 등사螣蛇 등 각 방위를 상징하는 신령스런 짐승을 그렸다.
126	남동각南東角 남서각南西角: 각각 남동쪽과 남서쪽 방위를 표시하는 각

기角旗. '각기'는 진중陣中에서 방위를 표시하던 군기.

127 홍초紅招: 홍초기紅招旗. 곧 붉은색 고초기高招旗. '고초기'는 군대를 지휘하고 호령하는 데 쓰던 군기의 하나.

128 순시巡視: 순시기巡視旗. 군대 안에서 죄를 범한 자를 순찰하여 잡아 올 때 쓰던 군기.

129 호총號銃: 호포號砲. 훈련이나 의식에서 호령의 신호로 발사하던 총포.

130 좌관이左貫耳 우영전右令箭: 왼쪽에 있는 관이전貫耳箭과 오른쪽에 있는 영전令箭. '관이전'은 전쟁터에서 군율을 어긴 군사를 처형할 때 사형수의 두 귀를 꿰어 여러 사람에게 보이던 화살. '영전'은 군령을 전달할 때 쓰던 화살.

131 환상還上 전결田結: '환상'은 백성들에게 봄에 곡식을 빌려주고 가을에 이자를 붙여 거두던 일. '전결'은 논밭에 물리는 세금.

132 점고點考: 명부名簿에 일일이 점을 찍어 가며 사람의 수를 조사함.

133 장차將差: 죄인 체포 등의 임무를 받고 파견된 나장羅將과 차사差使.

134 형산荊山: 호북성에 있는 산으로, 미옥의 산지.

135 이낭청李朗廳: 이씨 성의 낭청. '낭청'은 조선 시대 임시 기구에서 실무를 맡아보던 당하관堂下官 벼슬. 여기서는 실제 벼슬과 무관하게 존칭으로 썼다.

136 강변에 덴 소 납뛰듯: 위급한 경우를 당하여 황망하게 날뛰는 사람을 비유해 이르는 말.

137 [다짐]: 조선 시대 송사에 패소한 사람이 관의 판결에 승복하겠다고 다짐[侤音]하던 문서.

138 살등여의신白等汝矣身: '사뢰온 너'라는 뜻의 이두 표기.

139 집장執杖: 집장뇌자執杖牢子.

140 용천검龍泉劍 태아검太阿劍: 춘추시대 월나라의 구야자歐冶子와 오나라의 간장干將이 함께 만들었다는 명검.

141 털풍헌 안약정: '풍헌'風憲과 '약정'約正은 본래 유향소와 향약 조직의 임원 직책이나 여기서는 실제 직책과 무관하게 존칭으로 썼다.

142 동변童便: 사내아이의 오줌. 한의학에서 어혈을 풀어 주고 대장이 잘 통하게 하며 해독하는 효능이 있다고 믿었다.

143 민강사탕 귤병橘餠: '민강사탕'은 생강을 설탕물에 조려 만든 과자. '귤병'은 꿀이나 설탕에 조린 귤.

144 명현성덕明賢聖德~돌아가시고: 상나라의 제후였던 문왕이 참소를 입어 유리(지금의 하남성 안양시安陽市)의 감옥에 갇혔다가 신하 산의생散宜生이 상나라 주왕紂王에게 뇌물을 바침으로써 풀려난 고사를 말한다.

145 정충대절精忠大節~돌아왔으니: 한나라 무제 때 소무가 흉노에 사신 갔다가 억류되어 북해北海 가에서 양을 치며 목숨을 부지하던 중 비단에 쓴 편지를 기러기 발에 묶어 날려 보낸 편지가 무제에게 전해져 19년 만에 고국으로 돌아왔다는 고사가 전한다.

146 용미봉탕龍味鳳湯 팔진미八珍味: '용미봉탕'은 용과 봉황으로 만든 음식이라는 뜻으로, 맛이 매우 좋은 음식을 비유해 이르는 말. '팔진미'는 여덟 가지 진미.

147 편작扁鵲: 전국시대 초기의 전설적인 명의名醫.

148 육진장포六鎭長布: 함경도 육진六鎭에서 나는 베. 다른 곳의 베보다 길이가 훨씬 길다. '육진'은 두만강 하류 남안의 요충지.

149 막기: 매끼.

150 돌아가오: 저본에는 "돌아가라 하거늘"로 되어 있다.

151 남가일몽南柯一夢: 당나라 순우분淳于棼이 집의 남쪽에 있는 회화나무 아래에서 술에 취해 잠들었는데, 꿈속에 괴안국槐安國에 가서 일생 동안 부귀영화를 누리다가 깨어나 인생무상을 깨달았다는 이야기가 당나라 이공좌李公佐의 글 「남가태수전」南柯太守傳에 실려 있다.

152 화서몽華胥夢: 화서지몽華胥之夢, 곧 황제黃帝의 좋은 꿈. 황제 헌원씨軒轅氏가 꿈속에 화서국華胥國이라는 이상향에 가서 노닐다가 깨어나 깨달음을 얻고 나라를 잘 다스려 화서국처럼 만들었다는 이야기가 『열자』列子 「황제」黃帝에 보인다.

153 칠원몽漆園夢: 장자莊子의 꿈, 곧 호접지몽胡蝶之夢. 장자가 꿈에 나비가 되어 날아다니다가 깬 뒤 자기가 꿈에 나비가 되었던 것인지 나비가 꿈에 된 장자가 된 것인지 모르겠다고 했다는, 『장자』 「제물론」齊物論의 이야기에서 유래하는 말. '칠원'은 장자의 별칭.

154 남양南陽 초당草堂 큰 꿈: 『삼국지연의』에서 제갈량이 삼고초려한 유비를 밖에서 기다리게 하고 낮잠을 자다가 깨어난 뒤 읊은 다음 시에서 유래하는 말이다. "인생이라는 큰 꿈 그 누가 먼저 깨달았나/나는 평소부터 잘 알았지./초당에 봄잠 족한데/창밖의 해는 더디도 가네."(大夢誰先覺, 平生我自知. 草堂春睡足, 窓外日遲遲.)

155 허봉사許奉事: '봉사'는 본래 종8품의 관직인데, 관상감觀象監에 점복을 담당하는 맹인들이 일부 임용되었기에 맹인을 높여 부르는 호칭으로 쓰이게 되었다.
156 판수: 점치는 일을 직업으로 삼는 맹인.
157 김패두金牌頭: 김씨 성의 패두. '패두'는 형장을 치는 사령使令.
158 두짐닷뭇곳: '고간'股間을 완곡하게 표현한 말.
159 세교世交: 대대로 맺어 온 친분.
160 척분戚分: 성이 다르면서 일가가 되는 관계.
161 복상服喪: 상중에 상복을 입는 관계.
162 산통算筒: 점을 칠 때 쓰는, 산가지를 넣은 통.
163 천하언재天何言哉아~감이수통感而遂通하소서: 점을 칠 때 외는 주문의 첫머리에 나오는 상투구.
164 삼백육십주三百六十州: 조선 팔도를 삼백육십 고을로 나누었기에 하는 말.
165 소강절邵康節: 송나라의 학자 소옹邵雍을 말한다. '강절'은 그 시호. 『주역』에 정통하여 우주 만물의 변화를 수학으로 나타내는 상수학象數學을 발전시켰다.
166 주소공周召公: 주周나라 문왕의 두 아들인 주공과 소공. 조카인 성왕成王을 잘 보필하여 주나라의 기틀을 잡는 데 큰 공을 세웠다.
167 곽박郭璞 이순풍李淳風: '곽박'은 동진의 학자로, 점성술에 뛰어났다. '이순풍'은 당나라 초의 역술가로, 천문·풍수·관상에 모두 밝았다.
168 홍계관洪繼寬: 조선 세조, 또는 명종 때 활동한 것으로 전하는 전설적인 점술가.
169 복고개: 보꾹에. '보꾹'은 지붕의 안쪽 구조물.
170 『유합』類合: 서거정徐居正이 지은 한문 학습서.
171 태평과太平科: 나라에 경사가 있을 때 특별히 실시하던 과거.
172 용미연龍尾硯: 용미산龍尾山의 돌로 만든 최고급 벼루.
173 상지상上之上: 전체 아홉 등급 중 최고 등급.
174 이원梨園: 당나라 현종 때 궁정에서 음악과 춤을 가르치던 곳. 여기서는 조선 시대 궁중에서 음악과 무용에 관한 일을 담당하던 관청인 장악원掌樂院.
175 편자: 망건편자. 망건을 졸라매기 위해 망건 아래쪽 가장자리에 두껍게

짜 붙인 띠.

176 낙복지落幅紙: 과거에 떨어진 사람의 답안지. 당시에는 종이가 귀했기에 낙복지를 모아서 이면지로 쓰거나 솜옷 속에 솜과 함께 넣는 보온재로 사용하게 했다.
177 세살부채: 거의 다 찢어져 살이 몇 개 남지 않은 부채.
178 백사장: 노량진과 동작나루 사이 흑석나루 일대에 있던 백사장.
179 승방뜰: 승방평僧房坪. 지금의 관악구 남현동 관음사觀音寺 아래에 있던 마을.
180 인덕원仁德院~참나무정이: 과천에서 수원 가는 길의 지명. '인덕원'은 지금의 경기도 안양시 동안구 인덕원 사거리에 있던 원院. '갈뫼', 곧 갈산葛山은 지금의 경기도 의왕시 내손동. '사그내', 곧 사근평肆覲坪은 지금의 의왕시 고천동. '참나무정이', 곧 진목정眞木亭은 지금의 수원시 장안구 송죽동.
181 소새: 소사素沙. 지금의 경기도 평택시 소사동 일대.
182 새술막: 천안시 두정동 일대에 있던 마을로, 대로변에 주막이 많이 있었다.
183 원산遠山은~낙락落落: 12잡가雜歌의 하나인 「유산가」遊山歌에 "원산은 첩첩 태산은 주춤 기암은 층층 장송은 낙락"이라는 구절이 보인다.
184 천두목 지두목: '천두목'은 천도목天桃木, 곧 선가仙家에서 천상에 있다고 하는 복숭아나무. '지두목'은 '천두목'에 대응하여 언어유희로 만들어낸 말.
185 마주섰다 은행나무: 은행나무는 암수의 구분이 있어 수나무에서 날아온 꽃가루가 있어야만 암나무가 열매를 맺기에 하는 말.
186 상사나무: 상사목相思木, 곧 홍두수紅豆樹. 콩과에 속하는 교목.
187 하인 불러 상나무: 하인을 낮잡아 '상놈'이라 하므로 상나무를 연상했다. '상나무'는 향나무의 방언.
188 양반 되어 귀목나무: '양반'에서 귀한 나무, 곧 귀목貴木을 연상했다. '귀목'은 느티나무.
189 고양나무: 부처님에게 '공양'한다는 뜻에서 '고양나무'를 떠올렸다.
190 순임금~갈고: 순임금이 임금이 되기 전까지 역산에서 농사를 지었다는 고사가 『서경』書經과 『묵자』墨子 등에 전한다. 쟁기는 신농씨가 만들었다고 전한다.

191 신농씨神農氏 만든 따비: 농업의 창시자라는 신농씨가 나무로 쟁기를 만들었다는 기록이 『주역』「계사전」과 『예기』 등에 보인다. '따비'는 쟁기보다 조금 작고 보습이 좁은 농기구.
192 산승: 찹쌀가루 반죽을 둥글고 얇게 밀어 기름에 지진 웃기떡.
193 약계~왔삽나: 상황에 맞지 않는 뜻밖의 말이나 행동을 불쑥 하는 경우를 비유해 이르는 말. '약계'藥契는 약방.
194 세폭자락: 도포 같은 세 폭으로 된 겉옷을 입고 다니는 양반이나 구실아치를 비유해 이르던 말.
195 쇠코뚜레 공사: 코뚜레를 꿴 소를 이리저리 끌고 가듯 고을 수령 멋대로 백성을 부리는 정치.
196 경위도지다: 경위涇渭가 있다. 사리에 맞다. 반어법으로 하는 말. '경위'는 사리의 옳고 그름에 대한 분별을 뜻한다.
197 「반나마」: 인조仁祖 때의 문신 이명한李明漢의 시조.
198 4결結에는~뭇이요: 논밭에 부과하는 세금 장부를 대충 허위로 맞추는 모양. 1결은 약 4천 평에 해당하는 논밭의 면적 단위. 수확량과 부과 세금의 단위로 쓴 '짐'[負]은 상머슴이 최대한 등에 질 수 있는 양이고, '뭇'[束]은 양팔로 최대한 끌어안을 수 있는 양으로, 열 뭇이 한 짐이 된다.
199 김권농金勸農: 김씨 성의 권농관勸農官. '권농'은 조선 시대 지방에서 농사 장려, 호구 파악, 군역 부과 등의 업무를 관장하던 관직.
200 영천수潁川水에~허유許由: 요임금이 허유에게 왕위를 물려주려 하자 허유는 더러운 말을 들었다며 영수潁水 강물에 귀를 씻었고, 허유가 귀를 씻는 모습을 본 소부는 그 사연을 듣고 상류로 올라가 소에게 물을 먹였다는 고사가 전한다.
201 유령劉伶: 죽림칠현의 한 사람으로 「주덕송」酒德頌을 지어서 술을 예찬했다.
202 수양산首陽山에~숙제叔齊: 고죽국孤竹國의 두 왕자 백이와 숙제가 주나라 무왕武王이 상商나라를 멸하자 상나라를 향한 절의를 지켜 주나라 땅에서 나는 곡식을 먹지 않겠다며 수양산에서 굶어죽었다는 고사를 말한다.
203 아황娥皇 여영女英: 순임금이 죽자 상수湘水에서 울다 투신해 죽었는데, 그들이 죽은 후 피눈물자국이 있는 대나무가 물가에 자라났다는 전설

이 있다.

204 상산사호商山四皓: 진시황의 혹정을 피해 상산商山에 은거한 네 명의 고사高士.

205 천태산天台山~물으려고: 「숙향전」에서 마고할미가 위기에 빠진 숙향을 돕기 위해 행방을 찾는 대목을 두고 한 말. '천태산'은 절강성에 있는 산 이름.

206 하운夏雲이 다기봉多奇峰하니: 도연명의 시 「사시」四時에 나오는 구절.

207 춘수만사택春水滿四澤하니: 도연명의 시 「사시」에 나오는 구절.

208 보계補階: 잔치나 큰 모임에서 마루를 넓게 쓰려고 대청마루 앞에 좌판을 잇대어 임시로 만든 자리.

209 양각등羊角燈: 양의 뿔을 고아서 만든, 투명하고 얇은 껍질을 씌운 등.

210 달아~밝았나니: 『고금가곡』 등에 전하는 작자 미상의 시조에서 따온 구절.

211 춘면春眠을~띠었어라: 12가사의 하나인 「춘면곡」春眠曲에 나오는 구절.

212 설빈어옹雪鬢漁翁이~의선어부일견고倚船漁父一肩高라: 이현보李賢輔의 시 「어부가」漁父歌에 나오는 구절.

213 백구白鷗야~화류花柳 가자: 12가사의 하나인 「백구사」白鷗詞에 나오는 구절.

214 말 없는~늙으리라: 성혼成渾의 시조.

215 소지所志 발괄: '소지'는 관아에 내는 청원서. '발괄'은 관아에 억울한 사정을 하소연하기 위해 올리는 청원서.

216 북두칠성~하여 주소서: 가곡 평롱平弄 「북두칠성」의 가사. '지지하게'가 가곡 가사에는 "없이"로 되어 있다. '삼태성'은 큰곰자리에 속한 여섯 개의 별.

217 면상面相: 저본에는 "명상"으로 되어 있다.

218 가더라: 저본에는 "가더니"로 되어 있다.

219 삼번관속: 삼반관속三班官屬. 지방 부군府郡에 속한 향리·군교軍校·관노官奴를 통틀어 이르는 말.

220 봉고파출封庫罷黜: 관서의 창고를 봉하고 부정을 저지른 지방관을 파면함.

221 좌기坐起: 관아의 으뜸 벼슬아치가 출근하여 업무를 시작하는 일.

222 노류장화路柳墻花는 인개가절人皆可折이라: 『전등신화』「애경전」愛卿傳에 나오는 말.

223 한신韓信도~된 줄: 한漢나라의 개국공신 한신韓信이 젊은 시절 빨래하던 여인에게 밥을 얻어먹을 정도로 곤궁했으나 훗날 한나라의 대장군이 된 일을 말한다.

224 굴원屈原도~빠져 죽고: 전국시대 초나라의 삼려대부三閭大夫 굴원이 간신의 참소를 받아 쫓겨나자 상수湘水의 지류인 멱라수에 몸을 던져 자결한 일을 말한다.

225 삼대승두선三臺僧頭扇: 변죽을 대나무·뿔·나무 등 세 가지 재료로 장식한 승두선. '승두선'은 꼭지가 승려의 머리처럼 둥그스름하게 만든 접부채.

226 터진 방앗공이에 보리알: 본래 '터진 방앗공이에 보리알 끼듯'이라는 속담은 방앗공이 틈새에 낀 보리알을 그대로 두자니 아깝고, 파내자니 품이 든다는 뜻에서 쓴다.

227 독 틈에 탕관: 본래의 속담은 약자가 강자들 사이에 껴서 곤란한 일을 당한다는 뜻에서 쓴다.

228 강동江東에~훨훨: '길나래비'는 '길앞잡이'의 방언. '길앞잡이'는 원통형 몸에 광택이 있고 금빛 녹색 무늬가 있는 곤충으로, 사람의 앞길을 뛰어 날아다니므로 이런 이름이 붙었다.

229 부중생남중생녀不重生男重生女: 백거이白居易의 시「장한가」長恨歌에 나오는 구절.

230 정렬부인貞烈夫人: 조선 시대에 정조와 지조를 굳게 지킨 부인에게 내리던 칭호.

● 작품 해설

전주의 「춘향전」과 서울의 「춘향전」

1

「춘향전」은 '고전 중의 고전'이라고들 한다. 한국 고전소설뿐 아니라 한국의 고전을 통틀어도 손꼽는 대표작이라는 말이다. 별반 색다를 것 없는 옛날이야기라고 여기는 사람도 적지 않겠지만 21세기까지 이런 평가가 여전히 남아 있다는 것은 예사로운 일이 아니다.

　「춘향전」은 19세기는 물론 20세기 전반기까지도 한국 최고의 베스트셀러였던 것으로 추정된다. 현재 전하는 자료로 확인되는 출간 횟수, 이본異本의 수, 20세기 전반 출판인들의 전언으로 미루어 볼 때 그런 추정이 가능하다. 베스트셀러 소설이라고 해서 작품성이 보장되는 것은 아니다. 그러나 '소설'이 근대 문학을 대표하는 형식으로 각광받은 중요한 이유가 다수의 독자 대중과 함께하는 장르라는 데 있다면 오랜 기간 이어 온 「춘향전」의 인기는 일단 그 자체로 인정하고 존중해 마땅하다. 더구나 20세기로 접어들며 한국의 옛것이 무시되고 거의 모든 유산이 결별의 대상으로 간주되면서 새로운 시대의 지식인들이 낡은 '구소설'舊小說의 대표자로 「춘향전」을 지목해 무시하고 홀대했던 일을 생각하면 지금까지 대중 독자의 사랑에 크게 힘입어 살아남은 「춘향전」의 생명력 앞에 숙연한 감동이 느껴지기도 한다.

2

「춘향전」의 뿌리는 판소리 「춘향가」다. 소설이 앞서고 그 소설을 대본으로 삼아 판소리 공연이 이루어졌다고 하는 소수 학설도 제기되어 있으나, 판소리로 전승되던 「춘향가」가 소설 「춘향전」으로 성립되었다는 것이 연구자 다수의 견해다.

판소리 「춘향가」의 내용을 확인할 수 있는 가장 이른 시기의 기록은 만화晩華 유진한柳振漢(1711~1791)이 남겼다. 유진한은 충청도 목천木川의 선비로 1754년(영조 30) 호남 여행 중에 판소리 「춘향가」 공연을 보고, 그 내용을 「가사 춘향가 이백구」歌詞春香歌二百句라는 한시로 옮겼다. '이백구'라고 했으나 오늘날 통용되는 개념으로는 400구이고, 매 구절이 일곱 글자로 이루어져 있어 총 2,800자에 이르는 장편 한시다. 유진한의 호를 따 '만화본晩華本 춘향가'라고 일컫는 것이 바로 이 작품으로, 대략 오늘날 우리가 알고 있는 「춘향전」의 기본 스토리를 모두 담았다. 지금으로서는 '만화본'이 「춘향가」 또는 「춘향전」의 원형原型에 가장 가까이 있다.

현재 전하는 가장 이른 시기의 「춘향전」은 1864년에 필사된 「남원고사」南原古詞(남원의 옛 노래)다. 「남원고사」의 최초본은 1823년 이후 성립된 것으로 추정된다. 18세기 중반 이전에 이미 「춘향가」가 공연

되었으니,「춘향전」 또한 늦어도 18세기 후반에는 성립되지 않았을까 한다. 그러나 현재 전하는 책으로만 보면「춘향가」와「춘향전」사이에 70년 이상, 어쩌면 100년 가까운 공백이 있다. 이 때문에 판소리로부터 소설「춘향전」이 형성되는 과정을 추론하는 데 여러 난점이 있다. 19세기 이후의 판소리 대본들은 우선「남원고사」보다 앞서 성립했다고 할 만한 것이 없고, 저마다 원형의 개작, 또는 후대적 변용임에 분명한 설정이 두드러지기에「춘향가」와「춘향전」의 원형을 재구성하는 데 결정적인 도움을 주지 못한다.

3

「춘향전」은 대중의 끊임없는 애호 속에 수많은 변개를 거치며 유동流動한 결과 수많은 이본을 가지게 되었다. 이미 140종 이상의 이본이 보고되었고, 의미 있는 차이가 확인되는 이본으로 범위를 좁혀도 50종 이상이 검토 대상에 오른다. 지금으로서는 1820년대에서 1860년대 사이에 창작된「남원고사」가「춘향전」의 원형에 가장 가까운 형태의 소설이다.

「남원고사」는 1864년 서울 종로의 누동樓洞(다락골)에서 필사되어 세책가貰册家(도서 대여점)에 있었다. 분량은 대략 원고지 550매로 추산되어「남정기」南征記(사씨남정기, 약 550매)와 비슷하고『구운몽』(약 760매)보다는 짧다. 장편소설에는 미치지 못하는 분량이지만「춘향전」중에서는 가장 긴 작품에 해당해서 '완판 84장본'(「열녀춘향수절가」)의 두 배 분량, '경판 30장본'과 같은 비교적 짧은 분량의「춘향전」여러 버전에 비하면 다섯 배 이상의 분량에 이른다.「춘향전」의 원형, 또는 「춘향전」의 초기 버전에 비해 대규모 확장이 이루어진 결과로 보인다. 「남원고사」에서 대폭 확장된 부분은 대개 서사 진행과 크게 관계없는 소소한 장면의 확대에 해당한다. 때로는 그 시대에 유행하던 시가를 대량 삽입하고, 때로는 리얼리티에 손상을 줄 정도의 장황한 나열식 대화가 이어진다. 이런 요소가 서사의 짜임새를 느슨하게 만들어 작품의 완성도를 떨어뜨리는 약점으로 작용하기도 하지만, 등장인물들이 주고받는 긴 대화는 한국어의 맛을 한껏 느끼게 하고, 주변 공간 묘사와 함께 나열된 온갖 기물이며 의복과 음식에 대한 기술, 온갖 놀음놀이의 생생한 재현은 그 시대의 문화와 풍속에 대한 흥미로운 보고서 역할을 한다. 이 때문에 「남원고사」는 여러 연구자에 의해 「춘향전」의 최고봉', 「춘향전」의 결정판'으로 지목되었다.

4

조선 시대에 소설은 필사와 대여의 형식으로 유통되는 것이 일반적이었다. 지인 중 누군가 재미있는 작품을 창작하거나 좋은 책을 가지고 있으면 빌려다 본다. 빌려 보다가 간직해 두고 싶으면 베껴 쓴다. 이렇게 베껴 쓴 책이 '필사본'筆寫本이다. 소설이 인기 상품이 될 만하다 싶으니 깨끗하게 베껴 쓴 책들을 모아 책을 빌려주고 돈을 받는 도서 대여점, 이른바 '세책가'가 생겨났다. 18세기의 일이다. 다수의 독자에게 판매해도 이익이 남겠다 싶으니 출판업이 시작됐다. 소설의 상업적 출판으로 한정해 말하면 중국과 일본에 비해 많이 늦은 19세기의 상황이 아닐까 한다.

많이 팔리려면 우선 소설이 재미있어야 하고, 조선 후기의 높은 출판 비용을 고려하면 작품 분량이 너무 길어서는 곤란하다. 이런 요구에 부응하는 작품으로 단연 「춘향전」이 떠올랐을 것이다. 그런데 「남원고사」는 디테일이 흥미롭기는 하지만 다소 느슨해 보이기도 하고, 대중이 소화하기에 부담스러운 식자층의 언어가 곳곳에 섞여 있으며, 무엇보다도 분량이 너무 길다. 「남원고사」를 스토리 위주로 축약한 것이 경판본京板本이다. 서울의 출판업자가 판각板刻해서 판매했으므로 '경판'京板이라고 불렀다. 35장본, 30장본, 23장본, 16장본 등 여러 종의 「춘향전」 경판본이 전하는데, 그중 대표 버전으로 꼽히는 것이 '경판 30장본'이다. '30장본'이란 장수張數가 30장(오늘날의 60쪽)인 책이라는 뜻이다. 현재 전하는 경판본은 대개 1900년대에 출판된 것으로 추정된다.

　1900년을 전후한 시기 경판본과 함께 소설 출판 시장을 양분했던 것이 완판본完板本이다. 전주를 '완산'完山 또는 '완주'完州라 했던바, 전주에서 판각한 것을 '완판'完板이라고 했다. 역시 84장본, 33장본, 29장본, 26장본 등 여러 종의 「춘향전」 완판본이 전한다. 그중 20세기 내내 가장 큰 관심과 사랑을 받은 대표 버전이 '완판 84장본' 「열녀춘향수절가」다. 완판본 소설은 1860년을 전후한 시기에 간행되기 시작해서 1900년대에 가장 활발히 출판되었는데, '완판 84장본'의 출판 시기는 1906년으로 추정된다.

　「춘향전」 완판본은 「남원고사」와는 다른 계통의 판소리 사설로부터 유래한 것이 아닐까 한다. 성립 시기를 1850년대까지 올려 추정하는 「별춘향전」이 완판본 계통의 가장 이른 시기 작품으로 추정되며, '완판 84장본'은 「별춘향전」은 물론 경판본의 영향까지 일부 감지되는 후대적 변용의 결과로 보인다. 그런데 이 '완판 84장본'은 필사본 「남원고사」의 절반 분량이지만 여타의 완판본과 경판본에 비하면 월등히 분량이 많다. 짧은 소설을 선호하던 그 시대의 출판 시장에서 다른 출판본의 3배 분량에 이르는 84장의 책을 출판할 수 있었던 이유는 무엇일까? 전주에 상대적으로 긴 분량의 책을 구매해 줄 소비층이 있었기 때문일 것이다. 과연 전주 일대의 향리鄕吏들이 판소리의 주된 애호 계층이었고, 이들이 완판본의 출판 과정에 적극적으로 관여한 기록이 있어 '완판 84장본' 출판 당시의 정황을 짐작하게 한다.

5

1930년대로 접어들며 근대 연구자들의 「춘향전」 연구가 활발해졌다. 「춘향전」 초기 연구의 중심은 단연 '완판 84장본' 「열녀춘향수절가」였다. 1939년 1월 거의 동시에 출간된 『춘향전』과 『원본原本 춘향전』이 모두 '완판 84장본'을 대본으로 삼았다. 『춘향전』은 「춘향전 이본고異本攷」를 발표한 도남陶南 조윤제趙潤濟(1904~1976)가, 학예사學藝社의 조선문고朝鮮文庫 제1권으로 출간된 『원본 춘향전』은 「춘향전의 현대적 해석」으로 새로운 연구 관점을 선보인 천태산인天台山人 김태준金台俊(1905~1949?)이 교주校注했다.

 김태준은 '완판 84장본'이 원본에 가까운 가장 오래된 「춘향전」이라 생각했다. 평론가이자 학예사 편집인으로 활약했던 임화林和(1908~1953) 또한 『원본 춘향전』의 서문에서 '완판 84장본'이 가장 오래된 것일 뿐 아니라 다른 본에 빠진 외설 장면이 그대로 보존된 점 등 작품성의 측면까지 고려해 「춘향전」의 여러 이본 중 으뜸이라고 평가했다. 한편 조윤제는 '완판 84장본'이 경판본보다 나중에 성립된 것으로 추정했음에도 판소리로부터 이어져 온 희곡 스타일에 「춘향전」의 「춘향전」다움'이 있고 막힘없는 유창한 표현이 독보적이라며 '완판 84장본'의 가치를 높이 평가했다. 상대적으로 '독서물'讀書物의 성격이 강한 경판본과 비교할 때 두드러지는 '완판 84장본'의 미덕을 부각한 것이다. 이후의 연구를 통해 '완판 84장본'이 「춘향전」의 최고본最古本이라는 판단은 부정되었으나 그 작품성에 대한 높은 평가는 여전히 유지되고 있다.

오늘날의 연구자들은 크게 두 계열로 나뉜다. 풍부한 디테일 및 캐릭터와 서사의 일관성에 초점을 두어 「남원고사」와 경판본의 가치를 높이 평가하는 쪽이 하나, 서민 대중의 연대와 저항에 초점을 두어 '완판 84장본'의 가치를 높이 평가하는 쪽이 다른 하나다.

6

이 책에 수록한 '경판 30장본'과 '완판 84장본'의 큰 차이를 나열해 보면 다음과 같다.

1 「남원고사」와 그 축약 버전인 '경판 30장본'에서 춘향은 시종일관 기녀다. 아버지의 정체는 분명치 않으나 점쟁이 판수와 친구 사이였다고 했으니 중인 이하의 신분으로 추정된다. 춘향이 이도령과 이별한 뒤 대비정속代婢定屬했다는, 곧 관청에 소속된 기생이 다른 사람을 돈으로 사서 자기 대신에 관청에 속하게 함으로써 천민 신분에서 벗어났다는 설정을 취했으나, 대비정속으로 기생 신분을 면했다는 춘향의 주장은 변학도의 수청을 거부하기 위한 하나의 명분으로 작용할

뿐 법적 효력이 있는 것이 아니어서 실질적으로 신분이 달라졌다고 할 수는 없다. 적어도 춘향의 대비정속 전까지 월매를 포함한 춘향 주변의 모든 인물은 춘향을 기생으로 인식했다.

반면 '완판 84장본' 「열녀춘향수절가」의 춘향은 단순히 기생 신분이라고 말하기 곤란하다. 춘향은 성참판의 딸, 정2품 판서 다음의 종2품 고관인 참판의 서녀庶女다. 어머니가 기생이니 춘향의 법적 신분은 분명 기생이지만, 춘향은 월매의 말대로 '씨가 있는 자식'이어서 양반가 규수처럼 자랐다. 춘향 모녀 모두 춘향이 본질적으로 기생이 아니라고 생각하므로 '대비정속'의 장치도 필요 없다.

2 '경판 30장본'의 춘향은 이도령과의 만남에서 이별까지의 과정 내내 어떤 중개자도 없이 자기 혼자 모든 결정을 내렸다. 춘향은 오직 자신의 판단으로 이도령과의 만남을 허락하고 평생 잊지 않겠다는 문서를 받아낸 뒤 평생을 약속했다. 반면 '완판 84장본'에서는 월매의 역할이 두드러져 이도령과 춘향의 첫 만남부터 혼약을 맺는 일까지 모든 과정을 월매가 주도하고 결정했다. 춘향이 남녀의 사사로운 만남과 혼사를 스스로 결정한다는 것이 양반가 규수의 면모에 어울리지 않기 때문이다.

3 '경판 30장본'의 춘향은 처음 이도령이 찾아올 때 계단을 내려가 이도령의 손을 잡고 들어와 노래를 부르며 술을 따랐다. 반면 「열녀춘향수절가」에서 일곱 살에 이미 『소학』小學을 읽은 춘향은 다소곳이 앉아 이도령과 월매의 대화를 듣고만 있다.

「남원고사」의 춘향은 관아든 군졸의 집이든 무람없이 돌아다니고 '경판 30장본'의 춘향도 남원 10리 밖까지 나와 이도령을 전송하지만, 「열녀춘향수절가」의 춘향은 양반가의 예법에 따라 문밖을 나서지 않는, 전형적인 양반가 규수의 모습이다.

4 「남원고사」와 '경판 30장본'에 없는 「열녀춘향수절가」의 몇 가지 설정도 춘향의 신분을 기생에서 양반가 규수, 또는 그 이상의 위상까지 높이기 위한 것이다.

「열녀춘향수절가」의 도입부에서 춘향은 본래 천상계의 여신이었는데 옥황상제의 명을 어겨 인간 세계에 유배 온 존재라고 했다. 조선 후기 소설에 흔히 보이는 이른바 '적강謫降 모티프', 곧 천상계의 존재였던 주인공이 죄를 짓고 인간 세계에 유배 왔다는 설정이 「춘향전」에 적용된 것인데, 「열녀춘향수절가」에 앞서 신재효申在孝(1812~1884)의 「남창男唱 춘향가」에서 이미 동일 설정이 확인된다.

작품 중반부에서 옥에 갇혀 고초를 겪던 춘향은 천상계로 가서 아황娥皇과 여영女英을 만나는 꿈을 꾸었다. 아황과 여영은 순임금의 두 아내로 순임금을 따라 죽어 열녀의 대명사가 된 전설 속의 인물이다. 아황과 여영의 칭찬을 받고 나니 춘향 또한 정절貞節의 화신이 되었다.

두 설정을 통해 인간 세계 춘향의 신분은 부차적인 문제가 된다. 춘향의 격이 높아진 반면 춘향의 고통과 저항이 덜 절박하게 느껴질 수 있다.

5 '경판 30장본'의 춘향은 당돌하고 오만한 성격이어서 비록 자신이 아쉬울 때는 '오라버니'라 부르는 관아의 군졸이든 동료 기생이든 비슷한 신분의 사람들에 대해 특별한 연대 의식을 갖지 않았다(「남원고사」의 춘향은 지나친 도도함 때문에 주변 인물들과 불화하며 질시의

대상이 되기까지 했다). 변학도의 모진 고문을 받고 옥에 갇히기까지 서민들의 특별한 동정과 지지도 받지 못했다. 반면「열녀춘향수절가」의 춘향은 변학도가 보낸 군졸들에게 잡혀가는 시점부터 이미 변학도를 제외한 관아 모든 이들의 동정을 받고 있었고, 그 뒤로도 기생(정확히는 행수기생을 제외한 기생들)과 농민은 물론 빨래하는 아낙에 이르기까지 서민 일반의 절대적인 동정과 지지를 받았다.

6 「열녀춘향수절가」에서는 선악 대결 구도가 강화되어 처음에는 선악이 혼재되어 있던 변학도의 캐릭터가 남원 부임 이후 전형적인 악인으로 형상화되었고, 이에 따라 춘향의 저항도 한층 격화된 형태로 나타났다. 춘향의 분노 또한 개인의 차원을 넘어 민중 일반의 분노를 대변하는 방향으로 확대되었다. 모든「춘향전」에서 '사랑'과 '저항'은 한 몸이지만「열녀춘향수절가」는 상대적으로 분노와 저항 쪽에 무게중심이 놓여 있다.

7 '경판 30장본'의 월매는 잇속에 밝은, 오직 눈앞의 이익에 따라 표리부동하게 움직이는 경박한 캐릭터다. 반면「열녀춘향수절가」의 월매는 품위 있는 양반가 마님의 면모를 가졌다.
'경판 30장본'의 월매는 춘향이 수절하는 이유를 납득할 수 없으므로 춘향과 갈등하지만,「열녀춘향수절가」의 월매는 춘향의 의지를 잘 헤아려 춘향과 갈등하지 않는다.

8 '경판 30장본'의 표현도 훌륭하지만「열녀춘향수절가」의 정감 있는 호남 방언과 리듬감 있는 절묘한 표현이 한층 돋보인다. "만첩청산萬

疊靑山 늙은 범이 살진 암캐를 물어다 놓고 이는 없어 먹든 못하고 흐르릉 흐르릉 아웅 어루는 듯", "주홍朱紅 같은 혀를 물고 오색단청 순금장 안에 쌍거쌍래 비둘기같이 꿍꿍 꿍꿍 으훙거려 뒤로 돌려 담쑥 안고" 등의 표현이 특히 압권이다.

7

어느 쪽이 「춘향전」의 원형에 가까울까? 「남원고사」와 경관본 쪽이다. 「남원고사」를 통해 그려 보는 「춘향전」의 원형에서는 '대비정속'이라는 장치도 없이 시종일관 춘향의 신분이 기생이었을 것으로 본다. 기생이면서 기생이기를 거부하며 엇비슷한 신분의 사람들과 어떤 동류의식도 느끼지 않는 오만하고 당돌한 춘향, 이미 평생을 약속한 연인이 있다는 이유로 기생 점고에 무단히 참석하지 않는 기생 춘향, 신관 사또의 수청을 끝내 거부하고 3년 동안 옥에 갇혀 모진 시련을 겪으면서도 뜻을 굽히지 않고 자신의 사랑을 인정받고자 했던 춘향, 어떤 폭압과 유혹에도 굴하지 않고 마침내 사랑을 이루어 양반의 정실부인이 된 춘향, 이것이 춘향의 원형이라고 본다.

그러나 여기에 불만을 느낀 독자들이 작품을 고치고자 하는 욕망을 품었다. 기생이 양반의 정실부인이 된다는 것은 너무 지나치지 않은가? 이런 생각에서 춘향의 신분과 성격은 교양 있고 다소곳한 양반 규수 쪽으로 바뀌어 갔다. 세상에서 가장 아름다운 사람이 주변의 질시를 받아서는 곤란하다는 생각에서 춘향은 누구나 사랑하고 연대하고 싶은 인물로 바뀌어 갔다. 춘향처럼 아름다운 사람의 엄마가 잇속만 밝히며 경망하고 변덕스러워서야 되겠느냐 하는 생각에 월매는 품위 있는 마님으로 바뀌어 갔다. 변학도 같은 인물이 밉지 않은 구석이 있는 코믹한 면모, 속이 무르기도 한 인간적인 면모를 가져서야 되겠느냐 하는 생각에 변학도는 점점 냉혹한 악인의 전형으로 변해 갔다.

「춘향전」은 21세기의 현대 작가들에 의해서도 여전히 개작되고 있다. 대중의 끊임없는 관심과 사랑 속에 새로운 작가들의 개작 욕망을 자극하며 18세기 이래 지금까지 멈추지 않고 변화해 온 것이다. 「춘향전」은 한 편의 소설 작품이 끊임없는 '자기 변화'를 보여 준, 매우 희귀한 사례다. 때로는 혁신으로, 때로는 퇴보로 보이기도 하지만 그 모든 변화는 자기 앞의 「춘향전」에 대한 나름의 불만과 그로 인한 개작 욕망으로부터 비롯된 것이다. 그러니 하나하나의 버전이 모두 의미 있는 존재다.

정보가 넘쳐나는 시대이다 보니 책 한 권을 통독하는 독자가 점점 사라져 간다. 읽는 텍스트의 양은 갈수록 늘어나지만 오늘날의 독서는 이미 요약 발췌의 형태가 대세를 이룬 것으로 보인다. 그러나 여전히, 적어도 '고전'이라고 하는 문학 작품은 처음부터 끝까지 한 글자도 빼지 않고 읽어야 한다고 생각한다. 여러 작품의 미세한 차이를 음미하는 기쁨도 포기할 수 없다.

여기 두 가지 맛있는 음식이 있다. 많은 독자가 천천히 음미하며 어느 쪽이 어떻게 맛있는지 견주어 품평하는 재미를 함께 누렸으면 한다.

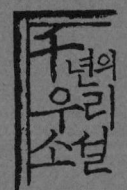